雄伝説4

策謀篇

田中芳樹

第三勢力フェザーンが張り巡らせる陰謀の糸に操られ，ゴールデンバウム朝の残党は無謀な賭に出た。銀河帝国皇帝の誘拐，自由惑星同盟《フリー・プラネッツ》への亡命——そして帝国正統政府の樹立。だが，その裏でフェザーン高官と密約を交わしていたラインハルトは，同盟に対して大攻勢に出ることを宣言，彼らの思惑を逆手に取り，フェザーン回廊を抜けて本格的な進攻に着手する。二国を見舞うかつてない帝国軍の猛攻。そしてラインハルトの戦略を見抜きながらもイゼルローン回廊防衛から動けないヤンと，帝国軍の双璧の一人，ロイエンタールとの死闘の幕が上がる！

銀河英雄伝説 4

策謀篇

田 中 芳 樹

創元ＳＦ文庫

LEGEND OF THE GALACTIC HEROES IV

by

Yoshiki Tanaka

1984

目次

登場人物

●銀河帝国

ラインハルト・フォン・ローエングラム……帝国軍最高司令官。帝国宰相。公爵

パウル・フォン・オーベルシュタイン……宇宙艦隊総参謀長。統帥本部総長代理。上級大将

ウォルフガング・ミッターマイヤー……艦隊司令官。上級大将。〝疾風ウォルフ《ウォルフ・デア・シュトルム》〟

オスカー・フォン・ロイエンタール……艦隊司令官。上級大将。金銀妖瞳《ヘテロクロミア》の提督

フリッツ・ヨーゼフ・ビッテンフェルト……〝黒色槍騎兵《シュワルツ・ランツェンレイター》〟艦隊司令官。大将

エルネスト・メックリンガー……帝国軍統帥本部次長。大将。〝芸術家提督〟

ウルリッヒ・ケスラー……憲兵総監兼帝都防衛司令官。大将

アウグスト・ザムエル・ワーレン……艦隊司令官。大将

コルネリアス・ルッツ……艦隊司令官。大将

ナイトハルト・ミュラー……艦隊司令官。大将

アーダルベルト・フォン・ファーレンハイト……艦隊司令官。大将

アルツール・フォン・シュトライト……ラインハルトの主席副官。少将
ヒルデガルド・フォン・マリーンドルフ……宰相主席秘書官。〝ヒルダ〟
ハインリッヒ・フォン・キュンメル……ヒルダの従弟。男爵
アンネローゼ……ラインハルトの姉。グリューネワルト伯爵夫人
エルウィン・ヨーゼフ二世……第三七代皇帝
ルドルフ・フォン・ゴールデンバウム……銀河帝国ゴールデンバウム王朝の始祖

†墓誌
ジークフリード・キルヒアイス……アンネローゼの信頼に殉ず
カール・グスタフ・ケンプ……要塞対要塞の攻防戦で戦死

●自由惑星同盟
ヤン・ウェンリー……イゼルローン要塞司令官、駐留艦隊司令官。大将
ユリアン・ミンツ……ヤンの被保護者。准尉
フレデリカ・グリーンヒル……ヤンの副官。大尉
アレックス・キャゼルヌ……イゼルローン要塞事務監。少将
ワルター・フォン・シェーンコップ……要塞防御指揮官。少将

フィッシャー……………………要塞艦隊副司令官。艦隊運用の達人
ムライ……………………………参謀長。少将
パトリチェフ……………………副参謀長。准将
ダスティ・アッテンボロー……分艦隊司令官。ヤンの後輩。少将
オリビエ・ポプラン……………要塞第一宙戦隊長。少佐
ウィリバルト・ヨアヒム・フォン・メルカッツ……元帝国軍の宿将。中将待遇の客員提督
ベルンハルト・フォン・シュナイダー……メルカッツの副官
アレクサンドル・ビュコック……宇宙艦隊司令長官。大将
ルイ・マシュンゴ………………ユリアンの護衛役。准尉
ヨブ・トリューニヒト…………国家元首。最高評議会議長
†墓誌
グエン・バン・ヒュー…………ヤン艦隊の猛将。要塞対要塞攻防戦後の追撃戦で戦死

●フェザーン自治領
アドリアン・ルビンスキー……第五代自治領主。〝フェザーンの黒狐〟
ルパート・ケッセルリンク……ルビンスキーの補佐官

ニコラス・ボルテック……帝国駐在の弁務官。前補佐官
アルフレット・フォン・ランズベルク……亡命してきた伯爵
レオポルド・シューマッハ……元帝国軍大佐
ボリス・コーネフ……独立商人。ヤンの旧知。駐ハイネセン弁務官オフィスの一員
マリネスク……ベリョースカ号事務長
デグスビイ……地球からルビンスキーの監視に派遣された主教
地球教大主教……ルビンスキーの影の支配者

注／肩書き階級等は〔野望篇〕終了時、もしくは〔策謀篇〕登場時のものです

銀河英雄伝説4

策謀篇

第一章　雷鳴

「歴史の変転と勝敗の帰趨《きすう》は、ともに一瞬で決する。しかし、大部分の人間は、その一瞬の後ろ姿を、遠い過去にむかってながめやるだけである。現在がその一瞬であると知る者はすくなく、みずからの手でその一瞬を未来にさだめる者はさらにすくない。しかもきわめて残念なことに、より悪意をもつ者が、より強い意志をもって未来にたいするケースが多いように思われるのだ……」（D・シンクレア）

「未来を予知すること、現在を直接体験すること、過去を間接体験すること、この三者はいずれも尋常ならぬスリルをともなっている。喜びにみちたスリル、恐怖にみちたスリル、そして怒りにみちたスリル。最後のものがおそらく最大であろう。これを〝後悔〟と呼びかえる人も多いようである……」（E・J・マッケンジー）

Ⅰ

この年、帝国暦四八九年は冬の残党が根づよく勢力をはり、春の生誕は遅かった。だが、ひとたび生まれおちると、春は急速に成長して冬をおいはらい、帝国首都オーディンの市街を花の群で飾りたてた。さらに季節はうつろって、花々が凋落《ちょうらく》のきざしをみせはじめると、密度の濃い新緑が人々の視界を塗りかえ、風が初夏の息吹をふきつけて、薄くなった布地ごしに人々の肌を活性化させる。

六月中旬、銀河帝国の帝都オーディン、北半球中緯度地帯は、適温適湿のもっともよい季節のなかにたたずんでいた。もっとも、その日は奇妙にむし暑く、雲の流れが速く、学校帰りの子供たちの足を野原から自宅へとむけさせるものがあったが……。

帝国宰相府の建物は、機能性より威圧感に重きをおいた灰白色の石造建築で、むろん現在の主人ラインハルト・フォン・ローエングラム個人のために建てられたものではない。彼以前に幾人かの皇族や大貴族がこの建物の奥深くに座し、皇帝の代理人として数千の恒星世界におよぶ行政権を行使した。ラインハルトは、歴代のこの建物の主人たちのなかで、もっとも若く、もっとも強大な存在であった。彼以前の宰相たちは皇帝によって任命されたのだが、彼は皇帝に自分を任命させたのである。

荘重《そうちょう》で陰気で閉鎖的な建物のなかを、ひとりのうら若い女性が歩いていた。律動的な歩調をもち、男のような服装をし、くすんだ色調の金髪を短くしているので、美貌《びぼう》の少年のようにも見えるが、ごくわずかな化粧と、襟《えり》もとからのぞくオレンジ色のスカーフとが、彼女が女性であることを証明しているようだった。

帝国宰相首席秘書官、ヒルダことヒルデガルド・フォン・マリーンドルフがラインハルトの執務室の前に立つと、衛兵が敬礼し、うやうやしくドアを開いた。彼らに無条件でそうさせるだけの立場を、ヒルダはすでに確立していた。

気さくに礼を言って広い室内にはいったヒルダは、建物の主人であるラインハルトの姿をもとめて視線をうごかした。帝国宰相にして帝国軍最高司令官をつとめる美貌の若者は窓ぎわにたたずんで外をながめていたが、豪奢《ごうしゃ》な黄金の髪を揺らしてふりかえった。本来、武人である彼は、黒を基調として各処に銀色を配した華麗な軍服に若々しい肢体をつつんでいた。

「お邪魔だったでしょうか、宰相閣下」

「いや、かまわない。用件をうかがおう、お嬢さん《フロイライン》」

「憲兵総監ケスラー大将から面会願いがとどいております。それも至急に、と」

「ほう、ケスラーがそれほどいそいでいるか」

憲兵総監と帝都防衛司令官を兼任するウルリッヒ・ケスラーは、むろん完全無欠な人格者ではないが、すくなくとも不必要に焦慮《しょうりょ》や狼狽《ろうばい》をしめす人物ではないことを、帝国宰相も秘書官も知悉《ちしつ》していた。ケスラーがいそぐには相応の理由があるとみるべきだった。

「会おう。つれてきてくれ」

額に落ちかかる金髪を、彫刻家のように繊細な指でかきあげながら、巨大な帝国の事実上の独裁者は言った。彼は地位にともなう責任を回避したことは一度もなかった。それは彼の敵対者でさえ否定できない事実だった。

ヒルダがきびすを返しかけたとき、ときならぬ薄明が窓ごしに翼をひろげた。厚い雲が空の低みへおり、その各処に不健康な白い光が散発している。

「雷か……」

「大気の状態が不安定で雷雨になるだろう、と、気象局から報告がきておりますわ」

遠くかすかに、放電現象によって空気がきしる音を、ふたりの鼓膜はとらえた。その音がしだいに高く、粗暴さをまし、やがて光の鎚《つち》が視界をなぐりつけると、雨滴の尖兵《せんぺい》が窓ガラスにむらがりはじめた。

ウルリッヒ・ケスラーは若い主君よりわずかに背が低く、わずかに身体の幅が広かった。歴戦の武人らしい精悍《せいかん》な風貌だが、なぜか茶色の頭髪が両耳の横の部分だけ白くなっており、眉にも白いものがまじっている。三〇代なかばという年齢にそぐわない印象だった。

「ご多忙のところ恐縮です、ローエングラム公。じつは先日、旧大貴族派の残党二名が帝都に潜入したという情報がはいりましたので、ご報告に参上したしだいです」

若い主君は窓ぎわに立ったまま肩ごしに部下を見つめた。

「なぜ、それがわかったのだ、ケスラー」

「じつは密告がございまして……」

「密告？」

若い帝国宰相の声に、不快げなひびきがこもった。裏切りとおなじく、彼の精神の花園を腐《ふ》臭《しゅう》によって毒しようとする害虫があるとすれば、その名は〝密告〟であったろう。ときとして重要な価値をそれに認めてはいても、歓迎したり奨励したりする気には、なかなかなれないのである。

白銀色の閃光《せんこう》が空を蛇行し、雷鳴が炸裂《さくれつ》した。静寂はもろい陶器のようにたたき割られ、ラインハルトたちの鼓膜に不快な残響が尾をひいた。それが消えさるより早く、思いなおしたようなラインハルトの声が、憲兵総監に、報告の続行をうながした。

ケスラーは掌につつんだ小さな箱を指先で操作した。若い帝国宰相の視線の高さに、小さな立体映像が浮かびあがった。美男子と称するほどではないにせよ、品性と家門を感じさせる青年で、目と口もとにたたえられた微笑には蔭《かげ》がなかった。

「ランズベルク伯アルフレットです。年齢は二六歳。昨年のリップシュタット盟約に参加した貴族のひとりで、敗戦後はフェザーンに亡命しておりました」

ラインハルトは黙然とうなずいた。彼の記憶に、その名と顔がかなり明瞭《めいりょう》に残っている。幾度か式典やパーティーで顔をあわせたことがあるが、悪い印象をうけたことはない。有益ではないにせよ無害な人物で、ゴールデンバウム王朝の安定期に生まれていれば、うまくもない詩や小説に熱中する文学趣味の教養人として大過なく生涯を終えたことだろう、と思う。乱世を生きぬく才覚には、それほどめぐまれていたとも思えない。反ラインハルト派の盟約に参加したのも、ラインハルトを憎悪したというより、門閥貴族こそが帝政の柱であるべきだ、という伝統的な価値観を単純に信じこんだためであろう。

つぎに映しだされたのは、アルフレットよりやや年長の男で、有能なビジネスマンを思わせる顔だちをしていた。大貴族連合軍の参謀の一員であったシューマッハ大佐である、と、憲兵総監は説明した。

レオポルド・シューマッハは、二〇歳で士官学校を卒業し、一〇年後には大佐に昇進している。貴族出身ではないこと、前線より後方で勤務する期間が長く、たとえばウォルフガング・ミッターマイヤーのように華麗な武勲をたてる機会に比較的めぐまれなかったことを考慮すると、これは異数の出世というべきであった。理性に富み、任務遂行能力にすぐれ、必要に応じて自分ひとりで行動することも集団を行動させることもできる。きわめて〝使いでのある男〟のようであった。

これは麾下《きか》にくわえておくべき人材ではなかったか、と、ラインハルトは思い、貪欲《どんよく》ともいうべき彼の人材収集網に意外な破れ目があったことを残念に思った。彼は物質には関心も欲望も薄かったが、人材には執着した。ことに昨年、赤毛の友ジークフリード・キルヒアイスを失ってからは、不可能と知りつつも、その損失を埋めるべく努力をおしまなかったのだ。

だが、それにしても、ランズベルク伯アルフレットとシューマッハがフェザーンという安全な亡命地を捨てて、敵の支配する帝国首都《オーディン》へ潜入してきた理由はなにか。

ふと心づいて、ラインハルトはただした。

「彼らは身分証明書をもっていたはずだな。それも偽名のものを。やはり贋物《にせもの》だったのか」

憲兵総監の返答は〝否〟であった。入国審査に際して、なんら不審な点はなかった。密告がなければ、彼らの正体は判明しなかったであろう。身分証明書がフェザーン自治政府発行という点で真物《ほんもの》である以上、この件にフェザーンがなんらかのかたちで関与していることは明白であると思われる。ゆえに宰相閣下の政治的判断をあおぐべく参上したしだいである――ケスラーはそう述べた。

後刻の指示を約束して、いったん憲兵総監を退出させると、ラインハルトは雷雲のひしめく空に視線を投げた。

「帝国の歴史家どもは、ルドルフ大帝の怒号を雷にたとえているが、ご存じだろう、伯爵令嬢《フロイライン》マリーンドルフ」

「ええ、存じております」

「なかなか巧みな比喩《ひゆ》だ」

ヒルダは即答をさけ、窓外に視線を放つ若い帝国宰相の優雅な姿を黙然と見やった。発言の内容とうらはらに、ラインハルトの口調には毒があるようにヒルダには感じられた。

「雷というやつは……」

言いかけたラインハルトの秀麗な顔が、雷光の一閃をうけて白くかがやいた。その瞬間、彼は塩でつくられた彫像のように見えた。

「要するにエネルギーの浪費だ。巨大な熱と光と音をもっているが、ただ荒れくるうだけで、なにひとつ他を益するものはない。まさにルドルフにふさわしい」

かたちのいい唇を開きかけて、ヒルダはなにも言わずに閉じた。ラインハルトが彼女の返答をもとめてはいないことを察したからである。

「おれはちがう。おれはそうはならない」

その言葉は、なかばは彼自身にむけて、なかばはこの場にいない誰かにむけて発せられたものであるように、ヒルダには感じられた。

ラインハルトは視線を室内にもどして、うら若い伯爵令嬢を見やった。

「伯爵令嬢《フロイライン》マリーンドルフ、あなたはどうお考えかな。意見を聞かせてほしい」

「ランズベルク伯らが帝都《オーディン》へもどってきた理由についてですの？」

「そうだ。おとなしくフェザーンにいすわって、へたな詩でもつくっていれば平和にすごせるものを、なぜ危険を冒《おか》してまでもどってきたのか。あなたはどう考える？」

「ランズベルク伯は、わたしの知るかぎりでは、かなりのロマンチストでしたわ」

その返答は、ラインハルトの、けっしてゆたかとはいえないユーモア感覚を微妙に刺激したようで、彼はさざ波のような微笑で口もとをほころばせた。

「あなたの観察に異存はないが、あのへぼ詩人が故郷へ帰ることそれじたいにロマンを見いだしたとも思えないな。数十年が経過して老人となってからのことなら納得できるが、昨年の内乱からまだ一年もたっていない」

「おっしゃるとおりです。ランズベルク伯がもどってきた理由は、もっと深刻で、彼にとっては危険を冒す価値のあるものでしょう」

「それはなんだろう、いったい」

あきらかにラインハルトは、聡明な伯爵令嬢との問答を楽しんでいた。男女間の会話というより、知的に対等な者どうしの、非公式の討論であり、思考に刺激と活力をあたえる強烈な香辛料を欲してのことであったろう。

「行動的ロマンチストをもっとも昂揚《こうよう》させるのは、歴史がしめすように、強者にたいするテロリズムです。ランズベルク伯は、純粋な忠誠心と使命感を劇的に満足させるため、潜入を敢行したのではないでしょうか」

ヒルダもよくそれに応《こた》えた。昨年まで、これは亡きジークフリード・キルヒアイスの、余人をもってはかえがたい存在価値の一部であったことを、彼女はわきまえていた。

「テロというと、私を暗殺するつもりかな」

「いいえ、おそらくちがうと思います」

「なぜ?」

興味深げなラインハルトに、ヒルダは説明した。暗殺とは過去の清算とはなりえても、未来の構築とはなりがたい。もしラインハルトが暗殺されたとすれば、誰がその地位をつぎ、その権力を譲りうけるのか。昨年、〝リップシュタット盟約〟に結集した貴族たちが敗亡した理由のひとつは、盟主ブラウンシュヴァイク公と副盟主リッテンハイム侯とが、ラインハルト打倒後の権力の座にかんしてついに合意をみなかったことにある。ケスラー大将の推測どおり、ランズベルク伯らの潜入にはフェザーンが関与していると思われる。フェザーンはラインハルトの死によって生じる統一権力の瓦解《がかい》と、社会的・経済的混乱とを、すくなくとも現段階においては歓迎しないであろう。

「わたしは思うのです。フェザーンがテロを使嗾《しそう》するとすれば、暗殺ではなく、要人を誘拐することではないか、と」

「すると、その対象は誰かな」

「三人が考えられます」

「ひとりは、むろん私だな。あとのふたりは誰々だろう」

蒼氷色《アイス・ブルー》の瞳を直視して、伯爵令嬢は答えた。

「ひとりは、閣下の姉君です。グリューネワルト伯爵夫人です」

ヒルダが言いきると同時に、ラインハルトの顔から余裕の色がはじけとび、奔騰《ほんとう》する激情がそれにとってかわった。その変化はあまりに直截《ちょくせつ》で急激だったので、数秒の時間が何者かの手で強引に削りとられたような錯覚すらおぼえるほどだった。

「もし姉上に危害をくわえるようなことがあったら、へぼ詩人め、痛覚をもって生まれてきたことを後悔させてやる。人間としてこれ以上考えられないほど残酷に殺してやるぞ」

ラインハルトがそのおそるべき誓約を実行しないという可能性は、ヒルダには考えられなかった。ランズベルク伯アルフレットが不逞《ふてい》な誘惑に身をゆだねれば、彼は常軌を逸した復讐者をこの世に産みおとすことになるだろう。

「ローエングラム公、わたしの申しあげたことには、配慮がたりませんでした。お赦《ゆる》しください。姉君が誘拐されるというのは、今度の場合、まずありえません」

「なぜそう言いきれる?」

「女性を誘拐して人質とすることは、ランズベルク伯の主義に反するからです。さきほども申しあげましたけど、彼はロマンチストです。かよわい女をさらったと後ろ指をさされるより、実行の困難さにおいてまさるほかの途《みち》をえらぶと思いますわ」

「なるほど、ランズベルク伯、あのへぼ詩人はそうかもしれない。だが、あなたの言うように、この一件にフェザーンがからんでいるとすれば、権道《けんどう》の極致をとるかもしれないではないか。フェザーン人はもっとも悪い意味においてもリアリストだ。労すくなくして功多い方法を、ランズベルク伯に強制する可能性は充分にある」

ことと姉であるグリューネワルト伯爵夫人アンネローゼにかんしては、ラインハルトの感情はつねに理性にたいする勝者となるのだった。この心理的聖域、あるいは弱点を有するかぎり、ラインハルトはルドルフ大帝のような〝鋼鉄の巨人〟と一線を画する存在でありつづけるであろう。

「ローエングラム公、わたしは誘拐の対象として三人の方を考えました。まず閣下を除外しました。実行役のランズベルク伯にその意思があっても、裏で糸をひくフェザーンが了承しないと思われるからです。つぎに姉君グリューネワルト伯爵夫人を除外します。ランズベルク伯がそれを了承するとは思えないからです。けっきょく、三番めの方こそ、計画者と実行者の双方を満足させる要件をそろえていると、わたしは考えるのですけど……」

「その三番めの方とは？」

「現在、至尊《しそん》の冠をいただいておられます」

ラインハルトはそれほど驚愕したようにはみえなかった。彼もヒルダとおなじような推論をくだしていたのであろう。だが、口にだしては意外さを強調した。

「するとあなたは、へぼ詩人が皇帝を誘拐すると……？」

「ランズベルク伯にとっては、これは誘拐ではありません。幼少の主君を敵の手から救出する忠臣の行為です。なんの抵抗もなく、それどころか嬉々《きき》として実行するでしょう」

「へぼ詩人についてはそれでいい。だが、もういっぽうの当事者は？　フェザーンにとってはなんの益があるのだろう、皇帝を誘拐することで」

「それはまだわかりません。ですけど、すくなくともフェザーンにとって害になるという可能性は見いだせないのですが、いかがでしょう」

「……たしかに、あなたの言うとおりだ」

ラインハルトはうなずき、ヒルダの推論がきわめて蓋然《がいぜん》性に富むものであることを認めた。彼女の意見は、フェザーンの功利的な発想とランズベルク伯アルフレットの性格とをよく把握して、間然《かんぜん》するところがないように思われる。

「けっきょく、またしてもフェザーンの黒狐《くろぎつね》か。奴はけっして自分では踊らない。カーテンの蔭で笛を吹くだけだ。踊らされるへぼ詩人こそ、いい面《つら》の皮だな」

ラインハルトはにがにがしくつぶやいた。踊らされる〝へぼ詩人〟に同情する気などないが、フェザーン自治領主《ランデスヘル》アドリアン・ルビンスキーの成功を祝ってやるほど寛大にはとうていなれない彼だった。

「フロイライン・マリーンドルフ、へぼ詩人たちの潜入を密告してきたのはフェザーンの工作員ではないか、と、私は思うのだが、どうだろう」

「はい、閣下のお考えが正しいと存じます」

このとき、ヒルダは一瞬、ラインハルトのあの微笑を期待していたのかもしれない。だが、若い美貌の帝国宰相は、蒼氷色《アイス・ブルー》の瞳をふたたび窓外にむけ、苛烈《かれつ》なまでに表情をひきしめて、みずからの思念の軌跡を追っていた。

Ⅱ

天候の不順は翌日にもちこされ、帝都中央墓地は朝から霧とも雨とも判別しがたい水滴のカーテンにつつまれていた。晴れた日には木洩《こも》れ陽《び》を水晶のようにきらめかせるトウヒの並木も、白々と煙って沈黙のなかに立ちつくしている。

ヒルダは地上車《ランド・カー》を待たせておき、香気を放つヤマユリの花束をかかえて石畳の園路を歩いた。目的の墓まで三分ほどを要した。

壮麗な墓ではない。清潔な白い墓石にきざまれた碑銘も、簡潔をきわめている。

「わが友ジークフリード・キルヒアイスここに眠る。帝国暦四六七年一月一四日——四八八年九月九日」

白い頰を水滴に湿らせて、ヒルダは墓石の前にたたずんだ。〝わが友《マイン・フロイント》〟――その二語がもつ意味の重さを、どれほどの人が正しく理解できることであろう。ラインハルトは、彼の生命を救ってくれた赤毛の友に、無数の栄誉をもってむくいた。帝国元帥、軍務尚書《しょうしょ》、統帥本部総長、そして宇宙艦隊司令長官。〝帝国軍三長官〟の要職を一身にかねることは、多くの提督たちのもとめてかなえられぬ夢であった。死後とはいえ、ラインハルトはそれを赤毛の友に贈り、そして墓碑にはそれらの栄誉よりはるかに重い意味をもつ言葉だけをきざみこんだのである。

ヒルダは冷たく濡れた平らな墓石の上にヤマユリの花束をのせた。湿度がヤマユリの香気を強めるか弱めるか、彼女には知識がない。もともとごく幼少のころから花や人形には興味が薄く、温厚で常識的な父親は遺伝や環境についてさまざまに思いめぐらしたものだった。

生前のジークフリード・キルヒアイスと、ヒルダは面識をえる機会がなかった。だが、一昨年、〝カストロプ星系動乱〟に際して、キルヒアイスの勝利がなければ、ヒルダの父マリーンドルフ伯フランツの生命もあやういところであったのだ。恩義という言葉は、ヒルダの好みにそぐわないが、すくなくとも借りがある、と、彼女は思っているのだった。リップシュタット戦役の直前に、ヒルダは父を説得し、ラインハルトと交渉して、マリーンドルフ伯爵家を安泰せしめたのだが、それもキルヒアイスがそれ以前に伯爵家を存亡の淵《ふち》から救いあげてくれたからである。ヒルダは自分の功績を過大評価してはいなかった。

ジークフリード・キルヒアイスは、能力と識見と忠誠心において比類ない存在だった。副官としてラインハルトを補佐し、カストロプ動乱、アムリッツァ会戦、リップシュタット戦役では独立した作戦行動において傑出した武勲をうちたてている。生きていれば、きたるべき対同盟の軍事行動において、どれほどの偉功をたて、歴史をうごかしたことだろうか。

だが、人間である以上、完全ではありえない。生きていれば失敗をおかすこともあるだろう。ラインハルトとのあいだに感情の齟齬《そご》や理念の対立が生じるということもあったかもしれない。いや、すでにそれはおこりかけていた。キルヒアイスが身をもってラインハルトを救ったとき、彼の手には武器がなかったのだ。それまで、ほかの者には携帯を許されていなかった武器が、キルヒアイスにだけは許されていた。その慣習を廃して、ラインハルトが赤毛の友を——彼の半身を——ほかの部下たちと同列におこうとしたとき、悲劇はその伸びきった爪で金髪の若い独裁者を引き裂いたのだ。こうして、〝ヴェスターラントの虐殺〟を機に噴きだしかけた両者の危機は未発に終わった。回復不可能な悔恨の念と、重すぎる損失感を残して。

ヒルダは頸《くび》をふった。短い金髪に微細な水滴がからまりついて、不快な重さが頸すじに残った。彼女はふたたび墓碑銘を見つめた。心からの供《そな》えものではあるが、ヤマユリの花束はジークフリード・キルヒアイスにふさわしいだろうか。なにか不吉な花言葉をもってはいなかっただろうか。もうすこし花に関心をいだいておくべきだったかもしれない。

やがてヒルダはきびすを返した。せっかく訪ねてはきたものの、この日の彼女は死者にたむける言葉を見いだしえなかった。

フロイデンの山岳地帯は帝都中心市街の西方、地上車《ランド・カー》で約六時間の距離に巨大な翼をひろげている。三つの方向から伸びた山稜《さんりょう》が中央の一点にむけて集中し、衝突しあって深く屈曲し、大地を高く低く波打たせているのだ。山脈と水脈はいたるところで進路を変え、さえぎりあい、深い渓谷と複雑な湖岸線の湖水を各処に生みおとしている。標高が上がるにしたがって、植生は混合樹林から針葉樹林へ、さらに高山植物の群落へと変化し、陽光のふりそそぐ角度によっては虹色の光彩を放つ万年雪によって、大地の先端は空と接吻する。

森と岩場のあいだには牧場や自然の花畑が点在し、さらにそれらの間隙《かんげき》をぬうように、牧歌的なよそおいをこらした山荘が、ゆたかな緑にとけこむ寸前でふみとどまって、自己の存在をひかえめに主張している。これらの山荘はほとんど例外なく貴族の所有物であり、さらに所有者の大半が先年の〝リップシュタット戦役〟において敗亡したため、管理する者もなく放棄されていた。いずれ公共の利益に供されるのであろうが、現在のところは、たんに建っているだけである。

グリューネワルト伯爵夫人の称号をもつアンネローゼの山荘は、Y字状をなす湖の中央に突出した半島の上に建てられていた。

半島の基部に樫材《かし》の門がもうけられ、扉はあけ放たれたままになっている。ヒルダはそこで地上車《ランド・カー》をおりた。運転していた下士官は、すでに午後も遅い時刻であること、門から山荘の建物まで距離があることを指摘して、車を使うようすすめたが、

「いいわ、てごろな運動になるでしょうから」

甘美なまでに爽涼《そうりょう》な大気に肌を触れさせないのは、重大な損失であるように、ヒルダには思えたのである。

舗装されてない道はゆるやかなのぼり坂をなし、みずみずしい榛《はん》の木の茂みにそってガラスが流れるような清流がせせらぎの音をたてている。

下士官をしたがえ、颯爽《さつそう》とした足どりで——のちに彼女の伝記が書かれるとき、この点はかならず伝記作家の強調するところとなったが——歩いていたヒルダの足がいくつめかのカーブでとまった。木立が突然とだえて視界がひらけ、甘い芳香につつまれた草地と、その奥にたたずむ清楚《せいそ》な木造の二階建の山荘が見えた。そして山荘の入口の前に、すんなりした優美な姿の若い女性がいた。ヒルダは女主人の視界に無理なくはいるよう意識しながら、ゆっくりと歩みよった。

「グリューネワルト伯爵夫人《グラファイン・フォン・グリユーネワルト》でいらっしゃいますね」

「あなたは……?」

「ヒルデガルド・フォン・マリーンドルフと申します。ローエングラム公爵閣下の秘書官をつとめております。お時間をいただければ幸いです」

深みのある碧《あお》い瞳が、静かにヒルダを見つめている。ひるむべき理由は、ヒルダにはなかった。にもかかわらず、彼女はたじろぎに似た緊張が身体のなかに根を張るのを感じずにいられなかった。虚偽やかけひきのつうじる相手ではないと思う。もともとそんなものを弄《ろう》する気もないが。

「コンラート!」

その声に応じて、山荘のなかからひとりの少年があらわれた。アンネローゼのものとは微妙に色調のことなる金髪が、遅い午後の衰えてゆく陽光に照りはえていた。年齢はせいぜい一四歳ぐらいにしか見えない。

「お呼びですか、アンネローゼさま」

「お客さまがいらしたので、お相手をしなくてはならないの。運転手の方を食堂へおつれして夕食をさしあげてちょうだい」

「はい、アンネローゼさま」

下士官が恐縮と期待をないまぜた表情で少年にしたがって姿を消すと、アンネローゼは若い客人を暖炉のある古風な、しかし居心地のよさそうな、こぢんまりしたサロンへ案内した。

「伯爵夫人、あの子はたしかモーデル子爵家の……」

「ええ、モーデル家の一門ですわ」

それがラインハルトに敵対した貴族の家名であることをヒルダは知っていた。なんらかの縁で、アンネローゼが少年の保証人になったのであろうと思われた。

窓の外を見ると、夏至《げし》にちかく、遅い陽が沈みかけていた。空から一条の光が落ちてきて、遠いブナ樹林の斜面に黄金色の帯を織りだし、時がすすむにつれてその帯は斜面の縁へと移動し、やがてそれが消えると、空の碧みがそらおそろしくなるほど濃く深くなって、すでに黒々とかげった森との境界が見さだめがたくなる。そして星々が硬質の光で空を飾りはじめると、大気の膜を一枚へだてただけで宇宙に接しているという実感がせまる。昼空は大地に属し、夜空は宇宙の一部――誰かがそう言っていたことをヒルダは想いだした。アンネローゼの弟は、あの星々の彼方で敵と戦い、彼らを滅ぼし、さらなる戦いを展開しようとしている……。

暖炉で炎が勢いよく燃えあがった。フロイデン山地の春と夏は帝都中心街より二カ月遅れて訪れ、秋と冬は二カ月早くいたるといわれる。夕闇は一秒ごとに涼気を冷気へと変質させつつあり、それに抗して燃えあがる暖色の炎は、人間の精神と肉体から厚い上着をはぎとるような効果をもっていた。ソファーに腰をおろしたヒルダは、非礼にならないよう用心しながらも、満足の吐息を小さくつかずにいられなかった。とはいえ、悠然と時をすごす贅沢は、ヒルダには許されていなかった。彼女が来訪の用件を告げると、美しい女主人はかるく、しかも優美に首をかしげた。

「わたしに護衛をつける、と、弟《ラインハルト》は言うのですか?」

「はい、ローエングラム公は、伯爵夫人がテロの対象となることを心配しておいでです。できればもどって自分といっしょに暮らしてほしい、とお望みですけど、おそらくは承知してくださるまい、と。ですから、せめて山荘の周囲に警備の兵士を配置することを許してほしい、と、そう申しておられます」

ヒルダは口を閉ざし、アンネローゼの反応を待った。

アンネローゼは静かすぎるほど静かに沈黙している。即答のないことは予測していたので、ヒルダは、返答をうながすような愚行をおかさなかった。

彼女にその用件を託したラインハルトは、巨大な独裁者に似つかわしくない表情――優しい姉を悲しませることをおそれる少年の表情で言ったものだ。できるなら自分自身で姉のもとを訪れたいのだが、姉は会ってくれぬだろう、だからあなたに頼むのだ、と。

今日の世界をつくったのはこの女性《ひと》なのだ、と思うと、不思議な感情にヒルダは支配されずにいられない。このつつましやかで早春の陽光のようにやわらかな印象の美しい女性が、現在にいたる歴史の源であるのだ。一二年前、彼女が先帝フリードリヒ四世の後宮におさめられたとき、歴史は停滞をやめて激しく流れはじめた。後世の歴史家は言うだろう――ゴールデンバウム王朝の決定的な衰亡は、この優美な女性に起因する、と。この姉なくして、ラインハルト・フォン・ローエングラムの急激すぎる擡頭《たいとう》はありえなかった、と。まことに、人間は、みずからの意思によってのみ歴史と世界をうごかすものではないのだ。花粉をはこんで荒地にあたらしい花を咲かせる風に、意思はないが、たしかにそれは風の功績なのである。

やがてその静かな返答がもたらされた。

「わたしには、護衛をしてもらう必要も資格もありません、フロイライン」

その答えも、ヒルダとそしてラインハルトの予想にそっていた。若い帝国宰相の依頼をうけたヒルダは、説得を開始しなくてはならなかった。

「伯爵夫人はそのどちらもお持ちでいらっしゃいます。すくなくとも、ローエングラム公はそう考えておいでですわ。ご生活の静けさをさまたげぬようにしますから、せめて山荘の護衛は認めていただけませんか」

アンネローゼはひっそりとした影のような微笑を、かたちのいい口もとににじませた。

「……古いことをお話ししましょう。わたしとラインハルトの父が、わずかな資産を費《つか》いはたして、とうとう屋敷も手放し、下町の小さな家に移ったのは一二年前のことです。なにもかもなくしたように見えましたけど、あたらしくえたものもありました。ラインハルトが生まれてはじめてもった友人は、燃えるような赤毛と感じのいい笑顔をもった背の高い少年でした。その少年にわたしは言ったのです——ジーク、弟と仲よくしてやってね、と……」

高い音をたてて暖炉の火がはぜた。オレンジ色の炎が躍動して、語る者と聞く者との影をゆらめかせた。ヒルダは美しい女主人の話をつうじて、一二年前、帝都の下町の一角につつましく展開された風景を眼前に再構築することができた。そのとき、まだ一〇代なかばの少女であったこの女性は、いまと変わらぬ透《す》けるような微笑を相手にむけ、赤毛の少年は髪におとらず幼い顔を燃やしてそれに応えたであろう。そしてそれを見ていたもうひとりの少年、翼を隠した天使のような少年が、確信以上のものを声にこめて、赤毛の友の手をとる――さあ、きみはずっとぼくといっしょに来るんだ……。

「赤毛の少年は約束をまもってくれました。いえ、それどころか、わたしがのぞんでいた以上のこと、ほかの誰にもできないことをやってくれたのです。わたしが、ジークフリード・キルヒアイスの人生と生命と、そしてそれ以外のすべてまでも奪ってしまったのです。彼は亡くなり、わたしは生きながらえています」

「………」

「わたしは罪の深い女です……」

ヒルダは返答ができなかった。おそらく生まれてはじめて、聡明な伯爵令嬢は返答に窮《きゅう》したであろう。彼女に最初の経験をしいたのは、弁舌たくみな外交官でもなければ腹黒い策士でもなく、峻厳《しゅんげん》な検察官でもなかった。ただ、ヒルダは、返答に窮したことに困惑はしても狼狽はしていなかったし、まして恥じてもいなかった。策略や議論の優劣をきそって敗れたわけではないのだから。

「グリューネワルト伯爵夫人、こんな言いかたをするのを、おゆるしください。でも、あえて申しあげます。あなたが旧大貴族のテロに害されたとしたら、天上《ヴァルハラ》にいるキルヒアイス提督は喜ぶでしょうか」

いつものヒルダであれば、このような論法を拙劣《せつれつ》きわまるものとしてしりぞけたであろう。論理によって説得するのではなく、情感に訴えることを、本来、彼女は好まなかった。だが、今度の場合、頂上へいたる唯一の道を歩くしかないのである。

「それに、死んだ人のことばかりでなく、生きている人のことも、どうかお考えください。伯《グ》爵夫人《ラフィン》、あなたがお見捨てになったら、ローエングラム公は救われません。キルヒアイス提督は、死ぬには若すぎる年齢でした。ローエングラム公も、精神的に死ぬには若すぎる年齢だと、お思いになりませんか？」

女主人の白磁の顔に炎のてりかえし以外のなにかがゆらめいた。

「わたしが弟を見捨てたとおっしゃるのですか」

「ローエングラム公はあなたにたいして責任をはたしたいと、そう考えておいでです。その願いをうけいれていただいたら、自分はまだ姉君にたいして必要な存在なのだ、とお考えになれるでしょう。そしてそれはローエングラム公個人だけでなく、もっと広い範囲の人々にとってもたいせつなことなのです」

アンネローゼは視線を暖炉にさりげなくむけたが、踊りまわる炎を見てはいないようだった。

「もっと広い範囲の人々とおっしゃると、あなた自身もふくまれるのですか、フロイライン」

「ええ、それは否定いたしません。でも、重要なのはさらに広範囲の人々なのです。銀河帝国の何百億という民衆は虚無におちいった統治者をのぞみはしないでしょう」

「…………」

「ご生活をかきみださないということは、かさねてお約束させていただきます。どうか、ローエングラム公、いえ、ラインハルトさまの願いをかなえてあげてください。あのかたがこころざしをおたてになったのも姉君のためにこそなのですから」

いくばくかの時間が、音もなくふたりの周囲を流れさった。

「……お礼を申しあげなくてはいけませんね、フロイライン。弟のことをそんなにも思いやってくださってありがとう」

視線をヒルダにもどして女主人は微笑した。

「フロイライン・マリーンドルフ、あなたのご裁量におまかせします。この山荘をでるつもりはありませんが、それ以外のことはどうぞあなたのよろしいようになさってください」

「感謝します、グリューネワルト伯爵夫人」

心からヒルダは言った。アンネローゼは、あるいはわずらわしさをさけたいだけなのかもしれないが、すげなく拒絶されるよりはるかにましな結末を迎えることができたのである。

「アンネローゼと呼んでくださいね、これから」

「はい、では、わたしのこともヒルダとお呼びください」

このようにして、その夜はヒルダも下士官も山荘の宿泊客となることになったが、ヒルダがあてがわれた階上の寝室にはいると、水さしをはこんできたコンラート少年が、ヒルダの謝辞をうけて思いきったように口を開いた。

「ちょっとお訊《き》きしていいですか」

「いいわよ、どうぞ」

「どうしてアンネローゼさまを、そっとしておいてあげないんですか。あのかたは、静かに暮らしたい、と考えておいでなのに……ぼくのほかに何人かおつかえしているし、あのかたを充分まもってさしあげられますよ」

正義感と怒りと不審の光をたたえた少年の瞳を、ヒルダは表面にださない好意をもって見かえした。少年の心はまだ時の侵蝕《しんしょく》をうけていない。信じることに打算はなく、その勇気に不純物は混入していないのだ。

「あなたにも約束するわ、アンネローゼさまの生活を乱さない、と。護衛の兵士は、この山荘のなかへははいらないようにするし、あなたの仕事の領分もけっして侵さないわ。だから、あなたのほかにもアンネローゼさまをお守りしたい人がいるということを認めてあげて」

コンラートが黙然と一礼してでていったあと、ヒルダは短い金髪を指でかきながら、あらためて室内を見わたした。階下のサロンと同様、広くはないが、ひかえめな心づかいにみちた部屋である。クッションもテーブルクロスも手づくりのもので、女主人のしなやかな指のはたらきが思われた。いささかのコンプレックスを余儀なくされながら、ヒルダは窓をあけて夜空を眺めやった。

満天の星というより、空が狭くて星が触れあっているかのような印象であった。弱い星の光は強い星の前にうち消されてしまい、地上にはとうていとどかないのであろう。

人の世も歴史もかくのごとしということだろうか、と、ヒルダは思い、われながら陳腐《ちんぷ》な感想をいだいたものだ、と苦笑を禁じえなかった。ここには、この場所には、人をなつかしく温かくくるむものがある。それは心地よい眠りの神《ヒュプノス》の愛撫《あいぶ》をまねき、ヒルダは小さなあくびをして窓を閉じたのだった……。

Ⅲ

フロイデン山地でのヒルダにくらべると、宰相府でラインハルトが従事していた仕事は、散文的なことこのうえないものであった。実務とはもともとそのようなものではあるが、ことに〝フェザーンの黒狐〟こと自治領主《ランデスヘル》アドリアン・ルビンスキーとその代理人を相手どっての外交戦ともなれば、詩的抒情《じょじょう》だの感傷だのをうんぬんしている余裕はないのである。ラインハルトはフェザーン首脳陣の政治的道義的水準を高く評価していなかったから、利害と打算を基本要因として彼らと折衝する計画をたてることに、なんらためらいをおぼえなかった。武人には武人らしく、商人には商人らしく、悪党には悪党らしく接するべきであろう。フェザーン人の狡猾《こうかつ》さには、それをうわまわる狡猾さ、ないしはそれを正面から粉砕する力の恐怖が必要であるはずだった。

ボルテック弁務官にたいしてラインハルトの元帥府から出頭命令がくだったのは六月二〇日の午後であった。命令をもたらしたのは憲兵だが、一〇人からの武装した巨漢に踏みこまれて、弁務官オフィスのスタッフたちはたいはんが色を失った。どう考えても吉事とは思えなかったのだが、命令をうけた当人の反応はまたことなっていた。それまで、昼食にだされた仔牛肉《フザレン》バター焼《ブラッテ》の香辛料についてぶつぶつ不平を鳴らしていたボルテックが、憲兵来訪の報を聞くと急に機嫌をなおし、女性秘書のツーピースの襟のかたちをほめたりしたので、悲観的な者はいちだんと気分を暗くした。人間がつねにないことをするのは不吉なきざしだ、と信じる者は、古代から一度として絶えたことがないのである。

宰相府に連行された彼は、一歩ごとに顔の筋肉を微妙に移動させ、再配置し、ローエングラム公ラインハルトの執務室にはいったときは、謹直《きんちょく》そのものの表情をつくりあげていた。この巧緻きわまる芸術の成果を公《おおやけ》にできないのは、この無名の名優にとって残念なことであったにちがいない。

「最初に確認しておきたいことがある」

ボルテックに椅子をすすめ、みずからも腰をおろすと、ラインハルトはそう口をきった。高圧的というには粗野さを欠く口調だった。

「はい、閣下、なにごとでございましょう」

「卿《けい》は自治領主ルビンスキーの全権代理か、それともたんなる使い走りか?」

ボルテックは美貌の帝国宰相をつつましげな表情で見やったが、その眼からは観察と打算の光がもれていた。

「どうなのだ」

「……かたちとしては、むろん後者でございます、閣下」

「かたちか。フェザーン人が実体より形式におもきをおくとは寡聞《かぶん》にして知らないな」

「おほめいただいたと思ってよろしいので?」

「卿の解釈に干渉する気はない」

「はあ……」

いささか居心地悪そうにボルテックは身じろぎした。ラインハルトは薄い笑いを端麗な唇の端にひらめかせ、何気なさそうに最初の一弾を撃ちこんだ。

「フェザーンはなにをのぞんでいる?」

ボルテックは細心の演技をこらし、かるく目をみはってみせた。

「おそれながら、閣下、おっしゃることがよくわかりませぬが……」

「ほう、わからぬか」

「はい、なんのことやら、不敏なる身には……」

「これはこまった。一流の戯曲が一流の劇として完成をみるには、一流の俳優が必要だそうだが、卿《けい》の演技はいささか見えすいていて興《きょう》をそぐな」

「これは手きびしいおっしゃりようで……」

ボルテックは恐縮したように笑った。だが、彼が仮面もぬがなければ手袋さえはずしてはいないことを、ラインハルトは知っていた。

「どうやら言いなおしたほうがよさそうだな」

彼には彼で、露骨な軽蔑の意思をこの際は隠す必要と苦労があるのだった。

「皇帝を誘拐して、フェザーンになんの利益があるのか、と、そう訊いているのだ」

「………」

「それにランズベルク伯ではいささか荷が勝ちすぎるとも思うが、どうかな」

「おどろきましたな。そこまでお見とおしでいらっしゃいましたか」

ボルテックは真情か演技か、感嘆の視線をラインハルトにむけ、敗北を認めるように吐息した。

「すると、密告したのが私どもフェザーン自治政府の者であること、それが閣下へのサインであったことも当然ご承知でいらっしゃいますな」

ラインハルトは返答の必要を認めず、蒼氷色《アイス・ブルー》の瞳で冷然と弁務官を見すえていた。このようなとき、彼の血管には氷を溶かした水が流れているかにみえる。

「閣下、それでは、私どもの思惑のすべてをご高覧《こうらん》にいれましょう」

ボルテックは身をのりだした。

「私どもフェザーンの自治政府は、ローエングラム公が全宇宙を支配なさるにつき、そのご偉業に協力させていただきたいと考えております」

「ルビンスキーの意思なのだな」

「はい」

「それにしても、その協力の第一歩が、門閥《もんばつ》貴族の残党どもに皇帝を誘拐させることだというのは、いささか説明を要するのではないか」

ボルテックは一瞬ためらったようであったが、手持ちのカードを開示してみせる必要を、このときは認めたのであろう。率直な口調をつくって話しはじめた。

「私どもの考えるところはこうでございます。ランズベルク伯アルフレットは皇帝エルウィン・ヨーゼフ陛下を逆臣《ぎゃくしん》の手から救出し――ああ、いえ、むろんこれは彼の主観ですが、フェザーンを経由して自由惑星同盟《フリー・プラネッツ》へ逃亡し、そこで亡命政権を樹立することになりましょう。むろんなんら実体のあるものではございませんが、このような事態をローエングラム公はお認めにはなられますまい」

「当然だ」

「ですから、閣下はここにおいて自由惑星同盟を討伐なさるりっぱな大義名分を獲得なさることになります。そうではございませんか」

ボルテックは笑った。相手に迎合《げいごう》するようにみえるが、じつはそうではない。

ラインハルトは、じつのところ七歳の皇帝エルウィン・ヨーゼフをもてあましている一面が、たしかにあるのだった。この少年は、いずれラインハルトが簒奪《さんだつ》すべき玉座をかりにあずかっているにすぎないが、戴冠《たいかん》した以上、皇帝であるにはちがいないし、なによりも七歳という年齢が問題であった。簒奪が流血をともなえば、〝幼児殺し〟の非難が同時代と未来からあびせられること必定《ひつじょう》であるのだった。

考えてみれば、皇帝というカードは、ラインハルトがもっているかぎりなんらの効力も発揮しない。しかし、それがひとたび同盟の手に渡れば、それは同盟を内部から傷つけ破壊する悪意のジョーカーとして使用できるのである。ぜひとも相手にこのカードをひいてほしいところであった。

皇帝を同盟が保護すれば、ボルテックが言うように、ラインハルトは同盟に侵攻する決定的な大義名分を手にいれることができる。皇帝誘拐の罪を問う、としてもよいし、その逆に、帝国の社会改革を阻止しようとする門閥貴族派の反動的な陰謀に荷担するもの、としてもよいであろう。どちらでも、あるいはそれ以外のものでも、お好みしだいだ。さらには、結果がどうなるにせよ、皇帝のうけいれをめぐって国論が分裂するのはさけがたいことであり、この事態も、すぐれた利用価値をもつであろう。軍事面のみならず政治面においても、帝国、というよりラインハルトは同盟にたいして圧倒的優位をしめることになる。フェザーンの言いようを素朴に信じれば、歓迎すべき好意であった。だが、むろん、ラインハルトは、フェザーンにたいする態度のなかに、〝素朴〟だの〝純情〟だのという選択肢をもうけてはいない。

「それで、私はどうすればよいのだ。フェザーンの好意にたいして、頭をさげて礼を言えばよいのか」

「そう皮肉をおっしゃいますな」

「ではなにをしてほしいか、はっきりと言え。腹のさぐりあいもときにはよいが、毎回そうではいささか胃にもたれる」

ラインハルトのくりだした槍先は、老獪《ろうかい》なボルテックといえども回避できなかった。

「では、単刀直入に申しあげます。ローエングラム公は政治上、軍事上の覇権と、世俗的権威のことごとくをお手になさいませ。私どもフェザーンは、閣下の支配なさるかぎりの全宇宙における経済的権益、とくに恒星間の流通と輸送のすべてを独占させていただきます。いかがなものでしょうか」

「悪くない話だが、抜けおちた点があるな。今後のフェザーンの政治的地位は？」

「閣下の宗主権のもとに自治を認めていただきます。つまり、主《ぬし》かわれどこれまでどおりというわけで……」

「それは認めよう。だが、いずれにしても同盟が皇帝の亡命をうけいれぬかぎり、どれほどすぐれた戯曲でも筋の進行のさせようがないが、そのあたりはどうか」

不遑なまでの自信にみちた反応がかえってきた。

「その点は、わがフェザーンの工作をご信頼くださいますよう。策《て》はうってあります。必要なかぎり」

もし同盟に冷徹な外交家がいれば、懐《ふところ》にとびこんできた皇帝を対帝国外交の切札として使うだろう。人道的あるいは感傷的な非難をものともせず、皇帝をラインハルトの手にひきわたすかもしれない。ラインハルトとしては、それを拒否する理由もない以上、使いようのないジョーカーをおしつけられることになる。とんでもない道化師《ピエロ》の役をつとめることになるだろう。それをフェザーンは防いでやるというのだ。自分で火を放っておいて、延焼せぬようにしてやる、と言わんばかりの恩着せがましさが、ラインハルトには笑止だった。増長するのもほどほどにするがよい。

「弁務官、フェザーンが私と盟約をむすびたいと言うなら、さらにひとつ提供してもらわねばならぬものがある」

「は、それは？」

「言わずと知れたことだ。フェザーン回廊の自由航行権だ。それを帝国軍にたいして提供しろと言っているのだ」

フェザーンの弁務官は、表情にはしった衝撃を隠そうとして失敗した。将来はともかく、現在の時点でそこまで要求されるとは、予想していなかったのであろう。視線が揺れ、精神回路のなかをかけまわる打算と判断が、足をとられてよろめいた。弁務官の防壁は、意外な方角からの攻撃にたいして脆弱《ぜいじゃく》さを露呈《ろてい》したのだ。

「どうした、なにをおどろく。なぜ返答せぬ」

華麗にさえひびく冷笑が、ボルテックの頭上にふりかかった。弁務官は態勢をたてなおそうとして声をうわずらせた。

「そ、即答いたしかねます、閣下」

「私が覇権を確立するのに協力する、と、そう卿《けい》は言ったではないか。であれば、喜んで私の要求に応じるべきであろう。いくら侵攻の大義名分ができたところで、それを生かす途《みち》が閉ざされていては無益というものだ」

「ですが……」

「汗をふけ。それとも卿らが真にのぞむのは、帝国軍がイゼルローン回廊に無数の死屍《しし》をならべることか。ありうることだな。両勢力ともだおれののちに、フェザーンひとり漁夫の利をしめる、か」

「考えすぎでございます、閣下」

弁務官の弱々しい抗弁は、一顧《いっこ》もされなかった。ハープの弦を鳴らすような若者の笑い声が、ボルテックの鼓膜を刺すとき、それは針よりもするどかった。

「まあよかろう。フェザーンにはフェザーンの利益と主張がある。だが、それは帝国や同盟とて同様だ。三つの勢力のうちふたつが合体するとして、そのいっぽうがかならずフェザーンだなどとは思わぬほうがよいのではないか」

ラインハルトの言葉は、ボルテックに完全な精神的転倒をしいた。若い金髪の独裁者は、帝国と同盟が手をたずさえてフェザーンを掃滅《そうめつ》する可能性を示唆《しさ》したのだ。ラインハルトに、外交と戦略の主導権を他者に譲る意思のないことを、ボルテックは心から思い知らされたのであった。

第二章　迷　路

I

上機嫌で宰相府に出頭したボルテック弁務官は、不機嫌の泥沼にひざまでつかった両脚をひきずりながらオフィスにもどってきた。

彼の部下たちのなかで、楽観にかたむいていた者は、季節が逆もどりしたことを感じて、もう一度心の冬じたくをはじめた。悲観主義をおしとおしてきた者は、こうなることは知れていた、とは思っても、自分たちの先見を誇るわけにもいかず、ある種の爬虫類《はちゅうるい》のように首をすくめ周囲の状況をうかがっていた。

ボルテックはとくに暴君タイプの上司ではなかったが、外交職にある者としては珍しくないことに、オフィスの内と外では、かぶる面の種類がおのずとことなるのだった。

職務上、弁務官の補佐をすべき一等書記は、平《ひら》職員のように北風からの逃避を決めこむわけにもいかず、弁務官の執務室をたずねた。交渉の首尾を問われると、ボルテックは荒々しく、成功したように見えるか、と反問したうえで言った。

「金髪の孺子《こぞう》め、とほうもない恫喝《どうかつ》をくわえてきたのだ」

「とおっしゃると?」

「つまりこうだ。奴が同盟とむすんでフェザーンを軍事的に征服することもありうる、だからフェザーンだけが有利な立場にあると思うな――とな」

弁務官は相手の顔を見なかった。動転しきっていることがわかりきっていたからである。

「しかし、しかし、まさかそんなことができるはずはありません。ローエングラム公が同盟と手をむすぶなど、とうていありえないことです。とほうもない夢物語でしかありません」

部下の常識論を、弁務官は鼻先で一蹴《いっしゅう》した。まさかありえない、などという思考が通用するなら、現在の同盟の指導者たちこそ、帝国とフェザーンの合作になる〝皇帝亡命〟劇が開幕を待っていることなど、知らないだけでなく信じようともしないであろう。ラインハルトがそのことをなんらかの方法で同盟に知らせ、たくみに使嗾すれば、両軍共同出兵によるフェザーン征服成功の可能性はゼロではない。昨年など同盟軍部の強硬派にクーデターをおこさせるのにも成功した金髪の孺子ではないか。

同盟はフェザーンに経済上の権益を多くにぎられ、負債も多く、いわばフェザーンの半植民地的な状態を強めつつある。だが、ここでフェザーンそれじたいが消滅すれば、負債もまた消滅する。とかく行動に原則性を欠く同盟の指導者たちが、短期的な欲望にかりたてられないという保証はないのだ。

あるいは致命的な失敗をおかしたかもしれぬ。いまさらながら、ボルテックは、ラインハルトのペースではこばれた会談の推移とその結末に、歯ぎしりするのだった。どこでどのように計算がくるったのか、気がついてみると、チェス盤の隅で王様《キング》は孤立無援においこまれていたのだ。あげくに、王手《チェック》をかけた相手は、一方的な敗北を喫したくなければ相応のことをしろ、と言ったのである。対等の盟約などと思いあがるな、と冷笑したのだ。

こんなはずではなかった。まったく、こんなはずではなかったのだ。交渉の主導権をにぎり、恩を着せて盟約をむすぶのはフェザーンのがわであるべきだった。小細工を弄しすぎた。エージェントを使ってランズベルク伯らの潜入を密告し、ラインハルト一党を不安と猜疑《さいぎ》におとしいれ、交渉の契機《けいき》をつくる。よいアイデアのように思えたのだが、相手を甘く見すぎた。外交と調略《ちょうりゃく》の専門家を自認する彼が、なんと幼稚なミスをしたものであろう。

「では、どうなさいます、弁務官?」

一等書記が義務感と勇気を総動員して、うかがいをたてた。ボルテックはうるさそうな表情を部下にむけた。

「どうするとはなんのことだ?」

「ランズベルク伯とシューマッハ大佐です。いっそ計画すべてを白紙に還元し、あのふたりを始末して、そ知らぬ顔を決めこみますか」

「…………」

「はなはだ残念ですが、また後日もあることで……」

上司の怒声を予期して書記は首をすくめたが、ボルテックは無言で考えこんでいる。

彼としては自分自身の地位にも、思いをいたさねばならなかった。自治領主《ランデスヘル》の補佐官から、帝国駐在の弁務官。フェザーンの権力構造のなかにあって、これは充分に尊敬をはらわれるべき立場であった。もともとフェザーン人には官位を尊敬する念が薄く、小役人などは独立して商売をする才覚も気概もない者としてかるくあしらわれるのだが、ボルテックほどの地位になれば相応の敬意の対象となるのである。だが、ここで重要な対帝国外交に失敗し、自治領主の信頼を裏切ったとなれば、地位にふさわしくない無能者として嘲笑され、伴食《ばんしょく》の徒として追放されてしまうだろう。

ローエングラム公ラインハルトの恫喝に屈して、フェザーン回廊を帝国軍にあけわたしたらどうなるか。武力によらず、交易路を独占することによって維持されていたフェザーンの自立と繁栄は無に帰してしまう。

フェザーンは統制された全体主義国家ではないのだ。交易商たちが自分たちの自由と利益を戦乱からまもりぬくために自発的につくった効率的な共同体。それが、すくなくとも歴史の表面にあらわれた事実である。

誇り高い独立商人たちは、フェザーン回廊を帝国軍にあけわたすことを容認することはないだろう。それは交易国家フェザーンの独立性と中立性をそこなう暴挙だとして反発するのは必至である。自治領主は終身制ではあるが、六〇人からなる長老会議が有権者の二割以上の要求によって招集され、そこで三分の二以上の多数が賛同すれば、自治領主を政権から追うことができるのである。

初代の自治領主レオポルド・ラープ以来、この制度が現実に運用された例はない。だが伝家の宝刀というものは、抜かれる日のためにこそつくられ、用意されているものなのだ。ルビンスキーが、立国の基礎ともいうべきフェザーン回廊の通行権を帝国軍に認めれば、反対派は激《げっ》昂《こう》し、宝刀に手を伸ばすだろう。

そのような事態が現実のものとなったとき、アドリアン・ルビンスキーは、弾劾《だんがい》によって政権の座を追われた歴史上最初の自治領主、という評価を甘受《かんじゅ》するだろうか。ボルテックにはそうは思われなかった。公式記録の表現がどうであれ、ルビンスキーが自治領主たりえたのは、地球教の総大主教《グランド・ビショップ》がそう意図した結果である。長老会議における立候補、演説、投票、そして開票、これらすべてが観客に見せるための演劇でしかなかった。

ボルテックは唇の片端だけをつりあげて笑った。自分たちは自由かつ不羈《ふき》の存在であると信じこんでいる商人ども、自分たちはしたたかで現実的で利害にさといと思いこんでいる商人どもの、なんとお人好しなことであろう。自分たちと富と、それをきずくための努力こそが、宇宙で最高の価値であると信じている無邪気な金権主義者たちを、だが一瞬、ボルテックはうらやましく感じたのである。

それにしても、ルビンスキーが失脚すれば、その腹心とみられるボルテックの地位も安泰ではありえない。いままでは自治領主《ランデスヘル》の側近ナンバー1《ワン》で競争者らしき者の足音すら聴くことはなかったが、彼の転出後に補佐官の地位をえたルパート・ケッセルリンクは、若さに似あわぬ辣腕《らつわん》ぶりで急速に自治政府内での影響力を強化しつつある。まかりまちがえば、ルビンスキーとボルテックが追放されたあと、あの油断ならない青二才が、しれっとした顔で最高権力の座につくということもありうるのだ。むろん、そうなるには必要不可欠のものがある。地球教の総大主教《グランド・ビショップ》の支持だ——そしてこの人物こそ、フェザーン市民の九九・九パーセント以上が知らぬ、真の支配者であるのだ。

ルパート・ケッセルリンクがこざかしく画策して最高権力の座をねらっても、あの黒衣の老人がひからびた顔を横にふれば、身のほど知らぬ野心も見はてぬ夢に終わるのである。

だが待て——ボルテックは急に心臓が波うつのを自覚した。フェザーンにおける最高権力を確保するには、いかに努力しても好きにはなれそうにない黒衣の老人の支持が必要である。ではそれを逆転させて考えてもよいではないか。総大主教の支持さえあれば、彼、ニコラス・ボルテックもまた、自治領主となる資格をもつことになるのである。不遜《ふそん》なのぞみであるだろうか？　だが、アドリアン・ルビンスキーにしてからが、生まれついての自治領主だったわけではなく、先代のときは長老会議の末席にかろうじて座をつらねているだけの存在でしかなかったのだ。ラインハルト・フォン・ローエングラムと手をくんで宇宙を支配するのがニコラス・ボルテックであってもよいはずだった。

今日のところは誤算の連続で、金髪の孺子《こぞう》に王手をかけられてしまった。だが、与《くみ》しやすしと思わせておいて後日に足をすくうこともできるだろうし、フェザーン回廊の通行権にかんしても言質《げんち》をあたえたわけでもなく、交渉の道具としては充分に価値がある。それにまだ切札があるのだ。ありこうぶった金髪の孺子は、地球から宇宙へ黒い翼をひろげる奇怪な老人の存在など知らないのだから、これは相当に強力な武器として、和戦いずれにせよ彼の立場を強めてくれるであろう。

とにかく、当初の計画は続行すべきだ。ボルテックはそう結論づけた。いまさら中止するわけにはいかない。計画実施の能力に疑問をもたれ、ルビンスキーの不興をかうだけである。計画を実行する段階で、失点を回復し、逆に得点と化せしめるべく努力すればよい。ニコラス・ボルテックには、そのていどの才能と器量はあるのだから……。

気をとりなおした弁務官は、不安そうに彼を注視していた一等書記に自信ありげな笑顔を見せて安心させると、当初の計画どおり皇帝誘拐を実行することを告げ、前祝いのシャンペンをもってくるよう言いつけたのだった。

Ⅱ

雨は帝都の市街に無彩色のヴェールをかけていた。窓をはう雨滴をながめながら、今年は天候が不順らしい、と、レオポルド・シューマッハは思った。本来、この季節、帝都《オーディン》の中心街は陽光と新緑につつまれて、透明感にみちた自然のゆたかさを謳歌《おうか》しているはずだった。この自然が平民階級の不満をやわらげる役割をはたしているとさえ言われるほどに……。

「大佐、食事をしないのか」

テーブルいっぱいに酒と料理をならべ、愛情をこめた視線でなめまわしていたランズベルク伯アルフレットがもと大佐の背に声をかけ、返事をまたず背の高いグラスに黒ビールをそそぎ、一息に飲みほした。

やはり帝都の黒ビールの芳醇《ほうじゅん》さは、フェザーンのそれと比較にならない。アルフレットは生理的欲求のみならず素朴な郷土愛《パトリオチズム》をも満足させていた。シューマッハはそれを肩ごしに見て無言でいた。彼はその黒ビールがフェザーン資本の工場でつくられることを知っていたのだが、若い伯爵の気分をこわす必要もないことだった。彼らが滞在しているホテルもフェザーンの資本と経営になるもので、遠からず彼らの呼吸する空気にフェザーンの商標がつけられるのではないか、と、まずい皮肉のひとつも言いたくなるのだ。

それにしても、自分はなにをするためにこんなところへやってきたのか。自嘲の翳りがシューマッハの頬を斜めにすべりおちた。

宇宙港などで、官憲の態度が変化していることを、シューマッハは認めないわけにいかなかった。それも、よい方向への変化である。以前は権力と権威を両手でもてあそびつつ、身分の高い者にはこびへつらい、平民には高圧そのものの態度でのぞみ、露骨に袖の下を要求していた彼らが、礼儀正しく職務に精励しているのだ。綱紀が粛正された結果であり、ローエングラム公の改革が社会システムの小さな部分におよんでいることはたしかであった。彼は、その改革と粛正の源をたつために亡命先から舞いもどってきたのである。

若いランズベルク伯アルフレットのほうは、皇帝を救出するという行為の甘美なヒロイズムに陶酔している。みずから〝忠誠派の盟主〟と称するレムシャイド伯は、彼に、亡命政権における高い地位と、将来の領地の増大を約束して激励したものだった。

「報酬など問題ではない。行為の意味こそが重要なのだ」

アルフレットは断言した。正論ではあろう。シューマッハも提督の称号を約束されたが、そんなものを彼は欲していなかった。アルフレットはまだしもみずからの行為の正義を信じていたが、シューマッハはそれすら信じてはいない。銀河帝国――ゴールデンバウム王朝は遠からず滅びるだろう。ローエングラム公ラインハルトの擡頭と、リップシュタット戦役における門閥貴族連合軍の敗亡によって、それは確定した。それが歴史の本流であり、この期《ご》におよんで亡命政権をつくろうと企図するなど、歴史の進歩にたいする反動でしかないはずである。まして、騎士道信徒のランズベルク伯や夢みる反動家レムシャイド伯だけならともかく、脚本を書いたのはフェザーン一党の現実主義者たちであるのだから、行間に見えざる文字で真の筋書が記されていると考えるのは当然であろう。

選択が自由意志にゆだねられていたのであれば、シューマッハは、惑星の自転方向を逆さにするような無益な行為に荷担したりはしなかった。彼は脅迫に屈したのである。自分自身に危害をくわえられるゆえではなく、ともに亡命した部下たちの新生活をおびやかされるからではあったが、だからといってシューマッハは心なぐさめられはしなかった。この件はともかく、これが決着をみたあとは、可能なかぎりフェザーンの利益をそこなう行為をしてやろう、と、彼は自分自身に誓約していた。報復というより、今後、同様のことでフェザーンへの意にそまぬ奉仕をしいられるのを回避するためにであった。

ほかにもシューマッハには気になることがあった。もともと最初から楽観主義者になりえない彼としては、大杯いっぱいの悲観的材料にあらたな一滴がくわわっただけとも思えるのだが、その一滴が表面張力の微妙な均衡をくずして、大杯からすべての酒がこぼれおちることにもなりかねない。やるからには、彼は成功したかった。というより、失敗したくなかった。作戦行動者としての彼の矜持《きょうじ》にもかかわってくるからである。幼い皇帝を宰相ローエングラム公の手から救出し、自由惑星同盟《フリー・プラネッツ》内に亡命政府をつくる。将来はむろん、ローエングラム公を打倒して帝都オーディンに凱旋《がいせん》することになる――その構想をフェザーン自治領主《ランデスヘル》の補佐官ルパート・ケッセルリンクから聞かされたとき、シューマッハは呆然とした。成功の可能性も意義もない暴挙だとしか思えなかった。それ以来、気になること、納得できないことはいくらもあったが、フェザーンの帝国駐在弁務官ボルテックの言動に歯ぎれの悪い点がみられるのは、彼が現地での総責任者であるだけに、シューマッハは看過《かんか》できなかった。

最悪の場合を、シューマッハは考えてみる。それはフェザーンが彼らに皇帝誘拐を教唆《きょうさ》しておいて、いっぽうではその情報をローエングラム公に流し、彼らを犠牲の羊としてローエングラム公に恩を売る、という小細工をほどこす場合であろうか。それとも……。

いずれにせよ、正解をみちびきだすための情報が不足している。シューマッハは咽喉《のど》に流しこんだ黒ビールに、不愉快なにがさをおぼえた。他人の思惑に踊らされるのは愉快なことではない。もしそれが崇高な目的を達成するためのものであってもだ。まして、そうではないことがわかりきっているとあっては……。

Ⅲ

決行の最終決定がくだされると、シューマッハとアルフレットは、新無憂宮《ノイエ・サンスーシー》潜入の具体的な計画を再検討した。

新無憂宮の見取図は公開などされておらず、フェザーンの組織力をもってしても、それを入手するのは容易ではなかった。権威主義的な政治体制のつねとして、非公開によって一般市民を無知の状態におくことが権威をたもつうえで有効である、と信じられていたからでもあるが、テロ行為を防止するため、という実際上の必要性もあったのである。

壮麗な宮殿は、政権の中枢であって謁見《えっけん》や会議がおこなわれる〝東苑《オスト・ガルテン》〟、皇帝一家の生活の場である〝南苑《ズユート・ガルテン》〟、いわゆる〝後宮〟として多数の美女が住む〝西苑《ヴエスト・ガルテン》〟、広大な森と草地のなかに鹿《しか》や狐が放たれている猟園の〝北苑《ノルト・ガルテン》〟、以上の四地区に分かたれているが、所属をさだめがたい建物や庭園がなお多く存在し、敷地の総面積は六六平方キロにおよぶ。噴水の数は二〇〇〇、大理石の廊下の総延長は四〇〇キロ、あずまやは七五二カ所——そのほか、ばかばかしくなるような数字のかずかずが、この宮殿の規模を人々にものがたる。ラインハルトの姉アンネローゼは、かつて西苑の北苑よりの地区に館をかまえていた。

「新無憂宮には、防犯設備は意外にととのっていないのだ」

貴族として幾度となく壮麗な宮殿の門をくぐった経験が、ランズベルク伯アルフレットにはある。機械を使えばすむところに、ことさら生身の人間の労働力を使うところが、帝国における権力のありようであった。ルドルフ大帝の盛時までさかのぼらずとも、過去には、庭園にも廊下にも、二〇歩の距離ごとに武装した近衛兵が佇立《ちょりつ》していたのだ。〝暗赤色の六年間〟と呼ばれたフリードリヒ三世の治世の晩年には、陰謀・暗殺・テロが横行したこともあり、近衛兵の叛乱《はんらん》にそなえて〝北苑竜騎兵旅団〟や〝西苑歩兵旅団〟が設置され、これらの部隊の砲口は近衛師団司令部にむけられている、というありさまだった。

フリードリヒ三世にかわって即位したマクシミリアン・ヨーゼフ二世は、皇帝の私兵ともいうべき北苑や西苑の軍隊を廃したが、今度は彼らが帝位継承競争の敗者とくんで新帝を打倒する、という危険性が生じ、侍女あがりの皇后ジークリンデはつねに銃を携帯して夫の身辺をまもらねばならなかった。それでも完全は期しがたく、新帝は毒を飲まされて倒れ、生命はとりとめたものの視力が極度におとろえ、半盲状態となった。彼は名君と呼ばれるにたる資質をそなえていたが、皇后ジークリンデの献身的な補佐と、事実上の宰相として国政を粛正した剛直な司法尚書ミュンツァーの協力がなければ、おそらく挫折《ざせつ》を余儀なくされたであろう。半盲というハンディキャップをそなえながら、マクシミリアン・ヨーゼフは帝国の内部崩壊をふせぎ、再出発の礎石をきずいて〝中興の祖〟とたたえられるにいたった。もっとも、より大局的にみれば、以後一世紀半にわたってなお終結をみない同盟との戦争の責任は、帝国をたてなおした彼に帰されるかもしれないのだが……。

その後も、人間をもって機械力にかえる、という思想は一貫してつらぬかれ、人数に変動はあるにしても、壮麗な宮殿に兵士の姿がたえたことはない。

ローエングラム公ラインハルトは、宮廷費の大幅な削減をおこない、西苑と北苑を完全に閉鎖し、東苑と南苑においても建物の半分を閉じてしまった。一部の形式的な国事行為をのぞいて、政治上の実務はすべてラインハルトの宰相府で企画かつ決裁されるようになっていた。無意味なパーティーや園遊会の数も激減し、かつて不夜の栄華をほこった宮殿も華美さを失って、一日ごとに孤独な廃屋のおもむきすらみせはじめている。

「新無憂宮《ノイエ・サンスーシー》のなかにはいったら、私が案内役をつとめよう。閉鎖されたとはいっても、改築などがされたわけではない。放置されているだけだからな」

アルフレットは言い、彼の記憶にある扉や廊下や門は、ほとんどすべてが現在も使用できるであろうことを保証した。さらに、彼は声を低めて秘事をうちあけた。壮麗な宮殿の各処には、秘密の通路や部屋がつくられており、ローエングラム公といえども、そのすべてを知悉しているとは思えず、それらを有効に利用できるはずだ、というのである。

そのことはシューマッハも知っていた——噂だけのことではあるが。暗殺や革命をおそれた歴代の皇帝たちが、避難や脱出を目的として、二重壁のあいだに小部屋をつくり、地下に通路を掘り、庭園の灌木の茂みのなかに出入口をもうけたため、新無憂宮は迷宮と化しているとささやかれていた。

これらの迷路のうち実際に使用されたものも数多く、それにともなって悲劇や喜劇も生まれた。皇帝ウィルヘルム二世の次男アルベルト大公は、一五歳のとき侍従武官をしたがえて地下迷路の探検にでかけ、一世紀を経過したいまも姿を見せぬままである。これは皇帝の寵姫《ちょうき》ドロテーアの計画によるものだともいわれている。彼女は皇帝に愛されてアルベルトを産んだが、それゆえに皇后コンスタンツェの烈しい憎悪をかうことになった。皇后が病床に伏したとき、息子が皇后によって害されるのをおそれたドロテーアは、忠実な青年士官に託して息子を地下道から脱出させ、遠く自由惑星同盟《フリー・プラネッツ》に亡命させて平民としての穏やかな生涯を送らせたのだ――と。ところがいっぽうでは、皇后コンスタンツェが事件の張本人であって、アルベルトをそそのかして地下を探検させ、少年を迷路のなかにおきざりにして死なせたのだ、という伝説もあるのだった。

一般に知られる事実としては、アルベルト大公が侍従武官とともに地下で行方をたち、その直後、ウィルヘルム二世が病没したこと、彼の死後、皇后の実子が即位してコルネリアス二世と称した翌日に、ドロテーアが毒殺の徴候をあらわして急死したこと、さらに一カ月後、さきの皇后コンスタンツェまでもが原因不明の熱病で狂死したこと――などがあげられる。人々の好奇心と想像力を刺激するのには充分すぎるほどだった。ふたとおりの伝説にはふたとおりの後日談が用意されていた。ある貴族はフェザーンの客船のなかで、成人したアルベルトの姿をたしかに見たと主張し、ある軍人は事件から一〇年後、地下迷路を調査したとき、壁のむこうから皇后を呪詛《じゅそ》する少年の声を聴いたと語ったものである。

これはたしかに悲劇であったが、そこから喜劇が派生した。事件から二〇年後、コルネリアス二世が子をなさぬまま重病におちいり、なんぴとが後継者になるか、貴族たちは帝位継承資格者の品さだめや先物買いに狂奔していた。そこへ、自分はかのアルベルト大公の成人した姿である、と称する男があらわれたのである。彼は弁舌ともっともらしい証文や証拠品によって多くの貴族を信用させた。長年にわたって母の犯行をうたがっていたコルネリアス二世は、病床に〝弟〟を呼びよせ、涙の対面までおこなわれた。貴族たちは彼こそ新帝〝アルベルト一世〟になるだろうと期待し、さきをあらそってご機嫌とりにかけつけた。

とある大貴族の別荘を無償で提供されたアルベルト（と称する男）は、上品に彼らの好意を謝し、将来の地位や領地を気前よく約束した。彼の人望はいやがうえにも高まったが、ある日突然、破局がおとずれた。次期皇帝候補ナンバー1《ワン》、アルベルト大公殿下は、可憐《かれん》な侍女と、五〇〇〇万帝国マルク相当の宝石類をかかえて、帝都オーディンから逃亡あそばしたのである。あとには、金品をかすめとられて呆然とした貴族の大群と、彼の子をみごもって将来の皇后を夢みた一〇人をこす令嬢とが残された。令嬢たちの半数は不名誉な私生児を産むことになり、アルベルトという名をもつ幾人かの貴族は、天才的詐欺師と同名であることにたえきれず、改名するにいたった。平民たちは愚劣な貴族どもを嘲笑の種にして喜んだ。

だが、この一件にしても、あのアルベルトと称した男は、事実ほんもののアルベルトではなかったか、という声もある。この大胆な詐欺師は二度と被害者たちの前に姿をあらわさなかったので、真相は不明である。

詩的なものであるにせよ、散文的なものであるにせよ、ルドルフ大帝いらい五世紀を閲《けみ》した新無憂宮《ノイエ・サンスーシー》は、かずかずの伝説にいろどられている。自分たちの行為も、数世紀後、かがやかしく人々の語り伝えるところとなるだろう。ランズベルク伯アルフレットは、確信をこめてシューマッハにそう語るのだった。

救いがたい〝行動の詩人〟だ――シューマッハはそう思うのだが、アルフレットの人がらに邪気がないので、軽蔑する気にはなれなかった。そもそも、彼は自分に他人を軽蔑する資格があるとも思えないのだった。アルフレットとことなり、彼は信じてもいないことのために生命を賭けようとしているのである。これを愚人の愚行と言わずしてなんと呼ぶべきであろうか。

アルフレットを見ていると、彼を喜ばせるために成功への努力をしてもよい、という気になるシューマッハだった。それに、金髪の孺子《こぞう》にひとあわ吹かせてやるのも、なかなかおもしろそうではないか。

Ⅳ

いっぽう、〝皇帝にたいする残忍な加害者〟と目《もく》される金髪の若者も、幕僚を呼んで対策を相談している。

帝国宇宙艦隊総参謀長パウル・フォン・オーベルシュタイン上級大将は、フェザーンと門閥貴族残党との共謀による皇帝誘拐の話をラインハルトから聞いても、ほとんどおどろきの色をみせなかった。もともと感情がゆたかだとはみなされていない彼である。光コンピューターをくみこんだ義眼で、きまじめに若い主君を見やってうなずいた。

「フェザーンの黒狐がやりそうなことですな。彼らは脚本と演出を担当する。踊るのは他人というわけですな」

「舞台に立てば客席から狙撃されることもある。そんな危険は他人に冒させる気でいるのだ」

「で、どうなさいます？　フェザーンの申し出に応じて皇帝を誘拐させるおつもりですか」

美貌の帝国元帥は硬質の唇に、ひややかな微笑をひらめかせた。

「そうだな、やらせてみるのも一興だとは思っている」

「では、宮殿の警備を手薄にいたしましょうか。彼らのやりやすいように」

「その必要はない」

そっけないラインハルトの反応である。

「いまでさえ厳重すぎるほどの警備をしているわけでもないのだ。宇宙には、あのイゼルローン要塞《ようさい》を無血占領するほどの男もいるというのに、たかだか皇帝ひとりを誘拐することもできぬ輩《やから》と手をくめるか」

皇帝の誘拐——実行者にとっては救出だが、これが成功してはじめて、ラインハルトはフェザーンと暗黙裡の盟約をむすび、同盟との軍事的対決を最終局面へうつすことになる。彼らが失敗すれば、ラインハルトはフェザーンを皇帝誘拐計画の真犯人として討伐する大義名分を獲得することができる。いずれにせよ、ラインハルトとしては、カードのくみあわせをかなり自由に選択できる立場だった。

ボルテック、あの自信過剰なフェザーンの弁務官は、小細工を弄しすぎた。自分たちがなにごとも知っているなどとほのめかすべきではなかった。口をぬぐって傍観者としての立場をつらぬき、ことが成功してから内密に交渉してくれれば、こちらとしても、あるていどの譲歩はやむをえないところだった。奴は失敗したのだ。そもそも失敗と言えば、彼、ラインハルト・フォン・ローエングラムを、へぼ詩人と同格の踊り手志望者だなどと誤認したことにある。ボルテックはその無知と非礼をつぐなうべきであった。

「そうだ、オーベルシュタイン、忠義のこころざしに燃えるへぼ詩人たちを監視しろ。手をだす必要はないが、フェザーンが計画を変更して、口封じのために奴らを殺そうとするということもありうる。そのときは助けろ」

「御意《ぎょい》。助けておけばなにかと役にたちましょう」

彼らはフェザーンの陰謀の存在を証明する生きた証拠として使えるし、必要とあらば今後のフェザーンとの交渉に際しても利用価値があるであろう。さらには、ラインハルトとしてはシューマッハが有為な人材であるなら、相応に遇してやってもよいのである。

「それはそうと、以前の帝国副宰相ゲルラッハは、卿《けい》の部下が監視しているのだったな」

しかり、と答えたあと、オーベルシュタインは両の義眼に異様な光を宿した。

「逮捕の用意をととのえておきますか」

「そうしておけ。皇帝誘拐、いや、救出の共謀者として処断されるなら、開闢《かいびゃく》以来の廷臣としては本望だろう」

「もしかすると、意外に、共謀の事実が判明するかもしれませんな」

ラインハルトは一瞬、相手の顔を見たが、総参謀長はべつに冗談を言ったつもりでもないようだった。

「いや、それはあるまい」

第一に、ゲルラッハが今日《こんにち》のラインハルトに反逆をこころざすほどの勇気や行動力をもっているとは思えないし、第二に、門閥貴族派の残党どもがゲルラッハを陰謀にひきこむとすれば、彼を帝都から脱出させたうえ、亡命政権において高い地位を約束しなくてはならない。そうすれば、たがいのあいだで権力闘争が生じる可能性が高まる。へぼ詩人ならともかく、その背後にいる陰謀家どもが、好んで後日の頭痛の種をかかえこむとも思えなかった。

ただ、計画者と実行者とのあいだに完全な意思の疎通が欠けていれば、行動的詩人ランズベルク伯あたりが、より多くの味方ほしさに、あるいは、偉業を達成する喜びをわけてやりたいがために、ゲルラッハのもとを訪れるということもあるかもしれない。

いずれにしても可変的要因が多すぎて、論理的思考をすすめるには限界がある。ラインハルトとしては、あくまでフェザーンのしかけてくる策に対応すべき立場であるから、先手などうちようもなく、またその必要もない。

「まあ情況《ようす》をみるしかあるまいが、それもよい。しばらくへぼ詩人たちの愛国的行動を見物させてもらうとしようか」

「それはけっこうですが……」

義眼の総参謀長は小さくせきばらいした。

「もし皇帝が誘拐されれば、宮殿の警備責任者は、当然ながら罪を問われることになりますな。モルト中将には生命をもってそれをあがなってもらわねばなりますまい」

「あの男を死なせるのか……？」

誠実で重厚な初老の武人の姿を、ラインハルトは脳裏に描いた。

「モルト中将は古風な男です。皇帝を誘拐されたとあれば、たとえ閣下がお赦しになっても、ご好意に甘んずるをいさぎよしとしますまい」

若い主君が一瞬しめした気の弱さを叱咤《しった》するように、オーベルシュタインは冷厳な表情になっていた。敵、ことに門閥貴族勢力にたいしては容赦ということを知らないラインハルトだが、味方にたいしてはかならずしも徹底しないのである。激怒すればともかく、計算のうえで無実の部下を死なせるとなると、精神回路の奥深くできしるものがあるのだった。

流血の道だな、と、ラインハルトは胸中でつぶやいた。赤毛のジークフリード・キルヒアイスが生きていたら、無実のモルトに犠牲をしいるようなやりかたを許容することは絶対になかったであろう。〝ヴェスターラントの虐殺〟を政略に利用したとき、キルヒアイスは怒りよりもむしろ哀しみをこめてラインハルトをいさめたのだった。その後、ケンプを失ったときも、ラインハルトの後味はけっしてよいものではなかったのだ。

「わかった、しかたない。そのときはモルトに責任をとらせよう。だが、モルトひとりにだ。ほかにはおよぼさない」

「モルトの直接の上司はケスラーですが……」

「ケスラーはえがたい男だし、憲兵総監まで重罪となっては兵士たちが動揺するだろう。戒告と減俸、そのていどでよい」

あるいは、心のなかで総参謀長は吐息したかもしれない。

「閣下、お耳よごしながらひとつだけ申しあげておきます。一本の木もひきぬかず、一個の石もよけずに、密林に道を開くことはできませんぞ」

ラインハルトは蒼氷色《アイス・ブルー》の瞳をオーベルシュタインにむけた。その眼光は、苛烈というにはなにかが不足していて、なにかがよぶんだった。

「卿《けい》の言うのは、中学生むきのマキャベリズムの講義だな。そのていどのことを私がわきまえていないと思うか」

「とおっしゃいますが、ときとして閣下は、ごく初歩的なことをお忘れになるように、小官には思われます。人類の歴史がはじまって以来、敵だけでなく味方の大量の屍体のうえにこそ、すべての英雄は玉座をきずいてきたのです。白い手の王者など存在しませんし、部下たる者もそれは承知しております。ときには死をあたえることが忠誠に酬《むく》いる道となることもあるのだ、と、お考えいただきたいものです」

「では、卿も、私のためには自分の血を流すこともいとわぬというのか」

「必要とあらば……」

沈着な義務感に裏うちされた返答は、非理性的な熱情には欠けていた。

「よく憶《おぼ》えておこう……もう用はない、さがってくれ」

怒りきれないいらだちが、若者の声に微妙なうねりをくわえていた。一瞬、なにか言おうとして口を閉ざすと、オーベルシュタインは一礼して若い主君の前から退出した。

家にもどったオーベルシュタインをまず迎えたのは、ダルマチアン種の老犬で、尊大に尻尾をふって、彼の飼主が玄関をはいることを許可した。ついで彼を迎えた執事は、主人の服をうけとるべく腕を伸ばしながら、夕食にそえるワインの銘柄をたずねた。

「いや、ローエングラム公からいま一度、呼びだしがあるはずだ。アルコールはやめておこう。料理もかるいものでいい」

軍服姿のままオーベルシュタインがアルコールぬきの〝かるい食事〟をすませたころ、TV《ヴィジ》電話《ホン》が鳴り、ラインハルトの首席副官アルツール・フォン・シュトライトの姿が画面にあらわれた。

「総参謀長どの、ローエングラム公が至急のお召しです。公はまだ元帥府においでですので、ご出頭ねがいます」

礼儀正しく、またかたどおりにシュトライト少将は言ったが、自宅での夕食時にも軍服姿でいるオーベルシュタインを見て奇異な印象をうけたことはたしかだった。義眼の総参謀長は、むろん説明の必要を認めなかったのである。

「……ひとつ忘れていたことがある」

ふたたび総参謀長を迎えて、美貌の帝国宰相は、あいさつも前置きも省略し、すぐに用件をきりだした。

「なにごとでございましょう」

「意外とは言わさぬ。予測していなければ、これほど早く呼びだしには応じられまい」

「おそれいります。エルウィン・ヨーゼフ陛下にかわるあたらしい皇帝の人選、お考えにならぬはずはないと思っておりました」

「卿《けい》のことだ。候補者についてなんらかの心あたりがあるだろう」

他者が聞けば息をのむであろう重要な会話は、むしろ淡々とかわされた。

「先々帝ルードヴィヒ三世の第三皇女の孫がおります。父親はペクニッツ子爵ですが、昨年の内乱には参加しておりません。象牙《ぞうげ》細工のコレクション以外になんの興味もない男です。母親はボーデンドルフ伯爵夫人の姪《めい》にあたります。女の子ですが、このさい女帝もよろしいでしょう」

「年齢は?」

「生後五カ月です」

オーベルシュタインの表情にも声にも、ユーモア感覚を刺激するようなものは欠けていた。ラインハルトが笑ったのは、むしろ不健康な種類に属する笑いの衝動にかられたためである。七歳の子供が玉座から逃げだし、生後五カ月の赤ん坊がその跡をつぐ。おそらく片言《かたこと》さえもしゃべれないであろう全宇宙の支配者、全人類の統治者、そして宇宙を律するすべての法則の擁護者が誕生するのだ。

権力と権威の愚劣さを象徴するのに、これほどふさわしい活人画はないであろう。おしめもとれぬ乳児に、尚書だの提督だのとえらそうな肩書をもつおとなたちがひざまずき、拝礼し、その泣き声を勅語《ちょくご》としてうけたまわらねばならないのだ。

「で、どうなさいます？　他の候補者をさがすことにいたしますか」

オーベルシュタインの声は質問ではなく、決断をうながすものだった。ラインハルトは笑うのをやめ、むしろめんどうくさげにうなずいた。

「よかろう。その赤ん坊に玉座をくれてやろう。子供の玩具《おもちゃ》としては多少おもしろみに欠けるが、そういう玩具をもっている赤ん坊が宇宙にひとりぐらいいてもいい。ふたりは多すぎるがな」

「かしこまりました。ところでペクニッツ子爵ですが、象牙細工の代金が一部未払いのままだそうで、商人から民事訴訟をおこされています。どう処置いたしましょう」

「原告の要求額は？」

「七万五〇〇〇帝国マルクで……」

「和解させろ。新帝の父親が借金未払いで牢獄入りでは、さまにならなすぎる。宮内省の予備費から金銭《かね》をだしてやれ」

「御意」

オーベルシュタインは一礼し、たちあがり、今度は寝《やす》むために退出していった。

もし自分が皇帝の座を左右できるほどの権力を有するにいたったら、どれほど、遠くを見はるかすような気分の昂揚がもたらされるだろう、と、金髪の若者は想像していた。だが、いまその権力をわがものとし、行使しつつあるというのに、彼の心は翼をおりたたんだままだった。五世紀の長きにわたって権力を独占し、階級社会の頂点に君臨し、すべての社会悪――ことに富と政治的権利の不平等――の源泉となってきたゴールデンバウム家が、黄金づくりの宮殿かららどぶのなかへ転げ落ちようとしている。せめて復讐の快感でも湧きおこればよいのに、酸味の強いにがにがしさが胃のあたりから咽喉へと水位を高め、ラインハルトはつばを吐きすてたい思いにかられた。五秒ほどためらったあと、彼はそれを実行した。

V

シューマッハの実行計画では、必要不可欠の条件がひとつあった。陽動作戦がそれである。ランズベルク伯アルフレットとシューマッハが新無憂宮《ノイエ・サンスーシー》に潜入をはかると同時に、別方向の帝都市街、のぞむらくは軍部ないし警察の施設において大規模な破壊工作をおこない、警備関係者の関心をそちらにむける、というものだった。

それを聞いたとき、アルフレットは小首をかしげた。

「悪くない考えだとは思うが、ローエングラム公は切れ者だぞ。吾々《われわれ》の意図を見ぬくかもしれぬ」

彼はほかの大貴族のように、ラインハルトを〝金髪の孺子《こぞう》〟呼ばわりすることはなく、おそらく生来のものと思われるその節度が、アルフレットにたいするシューマッハの好意の一因となっていた。

「ですが、やってみて損はありません。私としては、フェザーンの工作員にそれをやってもらうつもりなのですがね」

「そんな無理は言えないだろう。彼らは吾々の崇高な目的に側面から協力してくれている。さしあたってはそれで充分じゃないか、大佐？」

シューマッハには異論があった。彼は、自分たちの行動が崇高だなどと思っていなかったし、相手の目的に奉仕させられているのは、フェザーンではなく自分たちであることを知ってもいた。しかし、口にだしてはこう言っただけである。

「そうですな、多くをのぞむわけにはいかないかもしれません」

「それにだ、大佐、これは吾々ゴールデンバウム家の臣下だけの手でやりぬいてこそ、光彩を放つというものだよ」

「なるほど、たしかにそうですな」

心にもないことをシューマッハは言った。じつのところ、彼としては、フェザーンに直接の破壊工作を担当させ、彼らを共犯というより主犯としての立場にひきずりこむというのが本心だったのである。フェザーンにたいしては、どれほど辛辣な対策を講じても過当ということはないであろう。事態が不利に展開した場合、フェザーンがアルフレットとシューマッハをローエングラム公に売りわたさないという保証は、フェザーン人でさえできないはずだ。だとすれば、こちらがフェザーンの秘密にたいして、相応の価格をつけておいてもよいではないか。

そう考えて、シューマッハはあらためてうんざりした気分になるのだった。本来、戦場において知謀を競うべきであろう武人の自分が、なんと不毛な行為をしいられているのか。

「あなたは肥料にまみれて生涯を送る人ではない」

と、フェザーン自治領主《ランデスヘル》の補佐官ルパート・ケッセルリンクは言った。なにも彼などに人間の種類を判別してもらう必要はないが、たぶん、自分には、肥料にまみれて生きる資格こそがないのだろう。逆説的に、あの若い油断のならない補佐官は正しいことを言ったのかもしれない……。

「そんなことより、大佐、侵入路の件だが……」

アルフレットの声は、おさえきれぬ昂揚感にはずんでいた。

「私としては、このルートを使いたいのだ。これだと北苑の西苑よりをとおって南苑のジギスムント一世像の足もとにでる。ほとんど、いまでは閉鎖されている場所をとおっているから、発見される可能性もすくない」

図面の上を、アルフレットの指が勢いよくうごいた。その図面は、たいへんな苦労のすえに入手したのだ、と、恩着せがましくフェザーンの弁務官から渡されたものである。

帝国博物学協会のビルの地下倉庫からはじまる総延長一二・七キロの地下通路は、アルフレットの五代前の先祖が、当時の皇帝ゲオルク二世の勅命をうけて工事にあたったもので、その先祖は功績によって皇帝の寵姫のひとりを下賜《かし》され、さらに、後世、皇帝の身に危急のことあるときはこの通路を使って救出せよ、とのかたじけない御諚《ごじょう》をたまわった、ということであった。

「私がこういう大役をはたさねばならないという運命は、五世代も前にさだまっていたのだ。奇縁と言うしかないな」

「問題は、博物学協会に侵入する方法ですな。まあ、宮殿じたいに侵入するよりは、はるかに容易ですが」

ランズベルク伯爵家の運命的な使命とやらは、シューマッハの関心の外にあった。実務面で解決すべき点が、数多く彼の処理を待っていたのである。図面をにらみつつ、彼は自問自答をかさねていった。

VI

七月六日夜、アルフレット・フォン・ランズベルク伯爵とレオポルド・シューマッハは、新無憂宮《ノイエ・サンスーシー》の地下深くにいた。

この夜、帝都の南郊外で、急進的共和主義者の秘密武器工場が摘発され、大量の憲兵が動員されていた。ただし、彼らは工場を発見し、武器は押収しても、ひとりの共和主義者も逮捕することはないであろう。これはシューマッハの強い要求に応じてフェザーンの弁務官ボルテックが手配したもので、廃屋の地下室を改造し、設備と武器をはこびこみ、三日で工場らしくよそおったのである。当夜だけを糊塗《こと》すればよいのだから、これで充分なのだが、シューマッハはその〝工場〟を爆破して混乱を増大させることをも要求した。ボルテックは、〝死者のでる危険がある〟として拒絶したが、治安当局や報道機関に偽装連絡すること、トンネルの出入口である帝国博物学協会の前に地上車《ランド・カー》を用意しておき、もどってきたシューマッハらを即座に弁務官オフィスにつれていって保護すること、等は承知した。もっとも、承知せねば身の安全を確保するために必要な処置をとる、と、シューマッハが、アルフレットの渋面《じゅうめん》を横目に言いはなったからでもあろう。

それにしても、全宇宙の支配者を誇称する銀河帝国の皇帝が、暗殺や叛乱をおそれて、一惑星の地下深くに脱出用のトンネルを掘らねばならないという事実は、おそらく滑稽のきわみであるだろう。そしていま、その道を進んでいる自分たちも、たぶんに道化て見えることを、シューマッハはうたがわなかった。

一〇キロ以上にわたるトンネルを、彼らは歩いているわけではなかった。それでは、往路はともかく復路に時間を要しすぎる。太陽電池を使用した四人用の軽量地上車《ランド・カー》を、シューマッハが運転していた。これは特殊な有機質樹脂を材料としており、ある種の酸をかけると溶解してしまう。のちに化学的に酸を除去すれば、材料としての再使用が可能になるのだ。シューマッハたちにとっては、証拠湮滅《いんめつ》が容易であるのが、このさいは重宝なのだった。

つくられた目的が実用のきわみである以上、当然のことだが、トンネルの内部には、ゴールデンバウム王朝の建築物の通弊《つうへい》である過剰な装飾がいっさい排除され、半径二・五メートルの半円状の内壁は、むきだしの強化コンクリートでおおわれていた。ランズベルク伯爵家の五代前の当主は、皇帝の逃亡を容易にするため、追跡者を阻止するべく各種の設備をとりつけたそうだが、アルフレットの代にはそれも忘却の河底に沈んでしまっている。

やがて前方に灰色の壁面が立ちはだかり、ふたりは地上車《ランド・カー》をおりた。天井の一部が蛍光色の円形に淡くかがやいている。アルフレットが左手人差指の指環をその中心におしあて、一〇秒間にわたって極低周波を流した。音もなく天井が開いた……。

五分後、ふたりは南苑の地上にでて、目的の建物に侵入していた。先代フリードリヒ四世の在世当時であれば、一度ならず近衛兵の誰何《すいか》をうけたにちがいない。時世が味方した、というのは皮肉すぎるだろう。

二階の、広いバルコニーをもつ寝室。そこには、ひとりの少年が天蓋《てんがい》つきのベッドにすわっていた。まだ幼年期から完全に脱しきってはいない年齢で、高価そうな絹のパジャマを着ており、自分の身体の半分ほどもある子熊《こぐま》のぬいぐるみをかかえていた。黄色い頭髪、茶色の瞳、とがったあご、なめらかだがつやのない皮膚——そういった特徴が、侵入者たちの視線をとらえた。子供のほうも、不意にあらわれたおとなたちを見あげた。

「皇帝陛下……」

若い伯爵の声が感動に波うった。

その少年こそが、アルフレットの献身的な忠誠心の対象、銀河帝国皇帝エルウィン・ヨーゼフ二世であったのだ。

ひざを床につき、うやうやしく拝礼する青年貴族を、少年皇帝は奇妙ににぶい眼光でながめやった。夜中だから睡魔にとらえられているのかと思うと、そうとも見えず、みずみずしい感受性を欠く印象だった。アルフレットがあらためて口を開きかけたとき、幼帝は機先を制した。

「この者は、なぜ、ひざまずかぬのか」

かんだかい声とともに、糾弾《きゅうだん》する指先が、レオポルド・シューマッハをさししめした。もと大佐は、冷静かつ皮肉な観客として、背後から、この感動的であるべき場面を立ったままながめていたのである。

「大佐、ここにおわすのは全宇宙を統治したもう皇帝陛下だぞ」

ふりむいたアルフレットが発したのは、むろん説明ではなく間接的な命令であったから、シューマッハは省略された部分にしたがい、その場に片ひざをついた。皇帝にたいする畏敬《いけい》の念からではなく、むしろ年少の同行者にたいする思いやりからであった。かたちだけは鄭重《ていちょう》に礼をほどこしながら、シューマッハは強くなるいっぽうの失調感をもてあましていた。ほかに観客がいないことだけが、幸いと言うべきであった。

「陛下、私めは陛下の臣《しん》にて、ランズベルク伯アルフレットと申します。陛下を奸臣《かんしん》の手からお救いするために参上いたしました。非常の場合でありますれば、ご無礼のかずかずはどうかご容赦くださいますよう。身命を捨てて陛下のお供をつかまつることで、臣らの償《つぐな》いとさせていただきます」

七歳の皇帝は無感動に忠臣の熱弁を聞きながし、子熊のぬいぐるみを乱暴な手つきでもてあそんでいた。アルフレットの言葉に興味もなく、そもそも理解できていないようであった。七歳の子供であれば、荘重なアルフレットの言いまわしを理解できないのは当然のことであるが、愛国的ロマンチシズムの騎士である若い伯爵としては、幼君には英明な天才児であってほしかったのである。アルフレットの両眼に、一瞬、失望に似た色が薄く浮かびあがったが、それは臣下の分《ぶん》をこえる思いである、と、自分に言いきかせたのであろう、やさしい声で、自分たちについてきてくれるよう頼んだ。今度は子供むけに、むずかしい言いまわしは使わなかった。

七歳の皇帝は、おもしろくもなさそうに、ぬいぐるみの耳をひっぱったりねじったりしていたが、やがて耳をひきちぎってしまうと、最初に耳を、ついでぬいぐるみじたいを邪慳《じゃけん》に床に放りすて、ベッドから緩慢におりると、おとなたちのおどろきを無視して背をむけた。この子供には、あきらかに一種の精神の失調があった。

「こ、皇帝陛下」

アルフレットの声が狼狽をあらわにした。少年皇帝の態度は、彼のあらゆる想像を裏切っていた。賞賛や感謝を期待してはいなかったにせよ、いますこし大帝国の主らしい反応、あるいはまったく逆に子供らしい反応があってよいはずだった。エルウィン・ヨーゼフの言動や容姿には、残念ながら、〝天使のような〟と形容される要素は欠けていた。

「どうします、伯爵」

シューマッハは問い、やむをえない、と、アルフレットが答えたときには、すでに行動を開始していた。大股に神聖不可侵の皇帝を追い、背後から抱きあげる。

七歳の皇帝は、金属的な悲鳴を放った。シューマッハの手がすばやく、必要最低限度の乱暴さでその口をふさいだ。おそれ多いことながら、と、弁解したのはアルフレットである。臣下としての礼節をまもりえないことを、この期《ご》におよんでも気に病む彼だった。

「陛下、どうかなさいましたか?」

女の声がドアごしに問いかけ、一瞬、ふたりを化石に変えた。シューマッハはもがく幼帝をかかえたまま、アルフレットは荷電粒子銃を抜きはなって、とっさにドアの蔭に身をひそめた。

ナイトガウンをまとった三〇歳前後のやせた女性が姿をあらわした。幼帝の個人教師兼傅役《もりやく》というところであろう。このような状況でなかったら、シューマッハは、エルウィン・ヨーゼフという子供にどのような躾《しつけ》と教育をほどこしたのか、問いただしてやりたいほどだった。

天蓋つきの豪華なベッドにちかづきかけた女性は、床に放りだされた子熊のぬいぐるみにつまずいた。拾いあげて片耳がちぎれていることに気づき、暗然としたように吐息をもらす。おどろいてはいなかった。珍しくもないことなのであろう。

「陛下……」

女性は無人の空間にむかって呼びかけたが、急に視線の角度をかえて、視界に侵入者の姿をとらえた。下あごがおちたが、絶叫は未発に終わった。アルフレットが反射的にむけた銃口を、意識野におさめた瞬間、双方にとって幸運なことに、彼女は気を失って床にくずれおちたのである。安物の粘土人形に似たうごきだった。ふたりの侵入者は目を見かわし、ドアの外に複数の足音をとらえて、逃走にかかった。

救出どころか、完璧な誘拐だ。シューマッハはにがにがしく自嘲した。ランズベルク伯には気の毒だが、とんだ茶番劇《バーレスク》だ。彼の知るかぎり、もっともかわいげのない子供と、それに見はてぬ夢をたくしたおとなたち。これが歴史を変える要因になるとしたら、歴史そのものが、たいしたしろものとは言えないのではないか……。

侍女たちは、ただちに事情を宮殿警備の兵士たちに通報すべきであったのだが、狼狽の度がすぎたのか、朝廷の旧臣としてラインハルト一派にたいする反感が邪魔をしたのか、つねならぬ空気に兵士たちが気づいたのは、五分以上を経過したあとであった。

宮廷警備の責任者モルト中将は、警備本部に付属した宿舎で寝ていたが、異変ありとの報告をうけてただちにかけつけ、当然ながら皇帝の安否をまず確認しようとした。ところが、担当の老いた侍従は、うろたえるばかりで要領をえないこと、おびただしい。

「皇帝陛下は、いずこにおわすか、それのみを訊いている」

モルト中将の声は、とくにするどくも烈しくもなかったが、おもおもしい威圧感があり、柔弱な宮廷人のよく抵抗できるところではなかった。老いた侍従は、かろうじて身心双方の姿勢をたてなおし、体面をたもちつつ、可能なかぎり婉曲《えんきょく》に、ふたりの賊が侵入して幼帝を拉致《らち》したことを告げた。

「なぜそれを早く言わぬのか！」

モルトは老侍従を叱りつけたが、それ以上の追及で時間を浪費することはせず、副官を呼んで小声で宮殿内の捜索を命じた。副官は顔色を変えて命令をうべなうと、兵士たちを指揮するためとびだしていった。

「このことは、かまえて他言無用に願いますぞ、侍従どの」

モルトの言葉に、侍従はうなずくばかりだったが、モルトのみたところ、幼帝の身の安否より、自己の責任を問われることをおそれているようにしか思えなかった。

一般の兵士たちには、〝皇帝誘拐〟の事実は知らされなかった。知らせるわけにはいかないことであった。容易ならぬ事態が生じたことを兵士たちは理解し、残留熱量測定装置やスターライト・スコープをかかえて、広大すぎる庭園の各処に散っていった。民家であれば一〇万戸以上に匹敵する宮殿の敷地を、兵士たちは夜行獣さながらにはいまわった。

やがて副官がかけもどって報告をもたらした。残留熱量の測定により、奇怪な行跡を発見し、それを追尾したところ、地上から消えてしまったという。

「それがジギスムント一世陛下の銅像のある場所なのです。おそらくは地下道が外部につうじていることと思われますが、おそれ多くも皇帝像に手をかけてよいものかどうか、私どもでは判断にあまります。ご許可いただければ、すぐ調査いたしますが……」

モルトは無言で立ちつくした。新無憂宮《ノイエ・サンスーシー》の地下は巨大な迷宮であることを、いまさらに思いだしたのである。老練の武人の厚い胸を、敗北感が蚕食《さんしょく》しつつあった。彼はあたえられた任務に最善をつくしてきたつもりであり、事実、昨年以来、今日までなんの落度《おちど》もなく任をはたしてきたのである。だが、いまでは、それは過去形で語られるべきことだった。

ウルリッヒ・ケスラーは、戦場において幾度も危地にたちながら、豪胆にそれをのりきって、大将にまで昇進した男である。だが、皇帝誘拐の報をうけたときは、さすがに動揺を禁じえなかった。彼は軍服に着かえながら、宇宙港の閉鎖、市街から郊外へつうじる幹線道路の検問、憲兵隊の出動などをつぎつぎと指令した。それにしても、これほどの不逞な犯行を、どこの誰がやってのけたのであろう。急速度に回転する彼の脳細胞が、意識野の正面にふたりの人名を映しだした。アルフレット・フォン・ランズベルク伯爵と、レオポルド・シューマッハ。あのふたりか。だが、彼らにたいする監視は、先日、ローエングラム公の命令で解かれたのだ。なぜ急にそんなことになったのか……。

不意にケスラーの表情が変わった。驚愕と焦慮から、一瞬の空白をおいて、深淵《しんえん》をのぞきこむ表情になったのだ。さらに彼は、意識的な努力のすえに、またことなる表情の仮面をかぶると、隙のない黒と銀の軍服につつんだ身体を、官舎の外へはこんでいった。

第三章　矢は放たれた

I

七月七日午前三時三〇分、銀河帝国宰相ラインハルト・フォン・ローエングラム公爵は、憲兵総監ケスラー大将からの急報によって、真夜中の起床を余儀なくされた。TV電話《ヴイジホン》の画面のなかで恐縮するケスラーにうなずきながら、なるほど、ようやく決行したか、とラインハルトは思い、情況の変化を、むしろ歓迎した。ランズベルク伯らにたいする監視を解いた甲斐《かい》があったというものではないか。

ラインハルトが元帥府に到着するのと前後して、ヒルダがかけつけた。首席秘書官である彼女は、公人としてのラインハルトの身辺にいなくてはならず、当直士官からの連絡をつねにうけるようにしていた。同様に、首席副官シュトライト少将、次席副官で大尉に昇進したリュッケ、親衛隊長キスリング大佐らの側近も、あいだをおかず到着した。

ラインハルトの親衛隊を指揮するギュンター・キスリング大佐は二八歳の青年士官で、硬い光沢のある銅線のような頭髪と、黄玉《トパーズ》のような瞳をもっていた。その瞳と、軍靴《ぐんか》をはいてもなぜかほとんど足音をたてない独特の歩きかたのために、彼に好意をいだく者は豹《ひょう》にたとえ、悪意をもつ者は猫よばわりするのだった。むろんラインハルトは彼の容貌に興味をいだいて身辺護衛の任をあたえたわけではなく、ともに水準から抜きんでた勇敢さと沈着さの調和を評価したのである。主として地上戦や要塞戦で武勲をたてている点も考慮にはいっていたであろう。

やがてケスラー大将がモルト中将をともなってラインハルトの前にあらわれた。ラインハルトの側近たちの見まもる前で、ふたりは主君の前にひざまずき、不逞な侵入者に皇帝を奪われた罪を謝した。

「ケスラー、私に罪をわびるより、卿《けい》の責務をはたすことだ。陛下を帝都よりお出しするな」

そう主君に言われて、ケスラーは、憲兵隊を陣頭指揮するために退出した。彼が若い主君の顔を直視しないよう努力していたことに、はたして誰が気づいたであろうか。あとにはモルトが残った。彼はひざまずいたまま、罪の重さに頭をたれていた。

モルトの後頭部を見おろして、ラインハルトの蒼氷《アイス・ブルー》色の瞳は無表情だった。その理由は、人々の大部分が予想していることと、まったくことなっていた。彼は怒るべき資格をもってはいなかったのである。そのことを彼自身は知っていたが、他人に知られてはならなかった。弦《つる》を離れた矢は、飛びつづけるしかないのである。無表情のまま、彼は言った。

「モルト中将、明日の——いや、すでに今日だな、正午に卿への処分を通知させる。それまで執務室で謹慎し、身辺を整理しておけ。思い残すことのないように……」

モルトはいちだんと深く頭をたれた。若い主君の暗示を正確に理解した彼は、むしろ感謝の色さえ浮かべて静かに退出した。それを見送ったラインハルトは、頰に強い視線を感じた。彼の秘書官、ヒルダことヒルデガルド・フォン・マリーンドルフ伯爵令嬢が、勁烈《けいれつ》といってもよいほど、おそれを知らないブルーグリーンの瞳を、若い帝国宰相にむけていたのだ。

ほかの者をさげて、ラインハルトは美しい秘書官に声をかけた。

「フロイライン、なにか私に言いたいことがあるようだが」

「わたしは先日、申しあげたことがあります。フェザーンが工作員を送りこんでくるとしたら、目的はおそらく誘拐であり、その対象も特定できる、と……」

「ああ、憶えている」

ラインハルトの返答は、冷静さをよそおおうとして、しらじらしさに流れた。

「ローエングラム公は姉君のために山荘の警備を強化なさいました。それは当然のことです。ところがいっぽうで、皇帝の身辺の警護をおこたり、みすみす侵入者たちの手にゆだねたのは、不思議と申しあげるしかありません」

ヒルダは意識して声からきびしさとするどさをとりのぞくようにしていたのだが、発言の内容じたいがラインハルトの痛いところを容赦なくついているので、若い帝国宰相は上機嫌にはなれなかった。

「で、フロイラインの結論は?」

「わたしは思います。ローエングラム公は、フェザーンと手をお組みになり、わざと皇帝を誘拐させたのだ、と。ちがいますか?」

問うがわには嘘を許容する気はなく、答えるがわには嘘をつく意思はなかった。

「ちがわない」

ラインハルトの返答を聞くと、ヒルダは憮然《ぶぜん》としたように首をふった。美貌の帝国宰相は、主張の必要を感じてつけくわえた。

「ただ、いますこし正確を期するなら、奴らと——フェザーンと手をくんだわけではない。奴らを利用するだけだ。奴らになにも約束してはいない」

「フェザーンを手玉にとろうとお考えなのですか」

「奴らのほうが私を手玉にとろうとしたのだ」

露骨な軽蔑と嫌悪をこめて、ラインハルトは吐きすてた。そしてフェザーンの弁務官ボルテックとのあいだでかわされた会話のことを、はじめてヒルダに話してきかせたのだった。描いたように細くかたちのいい眉を、わずかにひそめてヒルダは聞いていたが、ラインハルトが話し終わると、彼の意図するところを的確に言いあてた。

「では、自由惑星同盟《フリー・プラネッツ》にたいして、大規模な軍事行動をおこされるおつもりですのね」

「そうだ。だが、それはとうにさだまっていたことで、時期が多少はやまるというだけのことでしかない。しかも、りっぱな大義名分ができることになる」

「モルト中将を犠牲になさるのも、その壮大な戦略の一環ですの？」

「遺族に不自由はさせない」

それが免罪符になりえないことを承知で、つきはなすようにラインハルトは言い、片手をふって会話をうちきった。

次席副官リュッケ大尉が、モルト中将自殺の報をもたらしたのは、一時間後である。無言でうなずいたラインハルトは、中将にたいして同情を禁じえないらしいリュッケに事後処理を命じ、モルトの名誉と遺族を保護するよう、とくに言いそえた。これははなはだしい偽善ではないか、と、ラインハルトは思わないではなかった。だが、やらないよりはやったほうがよいはずだ。罰せられてしかるべき行為なら、いずれむくいがあるだろう。誰がそれをなすかは知らないが……。さらに彼はヒルダを呼んで命じた。

「上級大将と大将の階級をもつ提督たちを集めてくれ」

「かしこまりました。ローエングラム公」

ヒルダの短い微笑を、和解のサインと見てよいか否か、ラインハルトにはわからなかった。

Ⅱ

この当時、銀河帝国軍の上級大将は、パウル・フォン・オーベルシュタイン、ウォルフガング・ミッターマイヤー、オスカー・フォン・ロイエンタールの三名であり、大将は、アウグスト・ザムエル・ワーレン、フリッツ・ヨーゼフ・ビッテンフェルト、コルネリアス・ルッツ、ナイトハルト・ミュラー、ウルリッヒ・ケスラー、アーダルベルト・フォン・ファーレンハイト、エルネスト・メックリンガー、カール・ロベルト・シュタインメッツ、ヘルムート・レンネンカンプ、エルンスト・フォン・アイゼナッハの一〇名である。このうち、ミュラーはイゼルローン回廊の要塞戦において傷ついた身をまだベッドに横たえており、ケスラーは極秘裡に皇帝誘拐の捜査を指揮していたので、命令に応じて参集したのは残りの一一名であった。

払暁《ふつぎょう》の見えざる手が闇をはらう直前の時刻であり、全員、ここちよい夢を中断させられたにちがいないが、睡魔の誘惑を外見にひきずった者はひとりもいないのが、さすがと言うべきであったろう。昨年、陣容をととのえたラインハルトの元帥府は、ジークフリード・キルヒアイスとカール・グスタフ・ケンプを失ったとはいえ、発足時の清新さをいまだ欠いてはいなかった。会議室にならんだ提督たちの顔を、蒼氷色《アイス・ブルー》の瞳がながめわたした。

「新無憂宮《ノイエ・サンスーシー》で今夜、ちょっとした事件があった」

ラインハルトは、ひかえめすぎる表現をつかった。

「七歳の男の子が何者かに誘拐されたのだ」

風もないのに室内の空気が揺れた。歴戦の勇将たちが、いっせいに息をのみ、吐きだしたからである。さらわれた男の子を何者か特定できないような男は、ラインハルト軍の幹部に名をつらねることを許されていないのだった。おどろいていないのはオーベルシュタインだけであったろうが、他の提督たちは、彼のおちつきを、いつもの無情なる性《さが》のゆえだと思ったことであろう。

「ケスラーに捜索させているが、いまだ犯人は捕われていない。卿《けい》らの意見を聞いて、今後の事態の発展に対応したい。遠慮なく発言せよ」

「犯人は門閥貴族派の残党、目的は残党を糾合《きゅうごう》して彼らの勢力の復活をはかること。これは自明でしょう」

ミッターマイヤーが僚友たちを見まわすと、賛同の声が各処からおこった。

「ですが、それにしても皇帝陛下を誘拐したてまつるとは、門閥貴族派の組織力、行動力もあなどれませんな。首謀者は誰でしょうか」

ワーレンが言うと、ロイエンタールが皮肉っぽく金銀妖瞳《ヘテロクロミア》を光らせた。

「いずれ判明することだ。犯人がつかまれば、ケスラーが告白させる。つかまらなければ、奴ら自身がとくとくとして自分たちの功を誇るだろう。皇帝が自分たちの手中にあることを公《おおやけ》にしなければ、そもそも誘拐の目的が達せられないのだからな」

「卿の言うとおりだと思うが、そうなればおのずとこちらの報復をうながすことにもなるだろう。それを奴らは覚悟しているのだろうか」

ルッツが疑問を提出すると、ビッテンフェルトが応じた。

「覚悟のうえでやったのだろうさ。あるいは、皇帝を楯にして、吾々《われわれ》の攻撃をかわすつもりかもしれん。無益なことだがな」

「そうだな、すくなくとも、当面は吾々の追及をかわす成算があるのだろう」

「その自信の根拠はなんだ？　帝国内にいるかぎり、わが軍の探索や攻撃をそういつまでも回避できるはずがないではないか」

「あるいは、辺境に人知れず根拠地でもきずいているのだろうか」

「とすれば、第二の自由惑星同盟《フリー・プラネッツ》ということになるが……」

このとき、いちだんと冷静な声が割ってはいった。

「第二の、と言わず、自由惑星同盟の存在を、このさい考慮にいれるべきだろう」

声の主はパウル・フォン・オーベルシュタインであった。

「門閥貴族の残党どもと共和主義者では水と油に見えるが、ローエングラム公が覇権を確立するのを妨害する、というただそれだけの目的のために、野合しないとは言いきれぬからな。犯人どもが自由惑星同盟《フリー・プラネッツ》に逃げこめば、たしかに、そう簡単には攻撃できぬ」

「自由惑星同盟が⁉」

提督たちの視線が宙の一点に集中し、するどい緊張をおびて拡散した。

ローエングラム体制が腹背《ふくはい》両面に敵をかかえていることは周知の事実であった。門閥貴族勢力の残党と、自由惑星同盟と。その両者が手をむすんだというのは、彼らの意表をつくことであった。反動的な守旧勢力と、民主共和勢力とのあいだに、本来ありえざる盟約が誕生したというのであろうか。

「ロイエンタールの言ったように、遠からず陛下のご所在はあきらかになろう。いま性急に結論をだすのはさけたいが、もし、自由惑星同盟と称する叛徒《はんと》どもが、この不逞なくわだてに荷担しているとすれば、奴らにはかならず負債を支払わせる。奴らは一時の欲にかられて大局をあやまったと、後悔にうちひしがれることになるだろう」

鋭気に富んだラインハルトの言葉は、若い主君を見まもる提督たちのひとしく感応するところとなり、彼らはあらためて姿勢を正した。

「皇帝ご不在のあいだは、ご病気ということでとりつくろう。また、国璽《こくじ》はなお宰相府に保管してあるゆえ、さしあたって国政に支障はない。卿《けい》らには、私から二点のみ要求する。ひとつは、皇帝誘拐の一件を口外せぬこと、いまひとつは、いつでも麾下の艦隊を出動可能な状態にしておき、後日の急にそなえること、この二点をだ。他のことは必要がありしだい、おって指示する。夜も明けぬうちからご苦労だった、解散してよろしい」

提督たちは起立して、退出するラインハルトを見送り、その後、一時帰宅して平常勤務にもどるため解散した。帰りかけたロイエンタールの肩を、ミッターマイヤーがたたいた。

「どうだ、家《うち》へよって朝食をとっていかないか」

簡潔にそう勧《すす》めた。妻《エヴァンゼリン》は料理の名人だ――とはいつも言っていることなので、いまさら口にしない〝疾風ウォルフ《ウォルフ・デア・シュトルム》〟ことミッターマイヤーであった。

「そうだな。では、あつかましいが、そうさせてもらおうか」

「すなおなのはいいことだ」

「……たまにはな」

ふたりは肩をならべて通路を歩き、幾度か兵士たちの敬礼に応じた。

「それにしても、ローエングラム公がこの一大事に動じていらっしゃらないのはさすがだな」

ミッターマイヤーが感嘆をこめた口調で言った。

あいづちを打ちはしたが、ロイエンタールの思考回路の弁にひっかかるものがあった。皇帝を権臣の手から救出するという行為は、幻想的ロマンチシズムの極致ではあるが、裏面になんらの打算もなく、それが実行されたとは信じられない。この誘拐劇によって利益をうける人間が、かならず存在するはずである。

じつは皇帝誘拐によって最大の利益をえるのはローエングラム公ではないか。七歳の幼帝を殺せば残忍さを非難されるであろうが、それが誘拐されたとあれば、ローエングラム公は手を汚さず障害物を排除できたことになる。そして、自由惑星同盟《フリー・プラネッツ》がこの件にからんでいるとすれば、それを口実に、ローエングラム公は、これまでと比較にならないほど大規模で徹底的な対同盟軍事攻勢にでるのではないか。この奇妙な誘拐劇は、人類社会全体をまきこむ激震——政治的・軍事的変動の前奏曲《プレリュード》にすぎないのではないだろうか。金銀妖瞳《ヘテロクロミア》の提督は、体内に血のざわめきを聞いた。あるいは、これは彼自身の未来への選択肢をふやす機会となるかもしれないのである。

「遠からず空前の出兵があるかもしれんな」

ミッターマイヤーのつぶやきだった。彼がロイエンタールとおなじ思考経路によってその結論に達したのか、それともたんなる直感によるのか、ロイエンタールにはとっさに判断がつかなかった。だが、いずれにせよ、戦乱の時代に実力で高い地位をえた男たちの嗅覚は、人にすぐれて鋭敏なのである。

それにしても——と、帝国軍の双璧《そうへき》とうたわれるふたりの青年提督は、このときおなじ感想をいだいた。同盟領に侵攻するには、イゼルローン回廊を突破せねばならず、必然的にイゼルローン要塞の司令官ヤン・ウェンリーを正面から相手どることになるだろう。この五月に彼らの僚友《りょうゆう》カール・グスタフ・ケンプを宇宙の塵《ちり》と化せしめた男だ。彼を倒さねば同盟領への道は開けないが、正面から闘って勝利をえることは容易ではない。ロイエンタールもミッターマイヤーも、偉大な敵を尊敬する道をわきまえていた。そしていっぽうでは、いかに明敏な彼らでも、ラインハルトがフェザーン回廊を通過しての侵攻作戦を考えていることまでは、この段階では洞察できなかったのである。

Ⅲ

銀河帝国の帝都オーディンから数千光年の暗黒をへだてた惑星フェザーンでは、自治領主《ランデスヘル》アドリアン・ルビンスキーが、補佐官ルパート・ケッセルリンクの報告を聞いていた。ランズベルク伯アルフレットとレオポルド・シューマッハによって新無憂宮《ノイエ・サンスーシー》から〝救出〟された幼帝は、帝国軍憲兵隊の捜索の網をどうにかくぐりぬけ、フェザーンの貨物船〝ロシナンテ〟の密航専用室にかくれて、フェザーンへとむかっている。二週間で到着の予定だ。フェザーンではレムシャイド伯や彼にしたがう亡命者が船に乗りこみ、自由惑星同盟の領域にはいった宙点《ポイント》で、同盟への亡命を申しこむ。それが全宇宙に公表されたとき、ごく一部を除いて、全人類が驚倒するであろう。

報告を聞き終えると、ルビンスキーはたくましいあごに片手をあてた。

「ローエングラム公だが、彼は皇帝がいなくなったからといって、まだみずから帝位にはつくまい。誰か傀儡《かいらい》を玉座にすえるだろうな」

「私もそう思います。彼が皇帝と称するのは、自由惑星同盟《フリー・プラネッツ》を滅ぼすか、すくなくとも致命的な一撃をくわえたときでしょう。すでに彼の内政は充実しつつありますが、軍事面においての巨大な成功を彼はのぞんでいるはずです」

「さもあるだろうな。だが、ローエングラム公の思惑《おもわく》はともかく、まずここまでは成功だ。ボルテックもよくやったようだ」

「そのことですが、私の入手した情報ですと、ボルテック弁務官はかならずしも成功したとは言えない節《ふし》があるようです」

ルビンスキーは、彼の実子である若い補佐官にむけて、かるく目を細めた。

「だが、ローエングラム公は皇帝誘拐を阻止する手段をなんら講じなかった。ボルテックの交渉がローエングラム公にたいして有効だったとみるべきではないのかな」

「表面的な事実としては、たしかにそのとおりですが、ボルテック弁務官は主体と客体を故意にいれかえ、自分に有利な報告をしたとみられます」

「つまり、手玉にとられたのはボルテックのほうだと言うのか」

「さようで……」

積極的な悪意とまでは言えないにしろ、ルパート・ケッセルリンクは、ボルテックに不利な情報を伝えることに、なんのためらいもおぼえなかった。競争者として将来、彼の前に立ちはだかる可能性のあるような男は、可能なかぎり、舞台の中央から去らせておくべきなのである。ボルテックのほうでも、彼を新興の競争者と目して、相応の対策を講じていることはうたがいなかったし、ルパート・ケッセルリンクは、紳士的な敗北者の地位に甘んじる気はまったくないのだった。

ローエングラム公ラインハルトの出頭命令に応じたときは自信満々であったボルテックだが、弁務官オフィスにもどったときはいちじるしく不機嫌であったという。ローエングラム公との交渉が意図に反する結果をもたらした、ということは容易に想像がつくのだ。ローエングラム公の交渉能力を軽視したのだろうが、そもそもこの段階でローエングラム公と交渉する必要などなかった。幼帝誘拐の実行を容易にし、かつフェザーンの実力を誇示して、有利な立場をつくるつもりだったのであろうが、判断を誤ったと言うべきである。皇帝がフェザーンに到着した時点で、その所在をローエングラム公に知らせ、彼の希望にそうというかたちをあくまでとりつつ、こちらの演奏にあわせて踊らせるべきだったのだ。タイミングが悪く、また小細工を弄しすぎた。無視できぬ失点である。

ただ、ボルテックが、フェザーン回廊の通行権をローエングラム公に約束させられた、ということであれば、ルパートとしても、競争者の失点にほくそえんでばかりはいられなくなる。ローエングラム公に軍事的覇権をにぎらせるためには、フェザーン回廊の通行権はいずれあたえられてしかるべきものではあるが、その時機は慎重に選択されなくてはならないし、相応の代価を支払わせてのうえでなくてはならない。早売り安売りをする必要などはないのである。

ルパートとしては、ローエングラム公が自由惑星同盟軍《フリー・プラネッツ》の手によって甚大《じんだい》な被害をうけたのちにこそ、彼にたいして〝フェザーン回廊通行権〟の餌《えさ》をちらつかせる効果がある、と考えていた。恩を売り、こちらの立場を強化するには、相手が窮地にたったとき救助の手をさしのべることである。順境にある相手に恩着せがましく接近したところで、歓迎されるはずがない。冷笑のあげく無視されるならまだしものこと、こちらの下心を見すかされるはめになっては、将来に禍根《かこん》を残すことになるではないか。

「ボルテック弁務官の失策が、彼ひとりのことにとどまるならかまいませんが、フェザーン全体の不利益につながるとすれば、大いに問題があるでしょう。とくに、ローエングラム公が相手とあっては将来が懸念《けねん》されます」

「まだ失策をおかしたと決まったわけではない。そう先走るな。皇帝自身がまだフェザーンに到着してさえいないのだぞ」

「ですが……」

反論しかけて、ルパートは思いとどまった。競争者の失策を喜んでいるとみられるのは、彼にとっても不利であった。ボルテックの失策の有無はいずれ判明することだから、ここで必要以上に強調することもあるまい。それに——と、内心でルパートは皮肉に笑った。ボルテック弁務官の失策が自治領主《ランデスヘル》ルビンスキーの失脚につながるとすれば、ルパートとしてはむしろ願うところなのである。フェザーン回廊を帝国軍にあけわたすとなれば、フェザーンの独立と中立を信じている多数の市民はおどろき、かつ怒るにちがいない。そのとき〝フェザーンの黒狐〟はどうでるか。帝国軍の武力を借りて弾圧するか。地球教の威を借りて鎮静化させるか。彼自身の人望と政略によって解決するか。いずれにしても、フェザーン一世紀の歴史に地殻変動をもたらそうというのだから、多大のリアクションを呼びおこすのは確実である。なかなか興味深いことになりそうであった。

自治領主府《ラント》を退出すると、ルパート・ケッセルリンクは、首都から半日行程のイズマイル地区に、亡命貴族レムシャイド伯爵をおとずれた。ランズベルク伯アルフレットらが皇帝〝救出〟に成功した、との報告は、むろん彼を狂喜させた。

「大神オーディンも照覧《しょうらん》あれ、やはり正義はこの世にあった」

レムシャイド伯は、ルパートが失笑をこらえるのに苦労する台詞《せりふ》をもらし、執事に言いつけて、〝八一年もの〟の白ワインを用意させた。その点にかんしては心からの謝意を表しながら、ルパートは、自由惑星同盟に皇帝亡命を認めさせるまで事実は極秘にするよう念をおした。亡命貴族はうなずいて、べつの話題をもちだした。

「さっそく、亡命政府の閣僚リストをつくってみたのだ。応急のことなので、不備な点も多々あるが……」

「それは迅速なご処置ですな」

応急などというが、幼帝救出の計画を知らされた時点から、この亡命貴族はみずからを首班とする政権の構想をねっていたにちがいない。たとえ実質を欠くものでも、組織ができれば頂点に立ちたいと願うのは、政治活動に従事する人間としては当然のことである。

「よろしければ、リストを拝見させていただけますか、伯爵」

相手が見せたがっているのを承知のうえで、ルパートは手にのってやった。レムシャイド伯は白ワインに上気した頬をくずした。

「うむ、本来は機密に属することだが、フェザーンにはこれからもなにかと世話になることであろうし、正統な帝国政府の陣容を知っておいてもらったほうがよいかもしれぬな」

「むろん、私どもフェザーンは、閣下を全面的にバックアップさせていただきます。政略上、帝国のローエングラム公にたいして弱腰の態度をとらねばならないこともありますが、あくまで面従腹背《めんじゅうふくはい》、私どもの真の好意は、つねに閣下らのうえにあるとお心得ください」

ルパートは、〝銀河帝国正統政府閣僚名簿〟と記された紙片をうやうやしくうけとり、つらねられた姓名に視線をはしらせた。

国務尚書　レムシャイド伯爵
軍務尚書　メルカッツ上級大将
内務尚書　ラートブルフ男爵

財務尚書　　シェッツラー子爵
司法尚書　　ヘルダー子爵
宮内尚書　　ホージンガー男爵
内閣書記官長　　カルナップ男爵

ルパートはリストから顔をあげると、上機嫌の貴族に愛想笑いをつくってみせた。

「人選にはご苦労なさったでしょう」

「なにしろ、亡命者の数は多くても、陛下に忠誠を誓う者、さらには一定の能力がある者となれば、どうしてもかぎられてくるからな。この顔ぶれなら信頼できるし、えらばれたほうも信頼に応えてくれるはずだ」

「ひとつお訊きしてよろしいでしょうか。閣下が国務尚書として内閣を主導なさるのは当然のことですが、なぜ、帝国宰相とお名のりにならないのです?」

その質問をうけたレムシャイド伯は、喜んでいるようにも困惑しているようにもみえた。

「それは、むろん、考えないでもなかったが、やはり大それたことのように思えてな。帝国宰相と称するのは、陛下を奉じて帝都オーディンへもどってからのことにしたいのだ」

本心だとしたら奇妙なところで遠慮するものだ、と、ルパートは思った。

「僭越《せんえつ》を承知で申しあげますが、ぜひ、帝国宰相とお名のりになるべきです。それでこそ、ローエングラム公のみならず全宇宙にたいして、帝国正統政府の正統たるゆえんを宣言することになるではありませんか」

「卿《けい》の言うとおりだとは思うが……」

レムシャイド伯は歯ぎれが悪い。ルパートは、ふと思いあたった。伯爵は、帝国内に残っている門閥貴族たちに過度の刺激をあたえ、ローエングラム公の陣営においやってしまうことをさけたいのかもしれない。

「それは後日またご相談するとしまして、今回の陛下救出の功労者ランズベルク伯とシューマッハ大佐はどう処遇なさいますか」

「むろん忘れてはいない。ランズベルク伯には軍務省次官の席を用意した。シューマッハにはさしあたって提督の称号をあたえ、ともにメルカッツを補佐させるつもりだ。なんといっても、おなじ戦場で金髪の孺子《こぞう》と戦った仲だからな、彼らは」

ルパートはあらためて軍務尚書に擬《ぎ》せられた人物の名を見なおした。ウィリバルト・ヨアヒム・フォン・メルカッツ。昨年の〝リップシュタット戦役〟における貴族連合軍の実戦総指揮官。四〇年にわたる軍歴と、堅実な用兵。現在は同盟において〝客員提督《ゲスト・アドミラル》〟の称号をうけ、イゼルローン要塞で司令官ヤン・ウェンリーの顧問役をつとめているこの老練な武人は、当人の意思や性格とはべつに、ローエングラム公ラインハルトと敵対すべく何者かによってさだめられているようにもみえた。半世紀はやく生まれていれば、帝国の忠実で有能な武人として、単純な生涯を送ったことであろう。

「メルカッツ提督の軍務尚書、これは能力のうえからは当然ですが、当人の意思、それに同盟の意向はいかがでしょう」

「当人の意思に問題のあるはずはない。同盟も、亡命政権を認めてくれるぐらいなら、メルカッツをゆずってくれるだろう」

「なるほど、で、軍務尚書の管轄すべき軍隊はどうなさいます?」

この質問は、このさいは無用なもので、ルパートとしても計算して発したものではなかった。ここで発揮されたのは、ルパートの知性ではなく感情であり、能力不相応の野心を大義名分で飾りたてる悪《あ》しき貴族の典型――と、ルパートは思った――にたいして、彼の辛辣な性格の一部が露出したのだった。彼が憎悪し、また凌駕《りょうが》したいとのぞむ実父アドリアン・ルビンスキーであれば、この前の段階で質問をうちきったことであろう。

ルパートの質問には無意識の嘲弄がふくまれており、それを敏感にさとったのは、質問した者ではなく、された者であった。レムシャイド伯は昂奮《こうふん》に熱された血が急速に冷めるのを自覚したが、それを表情にだすのを賢明にもおしとどめた。

「亡命者たちを募《つの》り、訓練し組織せねばなるまい。問題は費用だが……」

「費用でしたら、どうかご心配なく。必要な額を申しでていただけば、用だててさしあげます」

「それはありがたい」

ルパートは、〝無償で〟とは言わなかった。領収書にかんしても、費用の監査にかんしても口をつぐんでいた。そんなことは、フェザーンにたいする〝帝国正統政府〟の負債が巨大な額に達してから、注意を喚起《かんき》してやればよいことである。だいいち、正統政府とやらが負債を返却できるだけの命脈をたもちえるなどとは、事実上の生みの親のひとりであるルパートは考えてもいなかった。これは、ごく少数の者だけにのぞまれて、闇に生みおとされた不幸な私生児であり、おそらくは周囲に自己の不幸を反映させるだけで、計算された死にいたるだけの運命しかもたないであろう。むろん、私生児自身に強烈な生命力と覇気があればべつである——たとえば、ルパート・ケッセルリンクのように。だが、それはどうものぞみ薄であるようだった。

ルパート・ケッセルリンクには、やるべきことが数多くあった。公然と非公然の両分野にわたってそうであったが、若く知的にも体力的にもスタミナにめぐまれた彼にとって、もっとも貴重なものは、おそらく時間であったろう。彼はレムシャイド伯に請うて、亡命政権の閣僚リストをコピーすると、彼のもとを辞去した。すでに夜は昼のなごりを駆逐しつくして、かわいた空気のなかを夜の冷気がおりはじめていた。自治領主府《ラント》には翌朝行けばよいことになっていたので、彼は短い夜をある場所ですごすつもりだった。

ルパートは宇宙暦《SE》七七五年、帝国暦四六六年の生まれで、ラインハルト・フォン・ローエングラムより一歳の年長であり、この年、二三歳であった。ケッセルリンクは母の姓であり、彼の母は自治領主《ランデスヘル》アドリアン・ルビンスキーの人生をいろどった多くの愛人たちの一員であった。あるいは、一員にすぎなかった、と言うべきであろうか。ルビンスキーは正統的な美男子などではなく、むしろ異相の所有者であったが、女性にたいしては磁力めいた吸引力を発揮し、後世の伝記作家が確認に苦労するほどの戦果をえていたのである。

公式的には、アドリアン・ルビンスキーには男女を問わず子供はいないことになっている。しかし自分はここに実在しているではないか、と、ルパートは唇の片端だけをつりあげるのだった。地球教の代理人として、フェザーンの市民をすらあざむく父親は人間のくずであり、自分はその排泄物《はいせつぶつ》なのだ。似あいの父子と言うべきではないか……。

ルパートが到着したのは、シープスホーン地区にある宏壮《こうそう》な邸宅だった。地上車《ランド・カー》の窓をあけ、門柱の前に右手をさらすと、掌紋が確認され、彫刻をほどこした青銅ばりの門扉が音もなく開く。

その館の主人は女性だった。対外的な肩書はいくつかある。宝石店とクラブの経営者で、何隻かの貨物船のオーナーで、かつては歌手でもあり、ダンサーでもあり、女優でもあった。だが、それらの肩書はさしたる意味ももたない。フェザーンの自治領主アドリアン・ルビンスキーの情人《ミストレス》のひとりという立場は、紳士録にそれと明記できるものではなかったが、同時にまたそれは、彼女が政治家や大商人にたいしておよぼす影響力の源泉であった。もっとも、現在ではルビンスキーの足は遠のき、〝もと情人〟という呼び名のほうが、ふさわしいかもしれない。彼女――ドミニク・サン・ピエールは八年前、クラブの歌手だった一九歳のとき、自治領主に就任する以前のルビンスキーに見そめられた。ルビンスキーは、彼女の躍動的な踊りに魅せられたのだ、とも、声量豊かな歌声が気にいったのだ、とも、利発さに感心したのだ、とも言われている。赤茶色の髪をした美人だったが、彼女をしのぐ美人はいくらでもいたので、多くの人はその点に触れなかった。

ホールに客を迎えた女主人は、歌うような抑揚にとんだ口調で話しかけた。

「今夜は泊まっていくんでしょう、ルパート」

「親父の代理としては力不足だがね」

「ばかなことを言わないで。ま、あなたらしい言種《いいぐさ》だけど……お酒にするの?」

「そう、まず酒だ。それと、理性のあるうちに、頼みごとをしておこうか」

緋色《ひいろ》をしたシドラ・ウイスキーの瓶と、ロックアイスをドミニクがサロンにはこんでくると年下の若者は性急な口調で言った。

「どうぞ、なにかしら」

「デグスビイという地球教の主教がいる」

「知ってるわ、顔が異様に青白い……」

「奴の弱みをにぎりたい」

味方にするのか、と、女はたずねた。

「ちがう。手下にするんだ」

どぎついまでに不遜な表情と口調は、あるいは彼自身を鼓舞《こぶ》するものであったかもしれない。彼の臨《のぞ》もうとする戦いは、ささやかなものではなかったが、彼は対等の同盟者など欲していなかった。彼が欲しているのは一方的に彼のために犠牲をはらってくれる人間だった。

「奴は禁欲主義の権化にみえるが、それがほんものかどうかだ。偽物なら、つけいる隙が充分にある。ほんものだとしても、時間をかければ変えることができるだろう」

「かかるのは、もうひとつあるわ。費用よ。出費をおしんでよい結果だけをのぞまれてもこまるわ」

「心配するな。必要なだけだしてやる」

それは、レムシャイド伯に言ったことを、くりかえしたものだった。

「補佐官の給料は、そんなにいいの？　ああ、いろいろ役得があると言ってたわね。それにしても、地球教だの亡命貴族だの、このところにぎやかなことだわ」

「百鬼夜行《ひやつきやこう》さ。この国では、いつだって誰かが誰かを利用しようとしている。おれは他人に利用されるのはごめんだ」

端整なルパートの若々しい顔が、一瞬、瘴気《しようき》をたゆたわせたようにみえた。彼は空《から》のグラスに緋色の酒をそそぐと、水も氷もくわえず口のなかに放りこんだ。味より熱い刺激をこそ楽しむようにである。胃と食道が燃えあがる実感があった。

最後に生き残るのはおれだ、と、ルパートは思った。もっとも、誰でもみんなそう思っているにちがいないが……。

Ⅳ

フェザーンの貨物船〝ロシナンテ〟は、大規模な星間輸送会社に所属しない独立商人の船としては最大級のものだった。皇帝エルウィン・ヨーゼフ、ランズベルク伯アルフレット、レオポルド・シューマッハ、そしてボルテック弁務官が幼帝の世話を命じた若いメイドの四人は、最上客として鄭重に迎えられた。

この船が密航者を乗客としたのは、今回が最初というわけではない。名簿にない客を乗せるため、設備のととのった専用室までもうけられているロシナンテである。秘密のドアは声紋反応式であり、内壁と外壁のあいだには、赤外線探知を無力化するため人間の体温と同温度の温水が循環している。じつのところ、ロシナンテにとって最大の収入源といえば、亡命希望の密航者であり、船長のボーメルは過去、二桁におよぶ帝国官憲の臨検をことごとくきりぬけてきたのである。あるときは演技で、またあるときは贈賄《ぞうわい》によってだが、相手の官憲にたいしてなにがもっとも有効か、という判断の正確さは、他に類をみなかった。帝国駐在のフェザーン弁務官ボルテックが、エルウィン・ヨーゼフ二世を帝都オーディンから脱出させるために、この船をえらんだゆえんである。

　ボーメルとしては、弁務官じきじきのお声がかりであり、費用も現金前払いしてもらえたので、この最上客を安全かつ快適にフェザーンまで送りとどけるためには、相応の努力と苦労をおしまないつもりだった。客の正体にかんしては、知ろうとしないのが当然の礼儀であるため、壮年の男一名、青年一名、二〇歳前後の娘一名、幼児一名、合計四名の客を、奇妙なとりあわせだとは思ったものの、詮索《せんさく》はしなかった。そして、最上級の食事とサービスを、と、事務《オフィ》長《サー》に指示したものであった。今回の亡命者輸送が好首尾に終わった場合、上客をはこぶ機会が今後にわたって増大するであろうことを期待したためである。

　ところが、閉鎖の解けたオーディンの宇宙港を出発すると、たちまちボーメルの悩みがはじまった。

「どしがたいがきですぜ、あれは」

　食事をはこんだ船員が、もどってくると憮然とした表情でそう報告した。左腕に火ぶくれができていたので理由を訊ねると、子供が、匂いが気にいらないといって、チキンシチューの深皿をなかみごと投げつけたのだという。とめようとした娘の髪をつかんで力まかせにひっぱるので、娘は泣きだし、男ふたりでようやくおさえつけた、と聞いて、ボーメルもあきれた。

「よほど親の躾が悪かったんでしょうよ。理も非もあったものじゃない。大貴族のがきなんてあんなものなんでしょうが、とにかく、食事をはこぶ役はほかの奴にまわしてください。おれはもう願いさげです」

断言すると、船員は火傷の治療をうけるために医務室へと立ちさった。

つぎの食事のとき、ボーメルはべつの船員にそれをはこばせたが、この男は頰に深いひっかき傷をつくって帰ってきた。三人目の船員が紫色になった鼻柱をしてもどってくると、商売人精神がゆたかなボーメルも忍耐心の限界をこえ、うちの船は山猫をはこぶようにはできていない、すこしは躾をしてもらいたい、と抗議を申しこんだ。上品そうな青年が平身低頭し、かなり多額のチップを渡したので、ボーメルはひきさがったのだが、娘の顔や手にすくなからぬ傷あとを発見し、あらためておどろいた。

「ですぎたことを言いますが、子供はきびしく躾けたほうがいいですよ。躾のされない子供なんぞ、野獣と変わりませんからな」

そう忠告してみたが、娘は弱々しく微笑するだけだった。姉か若い叔母と思っていたのだが、どうやら使用人であるらしかった。

……自分たちがはこんだのが、どうやら神聖不可侵の銀河帝国皇帝であるらしい、ということをボーメルが悟ったのは、フェザーンに到着して貨物と四人の密航者をおろしたあとである。酒場『ドラクール』で、皇帝亡命をつげる自由惑星同盟《フリー・プラネッツ》からの放送を聞いた彼は、タンブラーをつかんだ自分の左手を見おろして独語した。

「ローエングラム公が野心家だか簒奪者だか知らんが、あのがきが皇帝では、いずれ自分自身の国をかじり倒すことになるだろうよ。他人のせいなものか」

彼の左手には、船員に頼めず自分で食事をはこんだとき、エルウィン・ヨーゼフ二世にしたたか嚙みつかれた、その深い歯形が完全な半月状に痕《あと》をとどめていた。

……それまでは、癇《かん》の強さがほのみえるだけとされていた幼年の皇帝は、自我が抑制されたとき、異常なまでに苛烈な暴力によってしか自己を表現できなくなりつつあったのである。

第四章　銀河帝国正統政府

I

　銀河帝国の帝都オーディンにおいて幼帝エルウィン・ヨーゼフ二世が誘拐され、フェザーン自治領《ラント》で人々がそれぞれの思案と策動に熱中していたころ、自由惑星同盟《フリー・プラネッツ》軍の最前線基地イゼルローン要塞は、遅ればせの春眠をむさぼっていた。

　イゼルローン要塞および要塞駐留艦隊の司令官ヤン・ウェンリーは三一歳で、同盟軍の現在と過去をつうじて最年少の大将である。中肉中背だが、しいていえば肉づきは薄いほうであろう。やや癖のある黒い髪が、あまり軍人らしくなく長めで、額に前髪が落ちかかるのをときどきわずらわしげにかきあげる。短く散髪すればよさそうなものだが、この年の春、無益な査問会で髪が長いのどうのといやみを言われて以来、散髪しようとしない。当人は自覚していないか、またはそれをよそおっているが、右をむけと高圧的に言われれば損を承知で左をむく性格であるようだった。目は漆黒《しっこく》で、柔和そうにもみえ、ぼんやりしているようにもみえた。〝知性をつつむ優しさ、または優しさをつつむ知性〟と表現する伝記作家もいるが、それほどごたいそうな印象をあたえるものではなかったというのが事実である。顔だちは、〝ごくありふれたハンサム〟と伝えられているが、戦場における競争者ラインハルト・フォン・ローエングラムほど傑出した美貌の所有者ではなかった。むしろ彼の場合、実際の年齢より若くみえたこと、いっぽうでいっこうに軍人らしくみえなかったこと、これらの印象が、実際の目鼻だちの的確な描写より多く伝えられている。

いずれにせよ、ヤン・ウェンリーは顔のおかげで今日をきずいたわけではなかった。歴史学者を志望していたはずなのに軍人になってしまった彼は、エル・ファシル星域で民間人を救出するのに成功して二一歳で少佐に昇進し、二八歳のときには、アスターテ星域会戦で少将、イゼルローン攻略戦で中将、アムリッツァ星域会戦で大将と、一年間に三階級をかけあがっている。彼の武勲は同盟軍においてほかに比《ひ》を許さないものだったが、それは逆に言えば、彼が葬《ほうむ》りさってきた敵兵の墓標の数を想起させるものだった。彼は戦争の芸術家であったが、その功績と意義をもっとも低く評価しているのは彼自身であった。軍人のような、文明にも人道にも寄与しない稼業は早くやめて、のんびり年金生活を送りながら生涯に一冊歴史書を書きたい彼なのである。

五月にガイエスブルク要塞をワープさせた帝国軍の侵攻をしりぞけると、ヤンは風邪をひきこんで一週間ほど寝こみ、起きだしてからもいまひとつ緊張感を欠く毎日であった。

ヤンの被保護者であり、いまは准尉に昇進しているユリアン・ミンツ少年は、一見ぼんやりと時を空費しているかのようなヤンが、頭蓋骨《ずがいこつ》の内部では孤独な、高度の知的活動をおこなっており、壮大な戦略論を構築しているか、深遠な歴史哲学に思いをはせているのではないか、と思っていた。もっとも、ユリアンは、ヤンの日常次元の行動能力はともかく、知的活動については過大評価する癖があったので、ぼんやりしているようにみえるヤンは、じつはやはりぼんやりしていたのである。

非戦闘分野においては、デスクワークの達人である要塞事務監アレックス・キャゼルヌ少将と、ヤンの副官フレデリカ・グリーンヒル大尉とで事実上の決裁をすませてしまうので、ヤンは書類にサインをするだけですむのだった。もともと、必要がないかぎり勤勉になどならない男ではあるが、この二カ月ほどのあいだは、お茶と午睡の時間の合間にしか中央指令室にいることはなく、いたとしても歴史書を読んだりクロスワード・パズルを解いたりしているありさまで、多忙などという表現からはほど遠かった。彼の頭蓋骨のなかにひろがる知性の畑は、たがやされぬままに雑草がおいしげり、羽虫が飛びかっているようで、その所有者は、肥満しない体質をいいことに、食べることと寝ることだけに熱心なようにみえる。

それでも、クリエイティブな活動をしたいとは考えたらしく、〝文明と酒〟というテーマでなにやら論文めいたものを書きはじめたが、冒頭部分を何行か書いただけでペンがうごかなくなってしまった。書かれた部分にしたところで、ろくな文章ではなかった。

「……人類の文明は酒とともにはじまった。文明の終焉《しゅうえん》もまた、酒とともに到来するであろう。酒は知性と感性の源泉であり、人間をして野獣と区別せしめる唯一の方法だと言えよう……」

これを読んだユリアンは評して言った。

「いまどき、安酒場の宣伝文だって、もうすこし気のきいたことを書くんじゃないでしょうか」

酷評に失望したヤンだが、知的バイオリズムの低下を自覚すると、無益な努力を放棄して、以後は、要塞防御指揮官ワルター・フォン・シェーンコップ少将に言わせれば、〝よく言って給料泥棒〟という立場に甘んじてしまったというしだいだった。

もっとも、シェーンコップにしたところで、軍人道徳の鑑《かがみ》というわけではなかった。三四歳の彼はまだ独身で、〝薔薇の騎士《ローゼンリッター》〟連隊指揮官であった大佐時代から、女性にかけては強者《つわもの》として著名な存在だった。イゼルローン要塞において、彼と双璧の存在は第一宙戦隊長をつとめる〝撃墜王《エース》〟オリビエ・ポプラン少佐であったが、このふたりはそれぞれユリアンの射撃と単座式戦闘艇スパルタニアン操縦の師にあたる。ヤンはそれぞれの分野で一流の技術をもつふたりを教師としてユリアンにつけたのだが、後日になって頭をかかえなかったとは、誰も保証できないところであった。

シェーンコップとポプランにかんして、いくつかのエピソードが知られているが、そのひとつにつぎのようなものがある。

ある日の朝、シェーンコップが女性士官A少尉の部屋からでてくると、ちょうど同時刻に、隣接した女性下士官B曹長の部屋からポプランがでてきた。ふたりは目礼してわかれたが、二日後の朝、ふたりはおなじ場所でふたたび顔をあわせた。ただし、今度は、シェーンコップはB曹長の部屋から、ポプランはA少尉の部屋からでてきたのだった……。

このエピソードは、事実であるという証拠はどこにも存在せず、間接的な伝聞という形式でしか知られていなかったが、聞く者はたいはんが事実であると信じていた。真偽のほどを訊ねられたとき、ポプランは答えた。

「どうして男の名前だけ実名で、女は仮名なんだ。不公平じゃないか」

いっぽう、シェーンコップは言った。

「おれの趣味は、ポプランほど悪くないよ」

……このようなふたりの影響をユリアンがうけてはこまる、と、ヤンが思ったとしても無理からぬことであろう。ユリアン自身も容姿端麗な少年で、首都ハイネセンの学校にかよっていたころは、フライング・ボールの名選手として、同年輩の少女たちの人気を集めていた。人工惑星イゼルローンには五〇〇万人の民間人がいて、司令官の養子であり初陣で巡航艦を撃破した勇者でもあるユリアンは、やはり人気の的であった。

「要するに、ユリアンは、お前さんのできないことがなんでもできるというわけだ」

要塞事務監アレックス・キャゼルヌは、ヤンの士官学校の先輩でもあるが、そう言って後輩をからかうのである。そのキャゼルヌにはふたりの幼い娘がいて、彼はユリアンを上の娘シャルロット・フィリスの花婿《はなむこ》にしたい、と願っているという、もっぱらの噂だった。ヤンに言わせると、

「シャルロットはいい子だが、問題は父親だ」

ということなのだが……。

ヤン・ウェンリーは、軍事面あるいは政治面において、しばしば卓絶した洞察力をしめしたため、彼を千里眼にひとしいと考える者も多い。だが、この時期、彼はごく漠然とした不安以上の予兆を感じてはいなかった。帝国とフェザーン、さらに同盟本国において、どのような政治的・外交的・戦略的な蠢動《しゅんどう》がおこなわれているか知りもせず、毎日、紅茶にたらされたブランデーの量を気にしながら、三次元チェスの連敗記録を伸ばしていたのである。

Ⅱ

後世、〝宇宙暦《SE》七九八年のねじれた協定〟と称されるものが公然と存在をあらわにしたのは、八月二〇日のことである。〝ねじれた協定〟——それはすなわち、ローエングラム独裁体制にたいする、銀河帝国旧体制派と自由惑星同盟《フリー・プラネッツ》との協力関係であった。

自由惑星同盟《フリー・プラネッツ》は、銀河帝国皇帝エルウィン・ヨーゼフ二世の亡命を認め、レムシャイド伯ヨッフェンを首班とする亡命政権の樹立をも公認する。亡命政権は〝銀河帝国正統政府〟と称し、ローエングラム体制を打倒して祖国に復帰したあかつきには、自由惑星同盟とのあいだに対等な外交関係を成立せしめ、相互不可侵条約および通商条約を締結し、帝国内部においては憲法の制定と議会の開設によって政治的社会的な民主化を促進する。さらに自由惑星同盟は、銀河帝国正統政府が本来所有する諸権利を回復するため努力するに際し、最大限の協力をおこない、あたらしい、しかも恒久的な平和的秩序の建設にむかってともにすすむものとする。

同盟最高評議会議長トリューニヒトと、銀河帝国正統政府首相とのあいだで、これらの事項が合意に達したのは八月上旬であり、想像を絶する両者の協約を公然化するにあたっては、細心の注意を必要とした。そもそも、合意にいたるまでの道が、けっして平坦《へいたん》とは言えなかったのだ。

レムシャイド伯らにともなわれて、エルウィン・ヨーゼフ二世が自由惑星同盟の領域内にいたったのは七月中のことであり、彼らは、トリューニヒト議長からの直接命令をうけたドーソン大将の手で、首都防衛司令部内の建物にかくまわれた。ドーソンは実戦家としての手腕はとかく疑問視されたが、秘密保持の必要なこの種の任務には無能ではなかった。双方の交渉は三週間以上におよび、レムシャイド伯は心ならずも将来の立憲政治への移行を約束させられたのである。

その日、八月二〇日の午後、イゼルローン要塞では、ユリアンが黒髪の司令官に話しかけていた。

「トリューニヒト議長の演説があるそうですね。緊急、しかも重大なやつが……」

「緊急だったら重大に決まっているだろう」

不機嫌そうにヤンは応じた。聞かなくてすむものなら聞きたくない、という態度が露骨だった。しかし、とくに全将兵が超光速通信《FTL》を見るように、との指示が首都《ハイネセン》から伝えられていたのである。これも給料のうち、と自分に言いきかせはしたものの、中央指令室の巨大なスクリーンに議長の顔が映ると、ヤンは思わずかるくのけぞってしまった。

「同盟の全市民諸君、私、自由惑星同盟最高評議会議長ヨブ・トリューニヒトは、全人類の歴史に巨大な転機が訪れたことをここに宣言します。この宣言をおこなう立場にあることを、私は深く喜びとし、かつ誇りとするものであります」

勝手に喜んでいろ、と、ヤンは心のなかで毒づいた。おそらく双方にとって不幸なことであったろうが、同盟軍最年少の大将は、同盟の元首をまったく尊敬しておらず、生理的な嫌悪感すらおぼえていたのである。

「先日、ひとりの亡命者が身の安全をもとめて、わが自由の国の客人となりました。わが国は、かつて亡命者のうけいれを拒否したことはありません。多くの人々が専制主義の冷酷な手からのがれ、自由の天地をもとめてやってきました。しかし、それにしても、この名は特別なひびきをもちます。すなわち、エルウィン・ヨーゼフ・フォン・ゴールデンバウム」
彼は自分が発した言葉の効果を楽しむように、数秒の沈黙をおいた。

煽動《せんどう》的政治家としてのトリューニヒトは、このとき絶頂を迎えていたのかもしれない。自由《フリー・》惑星同盟《プラネッツ》一三〇億の市民は、光も熱も音もともなわない巨大な雷が至近に落ちたのを、たしかに実感したのだった。半数はうめき声をあげ、半数はうめき声すらでない状態で、通信スクリーンの中央に昂然と胸をはる元首の姿をただ凝視していた。

銀河帝国の皇帝が亡命してきたというのだ。統治すべき国を捨て、支配すべき民衆を捨てて。いったいなにがおこったのか。

「……同盟の市民諸君」

トリューニヒト議長の声が、しらじらと流れつづけていた。

「帝国のラインハルト・フォン・ローエングラムは、強大な武力によって反対者を一掃し、いまや独裁者として権力をほしいままにしています。わずか七歳の皇帝を虐待し、みずからの欲望のおもむくままに法律を変え、部下を要職につけて、国家を私物化しつつあります。しかも、帝国内部だけの問題ではありません。彼の邪悪な野心は、わが国にたいしてもむけられています。全宇宙を専制的に支配し、人類がまもりつづけた自由と民主主義の灯を消してしまおうというのです。彼のごとき人物とは共存できません。吾々《われわれ》はここで過去のいきがかりを捨て、ローエングラムに追われた不幸な人々と手をたずさえて、すべての人類にせまる巨大な脅威から吾々自身をまもらねばならないのです。この脅威を排除してはじめて人類は恒久平和を現実のものとできるでしょう」

　宇宙暦《SE》六四〇年、帝国暦三三一年の〝ダゴン星域会戦〟以来、一世紀半にわたって、ゴールデンバウム朝銀河帝国と自由惑星同盟とはたがいの存亡を賭けて戦いつづけてきたのである。その間、ことなる政治体制を有する両勢力間に、共栄とまでいかぬとも相互不干渉の共存関係が成立する余地はないか、と腐心《ふしん》してきた政治家は、けっしてすくない人数ではない。だが、彼らの試みは、双方の強硬派・原理派によって、ことごとく挫折をしいられてきた。一方は相手をただ帝威にさからう叛徒としかみなさず、他方は相手を暗黒の専制国家として、ともに存在を承認せず、武力によって自己の正義を貫徹し、邪悪な敵を宇宙から抹殺するために、何億という同胞の生命を戦場で散らしてきたのではなかったか。

　それが一転して、共通の目的を達するために手をたずさえることになった、というのである。驚愕するのが当然であった。

　ユリアンは中央指令室に集まった人々に、すばやく観察の視線をはしらせた。キャゼルヌやシェーンコップのような毒舌家たちでさえ、毒気を抜かれた態《てい》で沈黙している。ヤンはというと、表情の選択に窮しているといったおももちで、あたらしく画面にあらわれた銀髪の人物を注視していた。

「銀河帝国正統政府首相ヨッフェン・フォン・レムシャイドです。このたび、自由惑星同盟政府の人道的なご配慮により、祖国に正義を回復するための機会と根拠地をあたえていただき、感謝にたえません。つぎにあげる同志たちを代表して、お礼を申しあげます」

そう前置きすると、レムシャイド伯は、〝正統政府〟を構成する閣僚の名を、つぎつぎと発表していった。国務尚書はレムシャイドの兼任であり、他の閣僚には亡命貴族の名がならべられたが、

「軍務尚書メルカッツ上級大将」

その名が発せられたとき、愕然とした視線が、亡命の客将に集中したのは、やむをえないことであったろう。だが、人々は、自分たちの注視の対象が、自分たちにおとらず驚愕していることを確認しただけであった。

「メルカッツ閣下、これは……」

つぶやいたメルカッツの副官シュナイダー大尉が、はっとしたように周囲の人々を見まわし、無言の上司にかわって弁明した。

「どうか誤解しないでいただきたい。閣下も小官も、この件にかんしてはまったくの初耳なのです。なぜレムシャイド伯が閣下の名をだされたのか、こちらが知りたいほどです」

「わかっている。誰もメルカッツ提督がご自分で売りこまれたなどと思ってはいないさ」

ヤンはシュナイダーをなだめると同時に、メルカッツを不信の目で見まもる部下たちの発言を牽制《けんせい》したのだった。

レムシャイド伯はメルカッツの承諾などえてはいないだろう。これだけの地位を提供すれば、異存なくそれに応じるものと思いこんで、交渉などしなかったのだ。

「私がレムシャイド伯とやらでも、メルカッツ提督に軍務尚書の座を提供するだろう。ほかの候補など考えられない」

「同感ですな」

いいタイミングでシェーンコップが言ってくれたので、ヤンは安堵した。もっとも、それは瞬間的なものでしかなかった。レムシャイド伯の〝正統政府閣僚リスト〟は、当然ながら同盟政府が承認ずみのものであろうから、近日中にメルカッツはイゼルローンを離れ、〝正統政府軍〟とやらを組織する任務につかされるにちがいない。ヤンとしては偉大な顧問を手もとから失うことになりそうであった。

オリビエ・ポプラン少佐は、議長の演説でもっとも強烈に怒気を刺激されたひとりだった。

「吾々は、流浪の少年皇帝を助けて、悪の権化である簒奪者と戦う正義の騎士というわけだ。たいしたものさ。立体TV《ソリビジョン》ドラマの主役がはれるぜ」

笑おうとしてポプランは失敗し、にがにがしい怒りにまかせて黒ベレーを床にたたきつけた。僚友のイワン・コーネフが、対照的なもの静かさでそれを拾いあげ、ポプランにさしだした。若い撃墜王はうけとろうともせず、さらに言いつのった。

「だいたいなんだっておれたちが、ゴールデンバウム王家をまもるために血を流さねばならんのだ⁉　ひいじいさんの代からいままで一〇〇年以上も戦いつづけてきたのは、ゴールデンバウム王家を打倒して全銀河系に自由と民主主義を回復させるためだったんだろうが」

「しかし、これで平和が到来するとすれば、政策の変更もやむをえまい」

「平和がくるなら、それもよかろうさ。だが、ゴールデンバウム家とのあいだに平和がきても、ローエングラム公とのあいだはどうなるんだ？　やっこさんにしてみれば、愉快な道理がない。怒りくるって攻めてくることうたがいないぜ」

「だからといって、皇帝をおいかえすわけにいくまい。そもそも、皇帝といっても七歳の子供だ。人道上、助けないわけにもいかんだろう」

「人道だと？　ゴールデンバウム家の奴らが、人道なんぞ主張する権利をもっているとでも言うのか。ルドルフとその子孫どもが、何百億人の民衆を殺したか、歴史の教科書を読みかえしてみるんだな」

「先祖の罪だ。あの子供の罪ではない」

「お前さんは正論家だな。いちいち言うことがもっともだ」

「それほどでもないが……」

「謙遜《けんそん》するな！　おれは皮肉を言っているんだ！」

ポプランは声の爆弾を投げつけたが、相手がいっこうにこたえていないのを知ると、さしだされた黒ベレーをひったくり、手につかんだまま乱暴な足どりで歩きさった。イワン・コーネフはその後ろ姿を見送りながら、肩をすくめて苦笑した。

Ⅲ

「……つまり、銀河帝国とゴールデンバウム家とは、いまや一体でなくなったというわけだ」

ブランデー・ティーの湯気にあごを湿らせつつ、ヤンは吐息した。会議室にならんだ幕僚たちは、紅茶党のヤンをひとり孤立させて、コーヒーを前にしていたが、さすがに香気を楽しむほどの余裕はないようである。ユリアンはヤンの後方の壁ぎわに立って、神妙にお茶くみをつとめていた。

「たった七歳の子供が、自由意志で亡命などするわけがない。救出とか脱出とか言うが、まあ誘拐されたとみるべきだろう。忠臣と自称する連中によってな」

キャゼルヌが発言すると、賛成の声が複数の口から発せられた。

「それにしても、ローエングラム公のでかたが思いやられますな。もし皇帝を返せと言ってきたら……」

ムライ少将が眉をひそめると、パトリチェフ准将が広い肩を無器用にすくめた。

「議長の名演説をお聞きになったでしょう。あれだけ大きなことを言ったら、内心で返したくとも返せるわけがない」

ワルター・フォン・シェーンコップが、洗練された手つきでコーヒーカップを受け皿にもどし、両手の指をくんだ。

「まあ仲よくするのだったら、一世紀はやく手をつないでおくべきでしたな。どだい、相手が実効的な権力を失って逃げだしてきてから仲よくしようなんて、間の抜けた話じゃありませんか」

「分裂した敵のいっぽうと手をむすぶ。マキャベリズムとしてはそれでいいんだ。ただ、それをやるには、時機もあれば実力も必要だが、今度の場合、どちらの条件も欠いているからな」

ヤンは一度背すじを伸ばし、力をぬいて椅子に身体を埋めこんだ。同盟がマキャベリズムに徹して、帝国内のローエングラム派と反ローエングラム派との抗争に乗ずるのであれば、その時機は昨年の〝リップシュタット戦役〟に際してであるべきだった。あのとき、同盟軍が内乱に介入していれば、充分に漁夫の利をせしめることが可能だったはずである。

そのことを、信じがたいほどの鋭敏さで洞察したからこそ、ローエングラム公ラインハルトは同盟内部の不穏分子を煽動してクーデターをおこさせ、同盟軍が帝国の内乱に介入するのを未然に防いだのである。ローエングラム公の権力が確立した現在、反対派が失地を回復する可能性は皆無にひとしく、シェーンコップの言は正鵠《せいこく》を射たと言うべきだった。

ヤンが同盟政府にマキャベリズムを期待するとしたら、それは亡命してきた幼帝をローエングラム公の手にひきわたし、帝国における彼の覇権を承認し、以後の平和共存を約束させるというかたちでおこなわれなくてはならなかった。この行為は、あるいは非人道的との非難をまぬがれないかもしれないが、ヤンのみるところ、ローエングラム公がみずからの手で幼年の皇帝を殺すことはまずない。あの若い美貌の独裁者は、それほど残忍でも愚劣でもないだろう。彼であれば、生かしたまま幼帝を利用する有効な方法を考えだすにちがいない。もしかして、同盟政府は、ローエングラム公のために、わざわざジョーカーをひいてやったのではないか。ローエングラム公は、皇帝の逃亡によってなにひとつ失わない。それどころか、彼にとってはえるものがはるかに多いのだ。ひとつには、同盟における国論の分裂。ひとつには、皇帝を〝奪還〟ないしは〝救出〟することを目的とした、対同盟軍事行動の正当化。そしてさらに、皇帝への民衆の敵意を増幅させることで、国内の団結をはかることもできる。皇帝を同盟に亡命させることによって、ローエングラム公はこれらのさまざまな利益を享受できるのだ。

ヤンは自分の発見に慄然《りつぜん》とした。彼はラインハルトの天才を高く評価していたから、若い美貌の独裁者が旧体制派の残党にむざむざ皇帝を奪われたとは信じられなかったのだ。ヤンが自分の考えを口にすると、一座は静まりかえった。シェーンコップが反問するまで、かなりの時間を要した。

「……すると、ローエングラム公は故意に皇帝を逃がしたというわけですか」

「充分ありうることだね」

おもおもしくヤンは言い、ユリアンの非難がましい視線をことさら無視して、空《から》になったティーカップにブランデーをそそいだ。テーブルにもどされたブランデーの瓶を、今度はキャゼルヌがつかんで、なかみを自分のカップにそそぐ。さらにシェーンコップの手からムライの手へと、旅をつづける酒瓶をながめて、ヤンはいささか気づかわしげな表情をしたが、ユリアンの視線に気づいて意識をローエングラム公ラインハルトにもどすと、おのずと表情がひきしまるのだった。

これが彼の推定どおりローエングラム公の巧緻をきわめた謀略であるとすると、華麗なジグソー・パズルが完成することになる。だがそれは、ローエングラム公ひとりの発案になるものだろうか。踊らされているのは、同盟と帝国旧体制派の二者。踊らせるがわも、二者が協約しているのではないか。

なによりもおそろしいことは、ローエングラム公ラインハルトとフェザーンとが手をくんだという可能性である。軍事力と経済力、才能と野心、それらが共通の利益のために手をむすんだのか。そう、フェザーンは利益をえることなくして、ラインハルトに手をさしのべることはしまい。それは確実なことだが、ではどんな利益が彼らをラインハルトとの協約にはしらせたのであろう。やはり、統一された新帝国における経済権益の独占だろうか。それは納得できる回答ではある。ローエングラム公も納得するだろう。しかし、はたしてそれが真実の回答だろうか。ローエングラム公を納得させ、ひいては油断させるための罠である可能性はないのか。フェザーンが欲しているものは、さらに巨大なものであり、拝金主義者めいた言動をとってみせるのは、真の目的を秘匿《ひとく》するためのカムフラージュではないのか……？

考えこむヤンは頭の芯《しん》にかるい痛みをおぼえていた。キャゼルヌとシェーンコップの会話が聞こえた。

「首都では騎士症候群《ナイト・シンドローム》が蔓延《まんえん》しているらしい。暴虐かつ悪辣《あくらつ》な簒奪者の手から、幼い皇帝をまもって正義のために戦おう、というわけさ」

「ゴールデンバウム家の専制権力を復活させるのが正義ですか。ビュコック提督にならって言えば、あたらしい辞書が必要ですな。反対する者はいないのですか」

「慎重論もないではないが、口を開いただけで非人道派よばわりされてしまう。七歳の子供、というだけで、おおかたは思考停止してしまうからな」

キャゼルヌは、ふたたび空《から》になったコーヒーカップの底をうとましげにながめ、手のとどかぬ場所に腰をおちつけたブランデーの瓶にたいしては、なつかしそうな視線を送った。

「一七、八歳の美少女だったら、熱狂の度はもっとあがるでしょうな。だいたい民衆は王子さまとか王女さまとかが大好きですから」

「昔から童話では王子や王女が正義で、大臣が悪と相場が決まっているからな。だが童話とおなじレベルで政治を判断されたらこまる」

彼らの会話を聴覚神経の迷路で散歩させながら、ヤンは、脳裏にひろがる知性の畑を、ひさしぶりに耕作していた。雑草を抜きとる手間がたいへんだったが……。

政治、外交のことはひとまずおこう。軍事面にかぎっても、同盟は小さくない危機を迎えようとしている。ローエングラム公は皇帝誘拐の罪を問うために、かならず侵攻してくる。おそらく彼は平民出身の兵士たちを鼓舞するはずだ。お前たち平民階級の敵は、ゴールデンバウム王家の皇帝と大貴族である、皇帝をかくまい、専制政治と社会的不平等の復活をたくらむ自由《フリー・》惑星《プラネッツ》同盟を打倒せよ、彼らは共和主義者と自称しているが、事実がしめすとおり、ゴールデンバウム王朝の共犯者である、お前たちの権利と正義をまもるために同盟を倒せ、と。その煽動の、なんと説得力に富むことか。

旧体制派の残党が皇帝を〝救出〟したのは、騎士道的ロマンチシズムと政治的野心との、錯覚にみちた恋愛の結果であろうが、まことに不毛の恋であったというしかない。

今回の事件で最大の利益をえた者は、ローエングラム公ラインハルトであろう。彼はかつて皇帝の権威を背景とする必要があったが、門閥貴族連合を滅ぼし、宮廷における競争者リヒテンラーデ公を粛清して、現在は帝国における独裁権力を手中にしている。七歳の幼年皇帝は、彼と玉座のあいだに立ちはだかる、色あせた障害物であるにすぎない。彼の権力と武力をもってすれば、この障害物を排除するのに、片手の小指一本すら必要としないであろう。ただし、ローエングラム公は野獣ではないから、幼帝を廃してみずからが至尊の冠をいただくには、現在と未来とをひとしく満足させるだけの大義名分が必要である。たとえば、エルウィン・ヨーゼフ二世が人民を害する悪逆な暴君であれば、それを廃することは正義の名に値する。だが、七歳の幼帝が、過去の幾人かの皇帝のように、みずからの意思によって、臣下の妻を奪って後宮にいれたり、秩序維持のためと称して非武装の民衆を軍隊に虐殺させたり、帝位継承の競争者の家族を乳児にいたるまで殺したりはしないだろう。

Ⅳ

ゴールデンバウム王朝歴代の皇帝のうち、もっとも悪逆の名が高いのは、宇宙暦《SE》五五六年、帝国暦二四七年に即位したアウグスト二世、またの名〝流血帝アウグスト〟である。

二七歳で玉座の主となったとき、すでに彼は人生のあらゆる快楽を知りつくしていると言われていた。大酒と荒淫《こういん》と過度の美食、それに痛風の発作をおさえるための阿片《アヘン》の常用によって、彼の肉体は緩慢に崩壊しつつあり、脂肪と水分が九九パーセントまでをしめていた。彼の虚弱な骨格と筋肉では、巨大な体重をささえることは不可能であり、彼は車椅子ロボットの羽毛クッションの上に、溶けかけたラードのような巨体をのせて移動するのだった。この醜態は、父帝リヒャルト三世の不興をかわずにいられなかったが、アウグストはともかくも長子であり、知能的にはとくに劣悪ともみえなかったので、廃するだけの決心を父帝はつけることができなかった。また、アウグストの三人の弟にしたところで、資質や素行において兄を凌駕しているわけではなかった。アウグストが即位したとき、罵声《ばせい》もとばなかったかわりに賞賛の声もあがらず、銀河帝国の宮廷と政府は史上最高の暴君を無感動に玉座に迎えたのである。

皇帝となり、無制限の権力を玩具として手に入れたアウグストは、玉座から最初の命令を発した。亡父の後宮にいた寵姫たちを、そのまま彼の後宮にとどめたのである。先帝の寵姫たちは、一時金をあたえられて後宮をしりぞき、新帝のもとであらたな後宮が編成されるのが歴代の慣習であったから、これは重臣たちをおどろかせ、アウグストの生母である皇太后イレーネを怒らせた。息子の非常識を責める母親に、青年皇帝は片頬だけの薄笑いをむけた。

「母上、私は父上をあの女どもに奪われたあなたの無念を晴らしてあげようというのですよ」

彼は母親の手をつかむと、息子の眼光の異常さに気づいてひるむ彼女を、強引に奥の間へつれこんだ。やがて侍従たちは、音階を完全にふみはずした女性の悲鳴を聴いた。その残響が消えさらぬうちに、奥の部屋をよろめきでた皇太后が床にくずれ、胃液を吐きはじめた。皇太后を助けおこした侍従たちの鼻孔に、金属的な血の臭気がつき刺さってきた。

このとき皇太后が見たものは、数百におよぶ後宮の寵姫たちの惨殺体であったが、それはすべて皮膚をはぎとられていたとも伝えられる。アウグストの精神の崩壊は、肉体より数歩先んじていたのである。彼の精神の地平に細い一本の線となって残っていた理性の最後の余光が、無制限の権力をえた瞬間に消えさり、新皇帝の内部を暗黒が支配した。

その日以後、豪奢な絹の服をまとったラードの塊が太すぎる指をうごかして命令するごとに、帝都オーディンの人口は減少していった。三人の皇弟が、皇位簒奪の謀議者として殺され、死体はレーザーナイフで切りきざまれて有角犬の穴に投げこまれた。彼らをこの世に産みおとした責任者として、皇太后は自殺をしいられた。新帝の即位後一週間で、生きている閣僚はいなくなった。近衛旅団長シャンバーク准将が皇帝の〝直感〟にしたがって反逆者を探しだし、乳児にいたるまで一族を殺しつくした。貴族と平民たるとを問わず、処刑と財産没収は〝公平〟におこなわれた。

皇帝は、犯罪者を誅殺《ちゅうさつ》するに際しても、他者が模倣《もほう》しえない豪奢な方法をとるべきだとして、無数の男女が彼の殺人哲学の教材に供された。

帝国の公式記録は、アウグスト二世にかんしてかならずしも正確な記録を残してはいない。ひとつには、ゴールデンバウム王家の汚点を公然化することへのためらいがあるゆえだが、いっぽうでは彼のあとの皇帝をたたえるためには、暴君の悪業を記録しておく必要も存在する。このため、アウグスト二世によって虐殺された人々の数は、最大二〇〇〇万人から最小六〇〇万人まで幅が広い。だが、最小の数字をとるとしても尋常ではない。まして彼は、ルドルフ大帝やジギスムント一世のように、独善的ではあっても必要と信じて殺したのではなく、玩具としての権力をふりまわして遊んでいたのである。

皇帝が人肉を食べ、人血をワインにまぜて飲んだという伝聞はあきらかに誇張されたものである。だが、ダイヤモンドの細い針を囚人の眼球につき刺し、眼底と頭蓋骨をつき破って脳を傷つけ、狂死させるという方法は、〝アウグストの注射器〟という呼称で今日に伝わっており、その方法で殺された人々が多数存在することは事実である。

このようにして、六年間、銀河帝国は暴君の支配下に呻吟《しんぎん》した。皮肉なことではあるが、この間、大貴族も下級貴族も平民も、共通の恐怖に慄《ふる》えあがり、相互の対立感情などほかの宇宙へ飛びさってしまった。そして沈澱《ちんでん》した恐怖は、時間とともに窮鼠《きゅうそ》の勇気へと化学変化をおこしていったのである。

行動をおこしたのは、先帝リヒャルト三世の弟アンドレアス大公の子、つまりアウグストの従弟にあたるエーリッヒ・フォン・リンダーホーフ侯爵であった。彼は皇帝の精神が理性の岸を離れて狂気の海へ漂いでたとみると、将来の危険を悟り、帝都オーディンを脱出して自分の領地へ逃げのびた。やがて帝都の近親者をほぼ殺しつくしたアウグストは、こざかしくも逃げおおせた従弟のことを思いだして出頭を命じたが、エーリッヒは断頭台と抱擁する意思はなく、出頭を拒否するとともに、近隣の帝国軍駐屯部隊に呼びかけて叛旗《はんき》をひるがえしたのである。このとき、エーリッヒは死を覚悟せざるをえず、みずからの体内に毒のカプセルを埋めこみ、皇帝に囚われたときには惨殺されるより早くみずからの生命を絶つことにしたのだった。

敗北を覚悟した挙兵であったが、三人の若い提督が彼のもとにかけつけて忠誠を誓った。彼らはすでに暴君を見放しており、なかんずく、ひとりは妻子を皇帝に殺されていたのである。彼らはトラーバッハ星域に皇帝の討伐軍を迎え、戦意にとぼしい敵を一戦で葬りさった。討伐軍の投降者は、戦死者の二〇倍におよび、全軍降伏の観があった。

だが、会戦の勝敗が決したとき、アウグストはすでに故人となっていたのだ。もはや主君の命脈はつきた、と判断した近衛旅団長シャンバークが、有角犬の穴に生肉を投げこんでいた皇帝の背中をつきとばしたのである。皇帝は、文字では表現しがたい奇怪な絶叫をあげて穴の底へと落下し、脂肪と水分の巨大な塊は有角犬の牙と爪にきざまれ、彼らの胃のなかで消化されてしまった。

「新皇帝ばんざい」の叫びのなか、自分でも信じられぬ帝都への凱旋をはたしたエーリッヒは、まずシャンバークを呼びだし、暴君を殺して国家と人民の害を除いたことをたたえ、大将に昇進させた。そしてつぎに、喜ぶシャンバークを逮捕させ、暴君の腹心として多くの人々を惨殺した罪を問い、銃殺刑に処したのである。

即位して皇帝となったエーリッヒは、その後とくに独創的・開明的な統治をおこなったわけではないが、アウグストの恐怖政治の影を一掃し、地獄にひとしい状態から帝国を救いだして人心を安定させた功績は多大なものがある。もっとも、彼の子孫マクシミリアン・ヨーゼフとおなじく、崩壊途上にある専制帝国を永らえさせた点において、より広い意味では歴史上の無意識の罪人といえるかもしれない……。

V

いずれにしても、幼年皇帝エルウィン・ヨーゼフは、いまだ暴君として廃されるだけの罪をおかしてはいないのだった。

また、幼帝が死ねば、それが真の自然死であっても、人々は毒殺の可能性を考えるであろうから、ローエングラム公としては、〝幼児殺し〟の汚名をこうむることを回避するためには、全力をそそいで幼帝の生命と健康をまもらなくてはならない。これは相当に皮肉な立場と言うべきであり、いかに明敏なローエングラム公であっても、皇帝の処置に気をわずらわせたであろうことは想像がつく。ところが、今回の事件によって、難題が解決されたのだ。皇帝が去り、玉座が残された。主を失った玉座に、あらたな主がついたからといって、旧主のがわがそれを非難できるだろうか。

旧体制の主観的な意図はともかくとして、結果的に彼らはわざわざ敵のかかえた重荷をとりのぞいてやったことになる。ローエングラム公はさぞ失笑したことだろう——彼らしく華麗に。彼はどちらに転んでもよいのだ。皇帝が自由意志によって玉座と臣民を捨て、逃亡したのであれば、その無責任さと卑劣さを非難することができる。また、皇帝がみずからの意思と関係なく暴力によって拉致されたのであれば、誘拐犯人を非難し、皇帝を〝救出〟する行動をおこすことができる。いずれにしても、選択権は、あの美貌の若者のポケットにおさまっており、皇帝と自称忠臣たちに懐《ふところ》にとびこまれた自由惑星同盟《フリー・プラネッツ》としては、相手がどのカードをとりだすか、みずからの心臓の鼓動を友として待つしかないのだ。こちらの選択の順序はすぎてしまっているのだから。

……それにしても、これはローエングラム公にとって偶然の幸運なのだろうか？　ヤンは考えこんでしまうのだった。

心あたたまる回答とは、この際、縁がなさそうだった。ローエングラム公は野心と鋭気に富んだ若者であり、果報を待って日を送るタイプではない。なんらかのかたちで、ローエングラム公の意思がこの事件に作用しているとみるのが順当であろう。かつて同盟軍の不満分子にクーデターをおこさせることすらやってのけたローエングラム公である。計画の最初の段階から関与していたとは断言できないが、皇帝誘拐計画の存在を知りながら故意に看過し、その結果を最大限に利用するということは、大いに可能性のあることだった。だいいち、旧体制派残党に、皇帝をつれて帝都オーディンから逃亡しおおせるほどの組織力が残っているとは信じがたい。どうやって帝都に潜入したのか。どのようにして脱出したのか。またその間、いかにして自分たちの存在を官憲の目から隠しとおすことができたのか。ローエングラム公でないにしても、何者かの幇助《ほうじょ》があったとしか考えられない。それは組織と資金と人脈とを豊富にもち、独自の利益と目的とをいだいて、賢明に、かつ狡猾に計画し行動するもの……。

とすれば、フェザーン……？

またしてもフェザーンなのか？　ヤンは舌打ちしたくなった。彼は正統的な歴史学派の末端につらなりそこねた身として、〝陰謀史観〟など排したいと思う。一部少数者の陰謀や策略だけで歴史の流れが方向づけられるはずがない。歴史とはそのようなものではないはずだ。

だが、いずれにしても、同盟政府は責任をとらねばなるまい。原因ではなく結果にたいして……。

自由惑星同盟《フリー・プラネッツ》は、銀河帝国の旧体制派と手をくんだ。彼らはあきらかに反動派であって、それ以外の何者でもありえない。ゴールデンバウム王朝の正統的な権威を再建し、それを背景としてみずからが権力をふるい、富を独占し、歴史を逆流させることをのぞんでいるのだ。その彼らと手をくみ、絵に描かれただけの〝将来の民主化〟を信じて、今日《こんにち》実際に政治と社会を改革しつつあるローエングラム公に敵対しようとしている。愚劣な選択のかがやかしい極致というべきであろう。

ヤンは自分の思考の海にすくなからぬ偏見の微粒子が溶けこんでいることを自覚したが、殊《しゅ》勝《しょう》に反省する気にはなれなかった。ルドルフ大帝以来、ゴールデンバウム王朝は五世紀の歳月を閲《けみ》しており、その間、政治的社会的な不公正をただす機会を無数にもちえたはずである。それをことごとく看過し、腐敗臭にみちた特権階級の毒息によって、王朝の花どころか茎や根にいたるまで枯らしつくした特権階級の残党たちになにが期待できるというのか。

盗賊に三種類ある、とは、誰が言ったことであっただろうか。暴力によって盗む者、知恵によって盗む者、権力と法によって盗む者……。

ローエングラム公によって大貴族支配体制の軛《くびき》から解放された帝国二五〇億の民衆は、最悪の盗賊と手をくんだ同盟を許すことはないであろう。当然のことである。やはり、かつて想像したように、自分は銀河帝国の〝国民軍〟と戦うことになるのだろうか。そのとき、正義はむしろ彼らのがわにあるのではないのか……。

「……で、メルカッツ提督は、いかがなさるのですか」

さして大きくもないその声が、ヤンの意識をイゼルローンの会議室に呼びもどした。彼は幕僚たちの顔を視線でなでまわし、発言の主がムライ参謀長であることを知った。ほかの幕僚たちは、ていどの差こそあれ、困惑の表情を隠しきれずにいる。〝帝国正統政府〟の軍務尚書に擬《ぎ》せられたメルカッツの去就《きょしゅう》は、おそらく全幕僚の関心がむかうところであったろうが、誰もが正面からそれをただすことを回避していた。その遠慮、その逡巡《しゅんじゅん》を、ムライは一枚の紙片のようにつき破ってのけたのである。

「たしかレムシャイド伯ですか、亡命政権の首班のかたは、メルカッツ提督が就任を拒否なさるとは思っていらっしゃらないでしょう。期待にそむくわけにはいかないと思いますが……」

ムライ少将の声には皮肉なひびきはなかったが、逃避や韜晦《とうかい》を許すだけの寛容さもまた欠けており、メルカッツは退路を絶たれたかの印象があった。きまじめなムライは、正面からのみの攻撃で、亡命の客将の防壁をのりこえてしまった。メルカッツは、眠たげな目を質問者にむけた。

「……私はレムシャイド伯とかならずしも一致した見解をもっていません。皇帝陛下にたいする忠誠心は彼に劣らぬつもりですが、私としては、陛下に一市民として波瀾《はらん》のない生活を送っていただきたいと思っています」

老練な提督の声は、このとき重く沈みかけた。

「亡命政権などつくったところで、ローエングラム公の覇権をくつがえすことは不可能です。彼は民衆を味方にしています。彼らの支持をうけるだけのことをしているからです。私が理解に苦しむのは……」

メルカッツはゆっくりと首を横にふった。本来は肉体的なものではない疲労の影が、彼の肉体を見えざる手でおさえつけ、抱きすくめようとしていた。

「……幼い陛下を保護すべき人々が、かえって陛下を政争と戦争の渦中におこうとしているかにみえることです。亡命政権をつくるなら、自分たちだけでつくればよい。いまだ判断力も具《そな》えておいでではない陛下をまきこむことはないはずです」

行儀悪くベレーをぬいでいじくりまわしながら、ヤンは沈黙をまもっている。それにかるい一瞥《いちべつ》を投げて、シェーンコップが口を開いた。

「考えてみれば、需要と供給がみごとに一致したのですな」

「需要と供給……?」

「さよう、ローエングラム公の権力基盤は民衆にあり、彼はもはや皇帝の権威を必要としない。いっぽう、レムシャイド伯とやらは、実体のないものとはいえ、亡命政権において主導権をにぎるために、廃物利用をしなくてはならない立場です」

「メルカッツ提督のご見識はわかりました。ですが、私としては、閣下ご自身がどう選択し、どう行動なさるかをうかがいたいのです」

「ムライ少将……」

はじめてヤンが口を開いた。彼はメルカッツを被告の席にすわらせる気はなかった。ムライの潔癖さと緻密さを、若い司令官は高く評価しているが、それも、時と場合によっては人を傷つける針になるであろう。

「組織のなかにいる者が、自分自身のつごうだけで身を処することができたらさぞいいだろうと思うよ。私だって、政府の首脳部《おえらがた》には、言いたいことが山ほどあるんだ。とくに腹だたしいのは、勝手に彼らが決めたことを、無理におしつけてくることさ」

キャゼルヌ、シェーンコップ、フレデリカ・グリーンヒルらがうなずいたのは、ヤンの論法はともかく、その意図を把握したからであろう。メルカッツは手順をふんで正式に亡命政権への参加をもとめられたわけではなく、いわば事後承諾の強引さの犠牲となっているのだから、この時点で彼に最終的な回答を要求するのは酷というものであった。ムライがかるく頭をさげてひきさがったのは、彼自身もそれを承知していたからかもしれない。

事態が出口を見いだせぬまま泥沼化するのをおそれて、ヤンは一時、休息を命じたが、シェーンコップが人の悪い笑顔を司令官にむけて言った。

「この際だから、言いたいことが山ほどあるなら、思いきって言ってみたらよかったのに。王さまの耳はロバの耳、と、どなったら、すこしは気が晴れますよ」

「公開の席上で、現役の軍人が政治批判をするわけにはいかないな、そうだろう?」

「ハイネセンポリスのあほうどもは、批判されるべきことをやってのけた、と、私は思っていますがね」

「思うのは自由だが、言うのはかならずしも自由じゃないのさ」

「なるほど、言論の自由は思想の自由よりテリトリーが狭いというわけですか。自由惑星同盟《フリー・プラネッツ》の自由とは、どちらに由来するのですかな」

それをぜひ知りたいものだ、と、ヤンは真剣に考えたが、口にはださず、肩をすくめただけだった。要塞防御指揮官はそれを見てかるく目を細めた。

「自由の国か。私は六歳のときに祖父母につれられてこの自由の国に亡命してきたんですよ。

もう二八年も前になりますがね、よく憶えています。針を撃ちこんでくるような風の寒さと、亡命者をこじきあつかいする入国管理官の、卑《いや》しむような目つきをね。たぶん、死ぬまで忘れんでしょうな」

シェーンコップがみずからの過去を語るのは、稀有《けう》の事例に属することなので、ヤンは黒い瞳に興味の色をたたえたが、シェーンコップは、自身にかんする話題を発展させる気はないようだった。彼はとがりぎみのあごをなでると、自分自身をつきはなすような口調をつくった。

「つまり、私は一度、祖国を喪失した男です。一度が二度になったところで、いまさら驚きも嘆きもしませんよ」

別室では、やはり上官と部下とのあいだで、辛口の会話がかわされていた。

メルカッツが副官シュナイダー大尉をかえりみて、苦笑とも自嘲とも区別しがたい表情をにじませていたのだ。

「人間の想像力など、たかのしれたものだな。まさかこういう運命が私のために席を用意していようとは、つい一年前には考えつきもしなかった」

シュナイダーは憮然としていた。

「小官は自分なりに閣下のためによかれと思って亡命をお勧めしたのですが……」

メルカッツがいちだんと目を細くした。

「ほう、卿《けい》は喜ぶと思ったがな。ローエングラム公と対決する者にとって、これ以上の肩書はないという気がするのだが……」

言葉の主がメルカッツでなければ、シュナイダーはそれを有刺鉄線つきの皮肉としか解釈できないところだった。彼はにがにがしく頭《かぶり》をふってみせた。

「正統政府の軍務尚書と言えば、外聞《きこえ》はよいですが、実情としては、閣下の指揮なさる一兵も存在しないではありませんか」

「一兵も指揮する身分でないことは、現在も同様だが……」

「それでも、ヤン提督の艦隊を、一時ながらあずかって指揮をなさいました。今度はそれすらのぞめません。虚名があるのみで、一グラムの実《じつ》もありはしない……」

シュナイダーは舌打ちするのだった。

「レムシャイド伯はまだしも、ほかの人たちは、爵位をもつ貴族という以外に、なんら特長のない人々です。あの面々で、ローエングラム公への反対者を糾合できるものやら、小官は、あやぶまざるをえません」

「だが、皇帝陛下がおわす……」

メルカッツの声は、シュナイダーの胸に重く沈みこんできた。大尉は息をのんで、銀河帝国皇帝の臣下として四〇年以上の歳月をすごしてきた宿将の、急に老いこんだような肩の線をながめやった。シュナイダーにも、皇帝の臣下としての意識はむろん存在するが、メルカッツの思いに比較すれば浅く、おそらく代償のきくものだった。言うべき言葉を見いだせずに立ちすくむ副官を見やって、メルカッツは微笑した。

「あまり思いわずらっても、しかたがないな。まだ正式に要請をうけたわけでもない。ゆっくり考えるとしよう……」


嵐は予兆どころか、すでに尖兵を送りこみはじめていたが、ヤンはそれにたいしてなにも手をうたなかった。正確には、うちようがなかったのである。現実に帝国の大軍がイゼルローン要塞に殺到してくれれば、用兵の芸術家として比類ない手腕をふるうことができるのだが、ことが政治の次元にとどまっている以上、制服軍人として、なすべきことはなにもなかった。だが、事態は、ヤンをいつまでも客席の傍観者にはしておかなかった。

「閣下！　通信スクリーンにローエングラム公ラインハルトがあらわれました。全帝国、全同盟にむけてなにか演説するようです」

通信士官が急報をもたらしたのは、亡命政府成立の報から一回の食事をはさんだあとだった。

中央指令室のメイン・スクリーンに、獅子のたてがみのような金髪をもつラインハルトの姿が転送された。

黒と銀の華麗な軍服は、帝国軍の伝統的なものだが、幾世紀も昔からこの金髪の若者ひとりのために用意されてきたかのように、その優美な容姿をひきたてている。蒼氷色《アイス・ブルー》の瞳が、奥深くに雪嵐《ブリザード》をひそめて正面にむけられると、見る者の心身を戦慄の波動がかけぬけた。好悪の念はべつとして、この若者が尋常ならざる存在であることは、万人が認めざるをえないところだった。

ラインハルトが口を開くと、音楽的なまでに流麗な声が、聴く者の鼓膜を心地よく刺激した。だが、内容は苛烈をきわめた。若い美貌の独裁者は、皇帝が誘拐された事実を告げたあと、無形の爆弾を投じたのだ。

「私はここに宣告する。不法かつ卑劣な手段によって幼年の皇帝を誘拐し、歴史を逆流させ、ひとたび確立された人民の権利を強奪しようとはかる門閥貴族の残党どもは、その悪業にふさわしいむくいをうけることとなろう。彼らと野合し、宇宙の平和と秩序に不逞な挑戦をたくらむ自由惑星同盟《フリー・プラネッツ》の野心家たちも、同様の運命をまぬがれることはない。誤った選択は、正しい懲罰によってこそ矯正されるべきである。罪人に必要なものは交渉でも説得でもない。彼らにはそれを理解する能力も意思もないのだ。ただ力のみが、彼らの蒙《もう》を啓《ひら》かせるだろう。今後、どれほど多量の血が失われることになろうとも、責任は、あげて愚劣な誘拐犯と共犯者とにあることを銘記せよ……」

交渉と説得の拒否。その意味を理解したとき、人々は心臓が胸郭の奥で踊りだすのを感じた。帝国旧体制派の亡命政権と、それに与《くみ》した同盟政府は、武力による〝矯正〟の対象とされるのだ。これほど迅速で容赦ない反応を、〝矯正〟されるがわは、はたして予測しただろうか。

ラインハルトの姿がスクリーンから消えると、シェーンコップがヤンに声をかけた。

「つまり、ローエングラム公の宣戦布告というわけですな、いまさらという気もしますが……」

「形式がこれでととのったということだろうね」

「またイゼルローンが最前線になりますかな。迷惑なことだ。この要塞があると思うから、政府首脳《やつら》は平気で愚行をおかす。いささか考えものですな」

ヤンは一瞬、なにか言いたげに口をうごかしかけたが、けっきょくは無言のまま、灰白色の平板と化したスクリーンをとおして、他者には見えないなにものかを凝視しつづけていた。

第五章　ひとつの出発《たびだち》

Ⅰ

銀河帝国皇帝エルウィン・ヨーゼフ二世の〝亡命〟と、帝国宰相ラインハルト・フォン・ローエングラム公爵の〝宣戦布告〟によって、自由惑星同盟《フリー・プラネッツ》は乱気流のただなかに放りこまれた。ヨブ・トリューニヒトを議長とする最高評議会としては、亡命政権の承認という政治的アクションにたいして、ラインハルトからしかるべきリアクションをうけることを、当然予測していたではあろうが、その苛烈さに衝撃をうけずにいられなかった。評議会の一員カプランが述懐したところでは、彼らとしては亡命政権を外交交渉の要件としてもちいる方法を考慮しているところへ、いきなり、先制の平手打《スパンク》を両頰にうけたも同様であったという。自分たちの選択が、妥協の余地のないものであったことを、彼らは敵から教えられたのだった。

「金髪の孺子《こぞう》は武力を背景に吾々《われわれ》を脅迫してきたのだ」

と、憤激をこめてカプランは語ったが、それを招いた責任は彼らの軽率な政治的選択にあり、ラインハルトをいかに非難したところで、それにさきだつ判断の甘さにたいしての批判をまぬがれることはできなかった。ラインハルトに脅迫する口実をあたえたのは彼ら自身だった。

彼らにとって、せめてもの幸福は、彼らの愚かな選択それじたいが、ラインハルトとフェザーンとの、いささか奇怪な共犯関係によって演出されたものであることを、知らずにすんだ点であろう。ただし、そのささやかな幸福は、より巨大な不幸を胚胎《はいたい》していたのだ……。

在野の政治家ふたり――ジョアン・レベロとホワン・ルイが、あるレストランで夕食をともにしていた。両者とも、査問会に関連して、ヤンと多少の因縁をもっている。そしてそのとき、会話の焦点に立っていたのはやはりヤンだった。

「ヤン・ウェンリーの独裁者としての資質か。こいつは興味深い命題だな」

「現実にならないうちは笑っていられるがね、笑顔が途中でひきつるような場面を、私は人生で何度も見ているんだ、ホワン」

レベロは能力的にも道徳的にも水準以上の政治家だが、残念ながらユーモアのセンスに欠けるところがある。ホワンが友人のためにおしむところだった。

「独裁者という名のカクテルをつくるには、たくさんのエッセンスが必要でね。独善的でもいいからゆるぎない信念と使命感、自己の正義を最大限に表現する能力、敵対者を自己の敵ではなく正義の敵とみなす主観の強さ、そういったものだが、あんたにもそのあたりはわかるだろう、レベロ」

「なるほど、で、ヤン・ウェンリーの場合は？」

「まあ、ちょっと無理だろうな。ヤン・ウェンリーという青年は、なかなかうまいカクテルだが、独裁者になるための成分には欠けていると私はみる。むろん、知性や道徳性の問題じゃない。自己の無謬《むびゅう》性にたいする確信と、権力への恋愛感情。このふたつが彼には欠けている、と、これは私の偏見かもしれんが、そういう判断を私はしているわけさ」

白身魚のスープがはこばれてきたので、ふたりの政治家は口をつぐんだ。スプーンをとりあげたレベロが、歩みさるウェイターの背に視線を投げて、

「だが、自己の無謬性にたいする確信はあるのじゃないか。先だっての査問会で、彼はなかなか勇猛果敢な弾劾家であり不屈の弁舌家であったと――これはきみから聞いたことだぞ」

ホワンは首をふったが、それはレベロにたいする反論の意思をあらわすだけでなく、スープの味にたいして異議を申したてたもののようだった。

「ああ、それはそうだが、あれは査問官どもの愚劣さに対抗するためので、べつに自分から手袋を投げつけたわけじゃない。あの査問会にかぎって言えば、彼は傑出した戦術家だったよ。しかし戦略家とは言えないな。戦略家なら、後日のためにどんな愚劣な連中でも味方につけようと考えるだろう。ところが、わが好青年ヤン・ウェンリーくんは……」

まずそうな表情で、ホワンは口もとにスプーンをはこんだ。

「豚にむかって、お前は豚だ、と言ってのけたわけだ。人間としては、あれでいい。怒るべき場合に怒ってこそ、人間は尊厳をたもつことができる。ところがここに悲しむべき過去の事例がいくつも横たわっているのさ。人間としての尊厳と、政略上の成功とが、往々にして等価で交換される、というね……」

時間をかけて空《から》にした深皿を、ホワンは非難がましい目つきで見おろし、コップの水を口にふくんだ。

「さしあたり、私の結論。ヤン・ウェンリーは独裁者にはなれんよ。すくなくとも本人にその意思はない」

「本人の意思だけで状況が展開するとはかぎるまい」

「そのとおりさ。そしてそれはヤン・ウェンリーにかぎってのことじゃない。レベロ、あんたも例外じゃないだろう。ヤン提督のことばかり気に病んでいるようだが、かりにヤンが不本意ながら独裁者の座につくはめになって、民主共和政体に引導をわたすとしたら、あんた自身の去就《きょしゅう》はどうするつもりだね」

レベロは即答できずに眉をひそめたままである。ホワンはあえて追及しなかった。彼自身、確実な展望と決意をポケットにひそませてはいなかったのだ。

腐敗した民主政治と清潔な独裁政治のいずれをとるか、これは人類社会におけるもっとも解答困難な命題であるかもしれない。銀河帝国の人民は、いっそ幸運とも言えるのだった。腐敗した専制政治という、議論の余地なく最悪である状況から、救出されつつあるのだから……。

この時期、人類社会の各処で誤算と落胆が大量生産されていたが、忠誠心と献身の対象たるべき幼帝を迎えた〝帝国正統政府〟の困惑ぶりは、そのなかでも抜きんでていたであろう。

「なんだ、あのがきは！　可愛気がないことおびただしい。傲慢《ごうまん》で、粗暴で、ヒステリーの猫より始末が悪いではないか」

怒りと失望と嫌悪感が胃のなかで沸騰し、彼らは口のなかに酸味のつよい唾液《だえき》の存在を感じるのだった。もともとラインハルトと前帝国宰相リヒテンラーデ公によって擁立《ようりつ》された幼帝を、彼らはくわしく知ってはいなかったのだが、これほど臣下の忠誠心を刺激しない子供だとは想像の外であった。

このまま幼帝が成長し、エゴの抑制を学びえぬまま成人になるとすれば、待つものは、あのアウグスト二世とおなじく〝暴君〟としての汚名ではないのだろうかとさえ思われる。

アウグストという名は、ゴールデンバウム王家と帝国の歴史にとって最大の汚点であり、彼の子が帝位についていれば、彼の名は慎重に抹殺されていたにちがいない。後世の歴史家にとっては幸運なことに、彼の後継者はみずからの叛乱を正当化するためにも、暴君の所業をあきらかにする必要があったため、あえてアウグストにかんする言論に干渉しなかったのである。

だが、おとなたちの思惑に合致した容姿や性格を所有していないがゆえに、エルウィン・ヨーゼフ二世を非難するのは酷であろう。だいいち、七歳という年齢の子供に、自己形成の責任を問えるはずがない。原因が遺伝にあるにせよ、環境にあるにせよ、人格形成の労をおこたった周囲のおとなたちこそ、罪を問われるべきであった。だが、両親はすでに世になく、帝国宰相たるラインハルトは幼帝にたいしてそこまで親切ではなく、侍従たちは小役人根性を発揮して、最低限の形式的な義務しかはたそうとしなかった。愛情がすべてを決するわけではないにしろ、それが完全に欠落していることは、よい効果をもたらすはずがなかった。

わずか七歳の子供の精神を、信じがたいほどの荒廃が蝕《むしば》んでおり、しかもそれは拡大と深化をつづけるいっぽうだった。それは、他者の忌避をかうのに充分なものとなっていた。

〝正統政府〟の要人たちにとっては、皇帝は英雄や名君である必要はいささかもなく、凡庸な傀儡であってくれればもっとものぞましいのだが、あまりに水準を下まわるようでは、やはりこまるのである。統治すべき領土もなく、搾取《さくしゅ》すべき人民もなく、支配のための暴力装置である軍隊もない亡命政権にとって、自由惑星同盟《フリー・プラネッツ》の保護とフェザーンの援助は、存立のため不可欠なものであった。彼らが彼らの利害打算によってうごいていることは明白であったが、それにしても彼らの好意ないしは歓心《かんしん》をかって、後日の反抗と再建にそなえねばならず、幼帝個人にたいする好感情をえる必要があったのだ。

そのためには、七歳の皇帝には、童話にでてくるような〝可憐なる天使〟であってほしいところだった。だが、それがとうていのぞみえないことと、彼らは思い知らされたのだ。では、せめて悪感情を招かぬ処置をとるべきだろう。

「皇帝陛下を、可能なかぎり人前にはださぬことだ」

彼らはそう結論づけた。彼らは医師に命じて幼帝に精神安定剤を投与し、幼帝の世界を〝行《あん》宮《ぐう》〟の寝室のベッドだけに限定することにしたのである。幼帝の〝侍医《じい》〟に任命された医師は、薬品が子供の脆弱な肉体におよぼす悪影響を懸念したが、けっきょくは彼らの意思にしたがうしかなかった。

こうして、幼帝への面会をもとめる同盟の政治家や財界人、言論人、また亡命政府への参加希望者などは、眠りの国への滞在を強制された子供の寝姿を、ドアのちかくからながめるだけで満足せねばならなかった。来客のなかには、その寝顔を見て感傷をそそられる者もいたことはたしかだが、いっぽうで、七歳の子供を、五世紀にわたってつづいた専制政治の暗黒を一身に具現する存在とみなし、観念的な用語をならべたてて、彼を非難攻撃する者も当然ながらいるのだった。

やっかいなことになったものであった。誰もが理性ではなく感情によって判断と選択をおこなおうとしていた。感傷にもとづいて賛成し、生理的反感によって反対する。皇帝の亡命を認めることが、民主主義の存続と平和の招来にとって有意義であるのか否か、その議論はおきざりにされてしまった。賛成する者も反対する者も――前者が数的には多くをしめたが――相手の愚かさを罵倒するだけで、説得に時間と手間をかけようとしなかった。

幼帝エルウィン・ヨーゼフ二世が、一部の人々が空想していたように甘美な天使的容姿の所有者ではなく、はなはだ可愛げのない、躾の悪い子供であると判明すると、亡命政府におけるロマンチックな騎士熱は多少の鎮静化を余儀なくされたが、それでもまだ充分な政治的価値は存在しているものと思われた。不逞な野心家であるローエングラム公はともかく、帝国軍の将兵のなかには幼帝に銃口をむけることをためらう者が多数存在するのではないか、との予測がたてられた。古代の地球において回教徒どうしが骨肉あいはんだとき、いっぽうの軍隊が陣頭に回教聖典《コーラン》の原本をおしたて、それを見た敵が武器を棄《す》てて潰走《かいそう》した――という昔話まで引用されたが、この予測が願望と妄想のあいだに生まれた私生児にすぎないことを、あるいは、主張する者自身が意識下で知っていたかもしれない。

　だが、不安と後悔を両腕いっぱいにかかえこんでいたにせよ、亡命者たちと、彼らを支持する同盟政府は、反転不可能な地点においこまれていた。ラインハルトの電撃的な反応が、彼らをリングの中央からロープぎわにおいつめたのである。交渉の余地なし、と宣告された以上、解決は軍事力によるしかなかった。軍事力の増強と整備は急務となったが、同盟政府がまず着手したのは、人事面であり、軍部にたいする遠慮をすて、政府というより政権の影響を強めるため、軍首脳をトリューニヒト派の高級士官でかためることだった。

　こうして、統合作戦本部長クブルスリー大将が病気を理由に引退し、かつて本部長代行をつとめたドーソン大将がそのあとをついだのである。ドーソンの忠勤がトリューニヒト政権によって相応にむくわれたわけではあるが、軍首脳がときの政権と癒着《ゆちゃく》する、すくなくともそう見えることには反発も多かった。人事の手は、宇宙艦隊司令長官ビュコック大将にはおよばなかったが、ヤンには間接的に伸びてきて、ある日彼の頭上に雷鳴がとどろくことになる。

「ユリアン・ミンツ准尉を少尉に昇進のうえ、フェザーン駐在弁務官事務所づき武官に任命する。一〇月一五日までに現地に着任せよ」

その命令が超光速通信《FTL》によってイゼルローン要塞にもたらされたとき、最初、ヤンの副官フレデリカ・グリーンヒル大尉は、上官の顔を正視できなかった。

II

自分の権限が全能というにはほど遠いものであることをヤンは知悉していたし、民主共和政体にあってはそれが当然であると納得してもいた。だが、この命令をうけたとき、昨年のクーデターに際してシェーンコップが冗談めかしてすすめたこと――いっそ独裁者になってしまえ、と、要塞防御指揮官は不穏きわまる進言をしたのだ――を彼は思いおこさずにいられなかった。まったく、世界は、こちらがおとなしくしていれば際限なく増長する連中でみちみちているらしい。

胸にファイルを抱きしめて見まもる副官フレデリカ・グリーンヒル大尉の前を、ヤンは正確に六〇回、往復した。室内を行きつもどりつしながら、青年司令官は、ベレーをぬいで黒い頭髪をかきまわし、間歇泉《かんけつせん》に似た呼吸音をもらし、目に見えないなにものかに険悪な視線をむけた。一度など、ベレーを両手でしぼりあげたが、無意識のうちにベレーを何者かの咽喉に擬《ぎ》したこと、うたがいようもなかった。フレデリカが、

「閣下」

と声をかけると、ヤンは襟首をつかまれた悪童のような表情で、美しい副官を見やり、あわれなベレーを扼殺《やくさつ》するのをやめて全身でため息をついた。

「グリーンヒル大尉、ユリアンを呼んできてくれ」

「はい……あの、閣下……」

「ああ、きみの言いたいことはわかっている……と思う。だからユリアンを呼んできてくれないか」

ヤンの声も用語も不安定だったが、それだけにフレデリカは若い司令官の胸中を察し、命令にしたがった。

ユリアンは誰もが聡明と認める少年だったが、フレデリカも表情と口調を抑制することにつとめたので、表情にカーテンをかけたヤンの前に立って命令書を手わたされるまで、兇運《きょううん》の急接近を知らなかった。

彼は幾度も命令書を読みかえした。無機的につらねられた文字の意味を理解したとき、全身の血管を憤激がみたした。彼は視線をヤンからフレデリカへ、フレデリカからヤンへとうつしたが、実際に見えていたのは彼自身の怒りの波動だけだった。命令書を引き裂きたいという衝動が、理性の壁をとがった牙でかみさこうとしていた。

「ことわってください、こんな命令」

ユリアンは叫んだ。声がたぎるのを自覚したが、恥とは思わなかった。このような命令をうけて冷静でいられる人間にこそ、感性上の重大な欠陥があるにちがいないのだ。

「ユリアン、お前が軍属だったら、任免や異動は現地司令官の意思による。だが、お前はいま正式の軍人だ。国防委員会と統合作戦本部の命令にしたがう義務がある。いまさら、こんな初歩的なことを私に言わせないでくれ」

「理不尽《りふじん》な命令でも、ですか？」

「どこが理不尽なんだ」

ヤンの反問するようすは、いかにもわざとらしくみえたので、ユリアンは直接の返答をさけて、いなおってみせた。

「そういうことでしたら、ぼくは軍属にもどります。だったら命令にしたがわなくていいんでしょう？」

「……ユリアン、ユリアン」

吐息まじりのヤンの声だった。彼はユリアンを大声で叱りつけたことが一度としてないのだが、このときの少年は、むしろ怒声をあびせられたほうが、よほど気楽だった。あるいは、ヤンのほうこそ、ユリアンの〝おとな〟らしさを過大評価していたのかもしれない。

「そんなことがいまさら可能かどうか、判断のつかないお前じゃあるまい。だいいち、お前は志願して軍人になったので、強制されてじゃない。命令にしたがう覚悟は、当然もっていてしかるべきだ」

このときのヤンの説教には、およそオリジナリティが欠けていた。もしそれに説得力がそなわっていたとすれば、それは内容によるものではなく、ヤンの表情と口調と、それらが完全には表現しえないでいるあるものに、ユリアンの精神が感応して生まれたものであったろう。

だが、その感応は完全なものではなかったので、ユリアンが心の平衡を回復しようとしても、その水面は容易に揺動をやめず、顔の皮膚の下を流れる血液の量は不安定に増減するのだった。

「わかりました。駐在武官としてフェザーンに赴任します。でも、統合作戦本部の命令だからじゃありません。ヤン・ウェンリー提督のご命令だからです。ご用がそれだけでしたら、さがらせていただいてよろしいでしょうか、閣下」

表情だけでなく、声まで雪花石膏《アラバスター》でかためたようになって言うと、ユリアンはかたちだけ完璧な敬礼をほどこし、あきらかに闊達《かったつ》さを欠く足どりで部屋をでていってしまった。

「ユリアンの気持ちはわかりますわ」

やがてそう言ったフレデリカの声に非難の元素がふくまれているよう感じたのは、ヤンのひがみからとばかりはいえないであろう。

「閣下にとって必要のない人間と思われたのではないか、と、きっとそう感じたんです」

いますこし少年の感情に配慮してやるべきではなかったか、と、言葉ではなくヘイゼルの瞳に語らせながら、フレデリカは司令官を見つめ、彼の心理に訴えるのだった。

「必要がないなんて、そんなことがあるわけないだろう」

ヤンはむくれながらも弁明を試《こころ》みた。

「必要がなくなったから傍におかないとか、必要だから傍にいさせるとか、そういうものじゃなくて……必要がなくても傍にいさせる、いや、必要というのは役にたつとかたたないとかいう次元のものじゃなくてだね……」

自分の言語表現力に自信がなくなったのでヤンは沈黙し、黒い頭髪をかきまわし、腕をくんでため息をついた。彼には充分な決断の根拠があったのだが、自分に正当性があるとしても、理解をもとめる努力なしに相手をつきはなすようなことは、ユリアンにたいしてはしたくなかった。

「話しあう必要があるな」

ヤンは独語したが、考えてみれば、それをさきにやっておくべきであったろう。ヤンは自分のうかつさに、うんざりせずにいられなかった。

イゼルローン要塞の広大な植物園は、酸素供給および森林浴による人体活性化の場所として重要な位置をしめる。ジャカランダの樹々にかこまれたベンチのひとつが、なぜかほかの人々に使用されないまま、ときにヤンの午睡《ごすい》に供されていたが、そこにユリアンがすわって考えこんでいることを、フレデリカが何気ない口調でヤンに教えてくれた。

一七時になると、ヤンは残業するそぶりすらみせずに中央指令室をとびだした。

植物園のベンチにすわりこんで、不平をなだめるすべもなく考えこんでいたユリアンは、ある気配に顔をあげると、缶ビール片手に、ヤンが和解をもとめるような表情でたたずんでいるのを発見することになった。

「提督……」

「ああ、ええと、すわっていいかな、ここに」

「どうぞ」

いささかぎこちなくヤンは腰をおろし、缶ビールの栓をあけ、ひとかたまりの泡と液体を胃へ流しこんで呼吸をととのえた。

「なあ、ユリアン」

「はい、提督」

「お前をフェザーンにやるのは、なによりもそれが軍命令だからだが、私自身としても、信頼できる人間にフェザーンの内情を見てきてもらいたいという気持ちがあるんだ。それでも、やはり、行くのはいやかな」

「でも、状況がこう展開すると、イゼルローンはまた最前線になるでしょう。ぼくは、こちらにいたほうがお役にたつと思いますけど……」

「じつはそこなんだ、ユリアン」

二口めのビールを咽喉の奥へ放りこんで、ヤンは少年を見やった。

「誰でも、帝国軍はイゼルローン回廊から侵入してくるものと考えている。そんな規則や法則があるわけでもないのにな」

「でも、だとしたら、どこから侵入してくるんです？　銀河系の外側を大きく迂回するか、あとはフェザーン回廊しかないじゃありませんか」

「そうさ」

ヤンのごくかるい返事に、ユリアンは息をのんで、つづく説明を待った。

「ローエングラム公にとって、もっとも有効な戦略は、一軍をもってイゼルローンを包囲するいっぽうで、他の軍をもってフェザーン回廊を突破することだ。彼にはそれだけの兵力があるし、そうすればイゼルローンは路傍の小石も同様、孤立してなんの意味もない存在になる」

「……だけど、それでは、帝国としてはフェザーンを敵とすることになりませんか」

「いい質問だが、この際それは問題にしなくていい。ローエングラム公がフェザーン回廊の通過を実行するとしたら、その前提条件はふたつある。ひとつは、フェザーンの有形無形の抵抗を実力によって排除できる場合。そしてもうひとつは、フェザーンの抵抗を考慮する必要がない場合だ」

それ以上ヤンは説明しなかったが、ユリアンは、黒髪の青年司令官が示唆するところを正しく諒解《りようかい》することができた。

「……つまり、ローエングラム公とフェザーンがひそかに手をむすぶということですか」

「正解」

ヤンは目の高さにビール缶をあげ、少年の明敏さに敬意を表した。

ユリアンとしては、この場合ほめられて喜ぶわけにはいかなかった。ローエングラム公とフェザーンが結託するということは、銀河系宇宙における最強の武力と最大の経済力とが統合され、しかもその鉾先《ほこさき》が自由惑星同盟《フリー・プラネッツ》にむかってつきだされるということではないか。それは、ユリアンが親しみ慣らされてきた永年の政治的・軍事的状況——対立する帝国と同盟、両者の等距離に立つフェザーンという図式に、大幅な変更をしいるものであり、それを受容するのは容易ではなかった。

「ユリアン、現在の状況は古来から固定しているものと吾々は誤解しがちだ。だけど、考えてもごらん。銀河帝国なんてしろものは五〇〇年前には存在しなかった。自由惑星同盟の歴史はその半分の長さだし、フェザーンにいたっては一世紀そこそこの歳月をへただけだ」

宇宙の原初から存在したわけでもないものが、宇宙の終焉までつづくはずがない。かならず変化がおとずれる。その変化はローエングラム公ラインハルトという傑出した人格を借りて、まず銀河帝国を席巻《せっけん》し、ついで、触手を伸ばして全人類社会をからめとろうとしているのだ。

「それじゃ、銀河帝国、いえ、ゴールデンバウム王朝は滅びると？」

「滅びるさ。いや、事実上はすでに滅んでいる。政治と軍事の実権はローエングラム公の手中にあるし、皇帝は国と人民をすてて逃げだした。名義の変更がなされていないだけで、実態はすでにローエングラム王朝だ」

「おっしゃるとおりですね、たしかに。それにしても、フェザーンがローエングラム公とむすぶということは、高い確率をもつのでしょうか」

「A、B、Cと三者の勢力が存在していて、AとBが対立抗争の関係にあるとする。この場合、Cがとる道は、AがBにおされればAを救い、BがAに圧迫されればBを助け、AB両者の抗争を長びかせて両者を共倒れさせる、というものになるだろう。しかし、Aの勢力がいちじるしく増大し、Bを助けてもAに対抗しがたいという状況が生じたとき、CとしてはいっそAに協力してともにBを撃つという選択をするのじゃないかな」

「でも、そうすると、圧倒的なまでに巨大化したAは、Bを滅ぼした余勢をかってCを攻撃し、Cとしては孤立から滅亡への道をたどることになるのじゃないでしょうか」

感心したように、黒髪の若い提督は亜麻色の髪の少年を見やった。

「そう、そのとおりだ。私の考えのネックも、じつはそこにある。フェザーンの富とその戦略的位置をローエングラム公に提供して、その結果フェザーンは政治的独立を失うことになるかもしれない。そのあたり、彼らはどう計算しているのか……」

ビール缶を手に、ヤンは考えこんだ。

「あるいは、フェザーンの目的は、フェザーン自身の存続にはないのかもしれない……いや、こいつは飛躍しすぎた考えかもしれないし、だいいち、なんの証拠もあるわけじゃない。フェザーンは統一された新銀河帝国で経済上の権益を独占するつもりなのではないか、と、私は思っているが、どうもいまひとつ自分自身を説得できないでいるところさ」

ユリアンが小首をかしげると、亜麻色の髪がゆるやかに波をうった。

「物質的な利益や打算でないとすれば、精神的なものでしょうか」

「精神？」

「たとえばイデオロギーとか宗教とか……」

今度はヤンが目をみはる番だった。彼はビール缶を掌のなかで意味もなくまわしながらつぶやいた。

「宗教か。そうだな、それはありうることだ。フェザーンを額面どおり合理的な現実主義者の集団と思いこんでいると、意外なところで足をすくわれるかもしれないな。宗教か、なるほど」

このときユリアンは、緻密《ちみつ》な論理の枝をつたって事実の木の実を手にしたわけではなく、ふと思いついたことを口にしただけのことだったので、ヤンにあまり感心されると、嬉しさより気恥ずかしさがさきにたった。彼はひとつせきをすると、若い司令官に確認した。

「ぼくがフェザーンに行って、すこしでも彼らの政策や政略についてさぐることができたら、それに、帝国軍の行動についても知ることができたら、それは閣下のお役にたてますね？　だったら、ぼく、喜んでフェザーンへ行きます」

「ありがとう。でも、ユリアンがフェザーンに行ったほうがいいと私が思うには、ほかにも理由があるんだ」

「どういうことでしょう」

「そう、どう言ったらいいかな、山を見るにしてもいっぽうからだけ見ていては全体像をつかめないというか……いや、それよりちょっとお前に訊きたいんだが」

ヤンはひざをくみなおした。

「このままいくと、吾々はどうやらローエングラム公ラインハルトと死活を賭けて戦わなくてはならないらしい。ところでユリアン、ローエングラム公は、はたして悪の権化《ごんげ》なんだろうか」

その質問はユリアンをとまどわせた。

「それはちがうと思いますが……」

「そりゃそうさ。悪の権化なんて立体TV《ソリビジョン》のドラマのなかにしか存在しない」

苦笑まじりのヤンの声である。

「悪というなら、こんど自由惑星同盟《フリー・プラネッツ》は帝国の旧体制派と手をくんだ。すくなくとも現象面においては、歴史の流れを加速させるがわでなく、その流れを逆転させるがわに与《くみ》したということだ。後世の歴史は、吾々を善ではなく悪の陣営として色分けするかもしれない」

「まさか、そんなこと……」

「そういう観点も歴史にはあるということさ」

ヤン本人には、それほど奇をてらった思考をしているという意識はない。ひとつの未来を仮想してみる。ローエングラム公ラインハルトが銀河系全体の覇者となり、人類社会にいちおうの秩序と平和をもたらした〝未来〟。そこにおいては、ゴールデンバウム王朝の旧帝国は当然ながら悪として語られるであろうし、自由惑星同盟も、統一と平和の実現をさまたげた敵として、悪の色彩をおびるだろう。ヤン個人にしても、〝あの男がいたために無用な血が流れ、統一は遅れた〟などと歴史の教科書に記述されないともかぎらない。

絶対的な善と完全な悪が存在する、という考えは、おそらく人間の精神をかぎりなく荒廃させるだろう。自分が善であり、対立者が悪だとみなしたとき、そこには協調も思いやりも生まれない。自分を優越化し、相手を敗北させ支配しようとする欲望が正当化されるだけだ。

ヤンは神にえらばれた聖なる戦士ではない。いくつかの、かならずしも正しかったとは断言しえない選択の結果、軍人を職業としてしまった。生まれた時と場所、また環境がことなれば、おのずと歩む道はことなっていただろう。いずれにしても、自分が正義と信じていれば後世もそれを認めてくれる、などと考えたことはない。動機さえ主観的に正しければ結果は問わない、という思想が、ろくな結果を生んだ例があるだろうか。

人間は、自分が悪であるという認識にたえられるほど強くはない。人間がもっとも強く、もっとも残酷に、もっとも無慈悲になりうるのは、自分の正しさを確信したときだ。ルドルフ大帝は、自分の正義を信じたからこそ、あれだけの流血をおこない、治世そのものを真紅に塗りたてても平然としていられた。いや、あるいはそうよそおっていたのかもしれない。花崗岩《かこうがん》の巨塔にも似た肉体をつつむ自己正当化の鎧《よろい》に亀裂《きれつ》が生じたとき、あの巨人はなにをもって自我の保護者となしたのだろうか。

「ユリアン、ノアの洪水の伝説を知っているだろう？　あのときノア一族以外の人類を抹殺したのは、悪魔ではなく神だ。これにかぎらず、一神教の神話伝説は、悪魔でなく神こそが、恐怖と暴力によって人類を支配しようとする事実を証明している、と言ってもいいほどさ」

自分のたとえの極端さを、ヤンは承知している。しかし、ものごとの価値観、正邪の判断の基準がすぐれて相対的なものであるということは、いくら強調しておいてもよいだろう。人間のなしうる最良の選択は、視野に映る多くの事象を比較対照して、よりましと思われるほうに身をおくことしかない。完全な善の存在を信じる人は、〝平和のために戦う〟という表現にふくまれる矛盾の巨大さをどう説明しうるのか。

「だから、ユリアン、お前がフェザーンにいって、彼らの正義と私たちの正義との差を目《ま》のあたりに見ることができるとしたら、それは、たぶんお前にとってマイナスにはならないはずだ。それに比較すれば、国家の興亡などたいした意義はない。ほんとうだよ、これは」

「自由惑星同盟《フリー・プラネッツ》の興亡でも、ですか」

ヤンは黒い頭髪をかきまわして笑った。

「そうだな、私が年金をもらう期間ぐらいは保《も》ってほしいと思うけどね。だが、歴史的意義から言えば、自由惑星同盟はルドルフ・フォン・ゴールデンバウムの政治思想にたいするアンチ・テーゼとして誕生したんだ」

「それはわかります」

「専制にたいする立憲制、非寛容な権威主義にたいする開明的な民主主義、まあそういったものを主張し、かつ実践してきたわけだが、ルドルフ的なものがローエングラム公の手で否定され葬られれば、あえて同盟が存続すべき理由もなくなる」

「…………」

「なあ、ユリアン。どれほど非現実的な人間でも、本気で不老不死を信じたりはしないのに、こと国家となると、永遠にして不滅のものだと思いこんでいるあほうな奴らがけっこう多いのは不思議なことだと思わないか」

ユリアンは返答できず、ダークブラウンの瞳で、彼の親がわりでもあり、戦略戦術の師でもある青年を見つめている。ヤンの思考はしばしば時空を超えて展開し、しかも過激なほど率直な表現をもちいるので、ユリアンだけでなくフレデリカ・グリーンヒルなども、ときとして一種のスリルをあじわうことになるのだ。

「ユリアン、国家なんてものはたんなる道具にすぎないんだ。そのことさえ忘れなければ、たぶん正気をたもてるだろう」

人類の文明が生んだ最悪の病は、国家にたいする信仰だろう、と、ヤンは思う。だが、国家とは、人間の集団が生きていくうえで、たがいの補完関係を効率よくすすめるための道具であるにすぎない。道具に人間が支配されるのは愚かしいことだ。いや、正確には、その道具のあやつりかたを心得ている極少数の人間によって、大多数の人間が支配されるのだろう。そんな連中にユリアンが支配される必要はない、と、ヤンは思う。口にこそださないが、ユリアンがフェザーンのほうに住み心地のよさをおぼえたら、同盟など捨ててフェザーンの人間になってしまってもよいのだ、とさえ考えるヤンだった。だが、将来はともかく、ユリアンと心がつうじたことに、さしあたりヤンは満足している。

「キャゼルヌ先輩はひとつだけいいことをしてくれたよ。お前を私のところへつれてきてくれたことさ」

ヤンはそう言うつもりだったのだが、なぜとはなく、そのような言葉は口にした瞬間に実体を失って霧消《むしょう》してしまうように思われた。だからヤンは、くんだひざの上に、空《から》になったビールの缶と、かずかずの虐待にたいする抗議をのぞんでいるような黒ベレーをのせたまま、螺旋《らせん》状に舞いおりる人工的な夕闇をだまって見つめていた。

Ⅲ

ユリアン・ミンツがイゼルローン要塞を離れ、ヤンのもとを離れてフェザーンへ行くというニュースは、ヤンの幕僚たちをすくなからずおどろかせた。ヤンの士官学校の先輩であるアレックス・キャゼルヌは、その報を聞くと、昼食時の高級士官食堂で後輩をつかまえて、慨嘆とも質問ともつかず言った。

「よくもまあ、ユリアンを手放す気になったな、思いきりがよすぎるのじゃないか」

「しかたないでしょう、国防委員会の命令ですからね。それに、私が父と別れて士官学校に入学したのも一六歳のときです。独立するのには適当な時期かもしれません」

「りっぱな意見だが、お前さん、ユリアンがいなくてきちんと生活していけるのかね」

その声が、皮肉というよりむしろ本気で心配するようなひびきをともなっているので、かえってヤンは癪《しゃく》にさわる。

「グリーンヒル大尉もそうだけど、どうして誰も彼も、ユリアンがいないと私が生活無能力者になってしまうと思うんです」

「それが事実だからさ」

反論の余地をあたえない明快さでキャゼルヌは断言し、効果的な反撃の方法を探しまわっているヤンに、ユリアンともども夕食に来るようすすめた。ユリアンがフェザーンへ赴任すれば、当分、両家交歓の機会が失われるであろうから。

キャゼルヌやシェーンコップがヤンを見ていておかしく思うのは、ユリアンにたいしてあらたまって説教などするとき、変に常識人になろうとすることなのだった。キャゼルヌなどがみるところ、説教する側よりされる側のほうが生活人として格上であることはあきらかなのである。

「どだい常識はずれの人間が、常識にもとづいて説教しようというのが誤りでね」

「そのとおり。子供ってのは親の言うことにしたがうのではなく、親のやることを模倣《まね》するものだからな。口で言っただけでは、だめだめ」

もっとも、彼らのこのような会話を聴けば、ヤンは、彼らが自分たち自身を常識人と目しているることに、かなりの違和感をおぼえたかもしれない。円満な家庭をいとなんでいるキャゼルヌならまだしものこと――それにかんしても、功績は夫のほうでなく妻のほうにある、と、ヤンは確信しているが――ヤンより三年も長く独身生活をつづけ、『千一夜物語《アラビアン・ナイト》』に登場する教主《カリフ》のような夜の生活を送っているシェーンコップなどに、非常識家あつかいされる筋合はない、というところであろう。

もっとも、ヤンは、彼ら自称常識人たちを相手に憎まれ口のたたきあいを楽しんではいられなかった。まず、ユリアンのほかに一名、あらたにフェザーンに派遣する武官補の人選を統合作戦本部からもとめられていたので、それをはたさねばならなかった。

ヤンがフレデリカ・グリーンヒルの合意をえてえらんだのは、ルイ・マシュンゴ准尉であった。ヤン自身の護衛役をつとめたこともある黒人の偉丈夫で、忠誠心と膂力《りょりょく》にかんしてはシェーンコップ少将が金縁《きんぶち》つきの保証書を提示している。彼なら、ユリアンをよく補佐し、まもってくれるはずだった。フェザーンに駐在する武官は、ほぼ全員がトリューニヒト派の末端構成員であることは確実であり、ヤンの感覚では〝半敵地〟である弁務官オフィスにおいて、ユリアンの唯一の、しかも信頼すべき味方となってもらわねばならないのである。

首席駐在武官は大佐で、その下に武官が六名、武官補が八名、合計一五名が〝駐在武官団〟と称される。首席駐在武官は、弁務官、首席書記官につぐ弁務官事務所のナンバー3《スリー》であり、六名の武官は全員が士官で、佐官と尉官が半数ずつという構成である。八名の武官補は全員が下士官で、その欠員の補充がヤンにゆだねられたわけであった。そのあたりの事情に、ヤンは姑息《こそく》な作為を感じて、不愉快にもなるのだが、ユリアンの人事が決定されたものである以上、少年の環境を改善する機会をのがすわけにはいかない。あるいは過保護かな、という気もするのだが、ヤン自身ですら一六歳で公務をおびて国をでたりはしなかった。このていどの配慮は許されるだろう。

マシュンゴの派遣を決めると、ヤンはつぎの仕事にかかった。宇宙艦隊司令長官ビュコック大将への親書を書くことである。ユリアンはフェザーンへ直行するわけではなく、首都ハイネセンポリスへよって統合作戦本部からの辞令を受領し、しかるのちに任地へおもむくことになる。彼の手で老提督に親書をとどけてもらうことはできるだろう。もっとも、軍主流派――トリューニヒト派が両者の接触を妨害する可能性もあるが、それを排除するぐらいの才覚はユリアンに期待してもよいはずだった。

親書のなかで、ヤンは、ローエングラム公ラインハルトとフェザーンとが共謀あるいは事後共犯の関係において、皇帝の誘拐劇を演出した可能性を、まず指摘した。ヤンにとっては残念だが、証拠としては状況的なものにとどまる。とはいえ、皇帝の暗殺ならともかく、誘拐であるかぎり、ローエングラム公にとって不利な点はなんら存在しないこと、誘拐犯たちが皇帝をつれて、無能にはほど遠いローエングラム公の治安維持システムを脱出しえたこと、亡命政権の成立が宣言された直後、あたかもそれを察知していたような迅速さで、ローエングラム公の〝宣戦布告〟がおこなわれたこと(これは、同盟が皇帝亡命を帝国との外交交渉に利用する可能性を断ち切った点で、すぐれた政治的決断と思われるが、それにしても迅速すぎた点がヤンの疑惑を招くのである)、などは有力な傍証となりえるであろう。

ローエングラム公ラインハルトは、〝武力による懲罰〟を明言した。おそらく空前の大軍と戦略構想をもって攻勢をかけてくるだろうが、彼にそれをなさせるものは、皇帝誘拐の罪という出兵の名目ができたこと、ただそれだけとはヤンには思えない。イゼルローン回廊を帝国軍将兵の死屍で埋めつくすがごとき愚策は、彼のとるところではないだろう。

イゼルローン要塞を攻略するとみせて大軍を陽動させ、無防備なフェザーン回廊を突破して同盟領へ侵入する。あの神速の用兵家ウォルフガング・ミッターマイヤーなどが指揮していれば、たとえヤンがイゼルローンを離れて急行しても、それ以前に惑星ハイネセンは帝国軍の手におちているのではないか。さらに、イゼルローン方面の帝国軍司令官が、名将オスカー・フォン・ロイエンタールでもあれば、ヤンがイゼルローンから離脱するのを座視《ざし》して見送るはずはない。最悪の場合、イゼルローンを離れたヤンは、前後から、帝国軍きっての名将ふたりに挟撃されかねない。しかも、彼らの攻勢をかわしえたとしても、さらに、ヤンが直接的にも間接的にも知る範囲内で最高最大の戦争の天才、ローエングラム公ラインハルトが無傷で待ちうけているのだ。

そこまで考えるのは、いささか先走りすぎるとしても、帝国軍がフェザーン回廊を侵攻ルートとして利用する可能性は、いくら危惧してもしすぎるということはない。彼らがフェザーン回廊を使えば、同盟軍の虚をつくことができるのはむろんのこと、フェザーンを巨大な補給基地として利用できる。さらにヤンが気づいて慄然としたのは、フェザーンは交易・航宙用の星図を質量ともに整備しており、それを提供された帝国軍は、地理的知識におけるハンディキャップを大部分解消できる、という事実だった。

一五八年前、〝ダゴン星域の会戦〟に際して、同盟軍総司令官リン・パオと総参謀長ユースフ・トパロウルは、地理に不案内な帝国軍を、迷宮さながらのダゴン星域にひきずりこみ、壮大な包囲殲滅《せんめつ》戦のフル・コースを演出してのけたのである。だが、侵攻軍が、強力なリーダーシップと、明確で一貫した戦略構想と、精密な星図を有していたら——フル・コースを食べる側と食べられる側の立場は逆転することになりかねないのだ。

ヤンは、伸びすぎた前髪を片手でかきあげ、一世紀半前の名将たちが現在の彼に比較してかなり幸福だったのではないか、と思った。リン・パオにせよユースフ・トパロウルにせよ、戦場のことさえ考えていればよかったのだ。彼らの時代、民主共和制はみずみずしい活力に富み、市民の信頼と尊敬は、みずからの意思と責任においてえらんだ彼らの政府のうえにあった。政治はその機能を十全にはたしており、辺境の一軍人などが政治のゆくすえについて案じる必要などなかったのだ。

軍事が政治の不毛をおぎなうことはできない。それは歴史上の事実であり、政治の水準において劣悪な国家が最終的な軍事的成功をおさめた例はない。強大な征服者は、その前にかならず有為《ゆうい》の政治家だった。政治は軍事上の失敗をつぐなうことができる。だが、その逆は真でありえない。軍事とは政治の一部分、しかももっとも獰猛《どうもう》でもっとも非文明的でもっとも拙劣な一部分でしかないのだ。その事実を認めず、軍事力を万能の霊薬のように思いこむのは、無能な政治家と、傲慢な軍人と、彼らの精神的奴隷となった人々だけなのである。

リン・パオ総司令官がダゴン星域会戦における完全勝利を、「シャンペンを二〇万ダースほど用意されたし」との表現を使って首都に報告してきたとき、当時の同盟最高評議会議長マヌエル・ジョアン・パトリシオは、国防委員長コーネル・ヤングブラッドを相手に官邸の一室で三次元チェスをしていた。秘書官が持参した通信文を開封した議長は、べつに表情を変えるでもなく、息をひそめて説明を待つ少壮の国防委員長にむかって言った。

「若い連中が、ひと仕事すませたようだよ。この勝負がすんだら、酒屋の一〇〇軒ばかりにT《ヴ》V電話《イジホン》をかけなきゃならん……」

すぎさりし伝説の時代に栄光あれ。ヤンは目に見えないグラスを片手にかかげた。過去を美化することは、遠ざかる女性の後ろ姿だけを見て美女と決めつけるにひとしい、と、誰かが言っていた。比喩の当否はさておき、過去にロープをかけて手もとにひきずってくることができないのはたしかだ。彼が料理をまかされているのは、さしあたり、現実のほんの一部分だけなのである。

Ⅳ

ユリアンも、出発の準備や身辺の整理に多忙になったが、日常生活レベルではヤンよりはるかに秩序性に富む処理能力を有していたので、自分自身については、やるべきことは早目にすませてしまっていた。すると、気にかかるのはヤンの日常生活のことで、ある夜、少年は、ヤン家におけるアルコールの消費量について否定的な見解を述べ、若い主人の注意をうながした。

「酒は人類の友だぞ。友人を見捨てられるか」

友情にみちた回答が返ってきた。

「人間はそう思っていても、酒のほうはどうでしょうね」

「酒だって飲んでもらったほうが本望に決まっている。そもそもだな、人類は五〇〇〇年前にも酒を飲んでいた。現在も酒を飲んでいる」

「ぼくの目の前で」

「……そして五〇〇〇年後だって、やはり酒を飲んでいるだろう。人類に五〇〇〇年後があればの話だが」

「ぼくが問題にしているのは、五〇〇〇年後ではなくて、来月からのことなんですが」

そのように反論を封じはしたものの、それ以上ユリアンは青年司令官をおいつめなかった。あまり生意気なことを言いたくもないし、ヤンは数年前にくらべていちじるしく酒量がふえたとはいっても、酒品がおちたわけではない。健康さえ害さなければよいのだ。そう思って、ユリアンは話題を転じることにした。

「それに、起床時間もです。ぼくが起こさなくても、きちんと七時に起きられますか」

「起きられるさ」

ヤンは断言したが、自信や根拠があってのことではなく、極端に言えば反射的に虚勢をはっただけのことである。

「ほんとうに大丈夫かなあ」

「あのな、ユリアン、こういう問答を他人がもし聞いていたら、ヤン・ウェンリーという男はよほどひどい生活無能力者だと誤解するのとちがうか」

質問形式でヤンは抗議したが、ユリアンは無言で肩をすくめ、自分の声でなくヤン自身の記憶と自省心に期待するふうである。

「私はお前が家《うち》に来る前には、きちんとひとりで生活していたんだぞ。誰の助けも借りずにりっぱに家庭をいとなんでいたんだ」

「かびとほこりを友としてね」

ユリアンはくすくす笑った。ヤンは不機嫌そうな表情で応じようとして失敗し、苦笑をかえした。四年前の早春の日、彼らがはじめて対面したときのことを、ひとしく想起したのだった。朝の太陽はまだ冬の残党に遠慮をみせており、空気の流れは生気を欠いて鈍重だった。ヤンは居間のソファーにパジャマ姿を投げだし、長くなるであろう休暇の一日をどう消費しようかと考えていた。

デートする相手がいるわけでもないのに、休暇は完全に消化するのがヤンの主義だった。カップに紅茶をそそごうとしてポットが空《から》になっているのに気づき、舌打ちしたとき、ドアホンが鳴りわたったのだ。

三回ほどドアホンに悲鳴をあげさせておいて、ようやく玄関のドアをあけると、ポーチに立っていたのはダークブラウンの瞳をした一二歳ぐらいの少年で、両手でひきずった大きすぎるスーツケースの、むしろ附属品のようにみえた。薄い透明な汗のため額にはりついた亜麻色の髪の下から、ヤン家の若い当主をまっすぐ見つめて、

「ヤン・ウェンリー大佐でいらっしゃいますか？」

答える必要があるかな、と、ヤンは思った。少年の質問はじつは確認だったから。隣の家だよ、と、無責任に言いかけてさすがにやめると、彼はうなずいてみせた。

「はじめまして。ぼくはユリアン・ミンツと申します。今日からお宅にお世話になりますので、どうかよろしく」

自分は一五、六歳のころに、将来責任をとるべき女性問題をひきおこしたろうか、と、ヤン

は自問した。疑惑が春光をあびた霜のように溶けさったのは、

「キャゼルヌ准将閣下からのご紹介で」

という一言を聞いたときである。当時、ヤンは大佐、キャゼルヌは准将だった。いわゆる〝トラバース法〟により、戦没軍人の遺児がほかの軍人の家庭で養育されることになって間もないころだった。

「あのとき、提督は、歯ブラシをくわえたままポーチにでておいででしたね」

と、ユリアンは言うのだが、ヤンには、そこまでラフな恰好をしていたという記憶はない。少年の思いこみだろうと思うのだが、他人に判定をゆだねると、かならずユリアンの主張に信頼の天秤《てんびん》をかたむけるのだ。あるときなど、キャゼルヌがヤンにむかって言うには、彼について何らかの情報や資料がほしくなったとき、公事はフレデリカ・グリーンヒルに、私事はユリアンに訊ねることにしている、というのである。当然ながら、ヤンとしては、なぜ本人に確認しないのか、と問わざるをえない。答えは確乎《かっこ》として返ってきた。

「誰だって正確な情報がほしいに決まっているだろうが。鏡の左右をとりちがえるような奴に、正確な自画像が描けるか」

その判断にも比喩にも、ヤンは大いに異議があったが、友人や部下にかくも牢固《ろうこ》たる固定観念をいだかせるにいたった自己の責任を、多少は考えずにいられなかった。もっとも、キャゼルヌのことであるから、本心とはべつのところで後輩をからかっただけかもしれない。

出発の準備に多忙なのは、ユリアンだけではなく、〝銀河帝国正統政府〟からの軍務尚書への就任要請に応じたメルカッツと、副官シュナイダー大尉も同様であった。けっきょく、メルカッツとしては受諾する以外の方途がなかったのである。メルカッツが決意した以上、ヤンにもまた、見送ることしかできない。そしてシュナイダーはといえば、メルカッツの影のささない場所を踏む気はないのだった。

ユリアンがあらたまってキャゼルヌを訪ね、別れの挨拶をすると、本気なのかどうか、少年をヤンとひきあわせた責任者は言った。

「浮気するなよ、シャルロットが泣くぞ」

ユリアンは苦笑した。なるほど、苦笑せざるをえない状況とはこういうものか、と思ったことである。

いっぽう、ユリアンの空戦技術の師であるオリビエ・ポプラン少佐は、キャゼルヌと対照的なことを言った。

「もう一年、イゼルローンにいるべきだったぜ、お前さん。やりのこしたことが多いだろう」

「ええ、もっといろいろ教えていただけたらよかったのですが……」

「そうさ。スパルタニアンの操縦なんぞより、もっと楽しいことを教えてやったのにな」

ヤンが聞いたら平静をたもつのは困難であろうことを、若い撃墜王は笑いながら言う。

「おれは一七のときに最初の敵機と最初の女を墜《お》としたんだ。以後、戦果をかさねて、いまじゃどちらも三桁の数字にのせている」

すごいですね、と、ユリアンは平凡な感想を口にした。これはほかに言いようもないので、シェーンコップあたりなら、「昔から質より量だったのか」とでも皮肉るところであろうが、一六歳のユリアンはそこまで咄嗟《とっさ》にはでてこない。ヤンの感化ということもないだろうが、ユリアンは〝その道〟にはいたって淡白で、フレデリカ・グリーンヒル大尉の前にでると、ときとして理由もなく頰が熱くなる——まだそのていどである。ポプランとしては、さしあたり〝その道〟の弟子の候補生を失ったようであった。

ポプランの僚友であるイワン・コーネフ少佐は、ユリアンの挨拶にたいして、最初、「元気でな」とだけ答え、ややあって、「フェザーンにはたしかおれの従兄《いとこ》がいたと思うが」とつけくわえ、また間をおいて、「もっとも一度も会ったことがないし、フェザーンも広いからな」と自分ひとりで結論をだし、ユリアンのさしだす手をにぎると、もう一度、「元気でな」と言った。

参謀長のムライ少将は、緻密な頭脳と細心かつ端正な処理能力を有する人で、キャゼルヌなどとはことなって官僚臭があるように思われ、ユリアンはこれまであまり彼に親しまなかった。だが、彼にたいしてだけ出立の挨拶を欠かすこともできない。いささか堅苦しくなっている少年を自室に迎えると、ムライはかたどおりの激励をしたあとで口調を変えた。

「まあ、いまだから言うが、私の任務はヤン提督のひきたて役だったんだ。いや、そんな表情《かお》をしなくていい、べつに卑下《ひげ》したり不平を鳴らしたりしているわけではないんだから……」

ムライが笑ったところをみると、ユリアンは、ヤンに不平があるなら言ってみろ、と言いたげな表情をしてしまったのかもしれない。

「ヤン提督は、指揮官としての資質と参謀としての才能と、両方を兼備する珍しい人だ。あの人にとって参謀が必要だとすれば、それは他人がどう考えているか、それを知って作戦の参考にするためだけのことさ」

それはそうであるにちがいない、と、ユリアンも思うが、今度は表情を消して、うかつな反応はさけた。ムライがまた笑った。

「だから私としては、エル・ファシルの英雄に参謀としてのぞまれたとき、自分のはたすべき役割はなにか、と考えて、すぐには結論をだせなかった。それがでたのは、イゼルローン陥落以後だ。で、私は役割をわきまえて、ことさら常識論をとなえたり、メルカッツ提督に一線をひいて対応したりしたわけさ。鼻もちならなくみえた点もあろうが、わかってもらえるかな」

「はい、わかりました。でも、どうして、そんなことをぼくに話してくださったんです?」

意外さのトンネルを抜けだすと、ユリアンはそう不審をたださずにいられなかった。

「そう、なぜかな。あまり論理的ではない言いかたになるが、きみには、他人を信頼させるなにかがある、ということだろうかな。おそらくヤン提督もほかの連中も、きみにはいろいろなことを話していると思う。そういうところを、きみは大事にしていくことだ。きっと今後の財産になるだろう」

最後はいささか陳腐な説教になったが、それも好意のあらわれであったのだろう。ユリアンは礼を言い、この秀才官僚タイプの参謀長がヤンのよき幕僚でありうる理由の一端を認識できたように思った。ヤンが彼を参謀長にえらんだのには、相応の理由があったはずなのだ。ムライ自身の口から語られるまで、その点にかんする洞察に欠けていたのが、ユリアンのいまだヤンにおよばないところであるのだろう。

ユリアンはさらにフィッシャー少将、パトリチェフ准将、アッテンボロー少将らのところをまわって別れの挨拶をした。三人ともそれぞれの表現で少年との別れをおしんでくれた。フィッシャーはだまってユリアンの肩をたたいた。パトリチェフは、二、三、激励の言葉をかけたあと、やはり肩をたたいたが、これはすこし強すぎた。アッテンボローは、幸運のまじないだと言って、さびついた古い銅の鍵をくれた。どんな幸運があったのか、と、ユリアンがたずねると、イゼルローン最年少の提督は破顔《はがん》した。

「そうだな、士官学校の一年生だったとき、門限破りをやって塀をのりこえたら、当番のヤン・ウェンリーとかいう上級生が見て見ぬふりをしてくれたよ」

その不埒《ふらち》な上級生は、この期《ご》におよんでユリアンの身の安全を心配し、シェーンコップに笑われていた。

「だからマシュンゴをつけたんでしょう。あの男より信頼できる護衛役は、ざらにはおりませんよ」

「しかし、マシュンゴだって四六時中、ユリアンについていられないこともあるからな」

「ご心配なく、ユリアンの銃や格闘技の伎倆《うで》は、閣下よりうえですよ」

「そういう言いかたをされると……」

「不愉快ですか？」

「いや、こまるんだ。感心すればいいのか、私よりうえというていどならたいしたことはない、と不安がればいいのか……」

「では言いなおしましょう。閣下よりはるかにうえです。充分に自分自身をまもれます。これで安心しましたか」

「……安心することにしよう」

表情も口調も、いまひとつ釈然としないようだったが、それ以上の追及を断念して、ヤンは要塞防御指揮官の傍を離れた。

その日の夕刻になって、食事の席で、ヤンはユリアンにひとつの贈物をした。

「これをもって行きなさい。たぶんなにかと役にたつだろう」

そう言ってヤンが手わたしたのは、フェザーンの五大銀行のひとつ北極星銀行の預金カードだった。いったんうけとったユリアンは、自分の名義で開設されたばかりの口座に、ヤンの半年分の給料にあたる金額がふりこまれているのを見ておどろき、あわてて彼に返そうとした。

黒髪の青年提督は、かるく手をあげてそれをおしとどめた。

「いいからもって行きなさい。金銭《かね》なんて使途《つかいみち》にこまることはけっしてないんだから」

ヤンの生計は、むろん苦しくはない。年齢に比して高給をとっているからだが、ヤンの経済観念は本人が主張するほど発達してもいないのだった。ユリアンが軍属になったころ、急に税金が高くなった、と、ヤンが給与体系に不審と不平の念をあらわしたことがある。ユリアンが扶養家族からはずされたために税率が高くなったことに、うかつにも思いいたらなかったのだ。そのていどの経済観念でも、家計が破綻《はたん》をきたさなかったのは、ヤンに浪費家としての資質が欠けていたからだろう。服装にしても生活用品にしても、ヤンは、趣味さえ悪くなければ安物で充分に満足していたし、洗いざらしのコットンのシャツを平気で着ていた。サングラスを買うときも、限定生産の銘柄品の説明を三〇分も店員から聴いたすえに、ありふれた大量生産の品を買った。彼に言わせれば、サングラスなどというものは色さえついていればよいのである。古書を買うにしても初版本などにこだわらなかったし、酒にかんして言えば、七六〇年産のワインと七六二年産のそれとの区別がつく味覚などもちあわせていなかった。およそ物質的なことについては、執着が薄い人間だったのだ。食事に際しては、しばしば高級士官用のレストランを使用したが、これはむしろ自由な会話を楽しむためだった……。

ヤンにしては気のきいたその贈物については、具体的にはフレデリカあたりに知恵を借りたのかもしれない。自分の不得意な面で他人の知恵を借りることを恥じるような種類の偏狭さとは、ヤンは無縁であった。だが、根本は、ヤンが父親からうけついだ哲学のあらわれであったろう。それは、〝自分でコントロールできる範囲の金銭は、一定の自由を保障する〟というものだった。

「……ありがとうございます。けっしてむだ遣いはしません、提督」

うけとるのが、現在は好意にむくいる最上の途《みち》だった。

「お前がむだ遣いするはずはないからな、必要だと思ったときに、あるだけ遣ってくれればいいさ。それから、これをビュコック提督におわたししてくれないか」

ヤンは親書をユリアンに手わたした。

その親書は、のちになって、ヤン・ウェンリーがたんなる戦術家にとどまらず、もっともひろい意味での戦略家であることを証明する重要な資料のひとつと目されることになる。このときのユリアンに、そこまで予測することはむろん不可能であったが、重要な書面であることは念をおされるまでもないことだった。

「かならず直接おわたしします」

「うん、たよりにしているよ」

ヤンは笑ったが、すぐ表情をあらためた。

「いいか、ユリアン、誰の人生でもない、お前の人生だ。まず自分自身のために生きることを考えるんだ。それから……」

考えるそぶりをしたが、ヤンの言葉の泉はこのとき一時的に涸《か》れてしまったようで、やがて口にしたのは無個性的なものだった。

「風邪をひくなよ、元気でな」

「提督もお元気で」

ユリアンは波だつ感情をけんめいに抑えて応えた。

「できたらお酒を減らすようにしてくださいね。それと、野菜を食べなければだめですよ」

「やれやれ、出立まぎわまで口うるさい奴だな」

二度ばかりまばたきして、ヤンはユリアンの手をとった。ヤンの手は、温かく、乾いていて、感触がよい。その感触を、のちのちまでユリアンは鮮明に想いおこすことができた。


ユリアン・ミンツは、メルカッツ客員提督やシュナイダー大尉、マシュンゴ准尉らとともに、巡航艦タナトスⅢ号の客となり、イゼルローン要塞を離れた。九月一日正午のことである。当事者であるユリアンもメルカッツも、要塞のいわば主であるヤンも、ひとりとして式典好きの者はいなかったが、壮行式は盛大といってもよい規模でおこなわれた。〝二秒スピーチ〟で鳴らしたヤン司令官は、慣例を破って、通常の一〇〇倍におよぶスピーチをおこなったが、常識からすればなおごく短いその時間内に、〝政府の強い希望により〟という台詞を六回もくりかえしたので、いささかおとなげない胸の裡《うち》が、参列者一同には見えすいてしまったものである。

出立者には、女性から花束が贈られたが、史上最年少のフェザーン駐在武官となったユリアン・ミンツ少尉に花束を贈る栄誉は、八歳のシャルロット・フィリス・キャゼルヌ嬢にあたえられた。人々の拍手はひときわ大きかった。

この件にかんしては、イゼルローンならではの裏話があり、〝花束を贈る〟という常識論にたいして、最初、ヤン司令官とキャゼルヌ事務監とが珍しく声をそろえて、

「花束なんぞ食べられない」

と反対したといわれる。それが無難な線におちついたのは、男どもの無責任なアイデアのかずかずを聞きおえた司令官副官フレデリカ・グリーンヒル大尉が一言、

「こういうことには形式が必要で、しかもたいした形式ではありませんわ」

と穏やかながら断言したのに、彼らが反論できなかったからである――と。

「そこで問う、戦友よ、わがイゼルローンの城でいちばんの賢者は誰か？」

いかにも人の悪い質問形式で終わるこの裏話は、人々をにやつかせたが、話題を提供した当人たちは、それほど愉快な気分にはなれなかったかもしれない。

キャゼルヌなどは、この笑い話を全要塞に流布した犯人がシェーンコップ少将かポプラン少佐のどちらか、あるいは双方であるにちがいない、と決めつけていたが、むろん証拠があるわけではなかった。エピソードじたい、実在をうたがわれるものではあったが、ユリアン出立に

際してヤンと、意外にキャゼルヌがあまりものの役にたたず、フレデリカ・グリーンヒルのてきぱきした処理ぶりが印象的だったので、ポプランあたりが創作意欲を刺激されたというのは、いかにもありそうなことではあった。

式典が終了したあと、フレデリカがヤンの私室を訪れてみると、黒髪の青年司令官は、行儀悪くデスクに両脚を投げだし、ブランデーグラスを片手に、肉視窓の外にひろがる星々の大海の一部をさえない表情でながめていた。デスクの上には、三分の一ほどなかみがへったブランデーの瓶が大きな顔ですわっていた。

「提督……」

一瞬ためらったあとに、フレデリカがそっと声をかけると、ふりむいたヤンは、悪戯を見つかった少年のような表情を満面にうかべた。だが、今日はフレデリカは意見がましいことを言う気になれなかった。

「行ってしまいましたわね」

「うん……」

フレデリカの言葉にうなずくと、ヤンは空《から》になったグラスをデスクの上におき、酒瓶をとりあげたが、そのままもとにもどした。遠慮したのは、この場にいる相手にたいしてか、いない相手にたいしてか、フレデリカにはわからない。

「……つぎに会うときは、もうすこし背が伸びているだろうな」

独語めいたそれは、はずれようのない予言だった。

第六章　作戦名「神々の黄昏《ラグナロック》」

I

「一億人・一〇〇万隻体制」

　その言葉が、帝国軍首脳部の周辺においてささやかれるようになったのは、帝国軍最高司令官ラインハルト・フォン・ローエングラム公の苛烈な〝宣戦布告〟が自由惑星同盟《フリー・プラネッツ》と〝帝国正統政府〟にたいしてたたきつけられて以後である。〝武力による懲罰〟が明言されると、軍籍にない平民階級の青年たちが、職場や学校から各地の軍隊の徴募事務所へ駆けつけるようになったのだ。彼らのなかには、すでに兵役を終えてひとたびは故郷に帰りながら、平穏な生活を捨てて兵舎へ再回帰をのぞむ者も多かった。

　ラインハルトは、ゴールデンバウム王朝の門閥貴族専制にたいする平民階級の蓄積された憎悪と、自由惑星同盟にたいするあらたな敵愾心《てきがいしん》とを結合させるのに成功したのだった。

「門閥貴族どもの残党を倒せ！　奴らの復活を許すな。平民の権利をまもれ」

「自由惑星同盟《フリー・プラネッツ》などと誇称する、門閥貴族どもの共犯者を倒せ！」
後者の声は、生みおとされると同時に急成長をはじめ、一週間後には、歴史ある前者と比肩するまでに巨大化をとげていた。ラインハルトはその声の発生には関係したが、成長に寄与したわけではない。その必要は皆無だった。〝宣戦布告〟において、ラインハルトは直接に平民たちに決起をうながしたわけではない。彼が事実を操作したとすれば、自由惑星同盟が受動的に門閥貴族派と連合したことを、あたかも能動的かつ積極的におこなったごとく決めつけたこと、そしてなによりも、彼自身が皇帝誘拐計画の事実上の共犯であったことを隠したことにあった。〝国民よ、起《た》て〟などというたぐいの煽動は、ラインハルトはいっさいやらなかった。また、その必要もなく、平民たちは危機感をいだいたのだ。ひとたび入手した社会的・経済的公正の権利が奪われ、特権階級が復活することを彼らはおそれずにいられなかった。

帝国軍大将ナイトハルト・ミュラーが、高級士官のクラブ『海鷲《ゼー・アドラー》』にひさびさに顔をみせたのは九月にはいって最初の土曜日である。その日の朝、病院での療養生活からようやく解放されると、ミュラーはラインハルトの元帥府におもむいてあいさつをすませ、用意されていた現役復帰の辞令をうけ、その足で、僚友たちがたむろしているであろうクラブにあらわれたのだった。帝国軍の大将以上の幹部で、ラインハルトをのぞいて最年少であり、独身であって、官舎に急ぎ帰る必要もない彼である。

「病院のベッドと抱きあって眠るのには、もう飽きましたのでね。どうもご心配かけましたが……」

ポーカー用の小テーブルからたちあがって迎えてくれたミッターマイヤーやロイエンタールに彼は笑ってみせた。〝疾風ウォルフ《ウォルフ・デア・シュトルム》〟がクラブのウェイターをつとめる幼年学校の生徒にコーヒーを注文し、ミュラーに席をすすめた。

「それにしても、気ぜわしい退院ぶりだ。一億人・一〇〇万隻体制という巷《ちまた》の声にあおられたかな」

「壮大な数ではありますね。ですが、ほんとうにそれだけの動員が可能なのかな」

すわりながらミュラーが言うと、ロイエンタールが金銀妖瞳《ヘテロクロミア》をかるく光らせた。

「まあ、量的には可能だろう。だが、有機的に運用するとなれば、また話はべつだ。だいいち、補給の問題がある。一億人を食わせるのは、容易なことではないからな」

「考えるのは簡単だが、実行するのはな」

ミッターマイヤーがうけた。前線にあって、しばしば補給の遅延《ちえん》や途絶に悩まされた彼らは、机上の計算だけで戦争の運営ができるものではないことを知悉していた。生産の計画のみ達成されて輸送の計画が欠けていたため、放置されて腐敗した食糧の山を見たときの怒りと無念さは表現しがたい。食糧不足のため、せっかくきずいた拠点を放棄して帰還しなくてはならなかった彼らだったのだから。

二、三、会話をかわしたあと、ロイエンタールはたちあがって、ふたりの僚友に別れを告げた。ドアの外に消える、姿勢のよい長身を見送って、ミュラーは疾風ウォルフ《ウォルフ・デア・シュトルム》に笑いかけた。

「ロイエンタール提督は、またあたらしい愛人をつくられたそうですね」

「そうみたいだ」

苦笑まじりにミッターマイヤーは答えたが、表情以上に彼の内心は複雑だった。

ロイエンタールは行動の現象面を見ているかぎり、漁色家であるにはちがいないが、奇妙ともいうべき癖があって、複数の恋愛関係を並行させたことがなかった。永続きしたことは一度もないのだが、とにかくひとりの女を相手にしているときは、ほかの女にその金銀妖瞳《ヘテロクロミア》をむけないのである。あるいはそのためであろうか、冷然と捨てられたはずの女性が、一時期は自分が彼の心を独占しえたと信じ、意外に彼を怨《うら》まない例もままあるのだった。いずれにしても男どものやっかみの種ではあったが。

「ロイエンタールが女を換えたぞ」

「そういえば、もう五月だな」

そんな会話が同僚たちのあいだでかわされたこともあった。〝文人提督〟メックリンガーが、ノートの端に、〝去年の花は今年の花にあらず〟などと書きつけて皮肉ったこともある。むろん、皮肉や非難を意に介するロイエンタールではなかった。ミッターマイヤーは、僚友の漁色が、母親に右眼をえぐられそうになったという深刻な精神的外傷《トラウマ》に起因することを知っていたが、それを他言するわけにはいかなかったので、万事に明快をむねとする彼が、その件にかんするかぎり、「ロイエンタールもよくないが、ほれる女も悪い」などと埒《らち》もない表現で態度を不明確にせざるをえなかった。

ロイエンタールにもおかしいところがあり、

「女ってやつは、雷が鳴ったり風が荒れたりしたとき、なんだって枕に抱きついたりするんだ?」

かつて、真剣な表情で問うたことがある。ミッターマイヤーならずとも返答に窮するところであった。

「そりゃ怖かったからだろう」

そう言うしかないのだが、ロイエンタールは納得しない。

「だったらおれに抱きつけばよかろうに、どうして枕に抱きつく。枕が助けてくれると思っているわけか、あれは?」

そのような現象に合理的な説明をもとめても無益であろうのに、用兵と同様、金銀妖瞳の青年提督は合理性に固執するのである。

「女とはそういうものさ。なぜか、などと訊ねても無益だ、本人にもわかっていないんだから」

ミッターマイヤーはねじ伏せた。えらそうなことを言っているようだが、知っている女の数からいえば、彼は僚友の足もとにもとどきはしない。ただ、彼には、結婚して家庭をもっているという実績があるのだが、そのときのロイエンタールは既婚者の権威などを認めなかった。

「えらそうなことを言うな。お前がおれ以上に女を知っているわけがない」

このあたりから気圧が低下しはじめるのだ。

「おれはエヴァンゼリンを知っている。エヴァンゼリンは女だ」

「女房なんてものは女のうちにはいらん」

「どうしてそんなことがお前にわかる」

黒ビールのジョッキをおくと、ロイエンタールは声を低めた。

「なにかというとエヴァンゼリン、エヴァンゼリンだ。ひとりの女に縛られるのが、そんなに楽しいか。自分のほうから門を狭くしてなにがおもしろいのやら、気が知れんぜ」

どう考えても、それは、〝帝国軍の双璧〟などと謳《うた》われる名将たちの会話としては、いささか威厳を欠いていた、と言わざるをえない。あげくは殴りあいになったようである。ようである、というのは当人たちの記憶が欠落しており、目撃者も口を緘《かん》し、翌日になって身体の各処が痛む理由を自分たちで推理するしかなかったからだ……。

「ロイエンタール提督が資源を独占しているから、私などには美《い》い女がまわってきませんよ」

悪意のない口調でミュラーは言い、幼年学校の生徒がはこんできてくれたコーヒーをすすった。彼には彼で、中尉時代に手痛い失恋をしたという噂があるのだが、当人は年齢に似あわず、もの静かに笑っているだけで、真偽をあきらかにしない。のちに〝鉄壁ミュラー〟と称されるようになる青年には、戦場での勇名とはことなるそんな一面があった。

Ⅱ

元帥府で開かれた九月一九日の最高作戦会議に参列した者は、当初一七名であった。帝国元帥ラインハルト・フォン・ローエングラム、首席副官シュトライト少将、次席副官リュッケ大尉、秘書官マリーンドルフ伯爵令嬢。三名の上級大将——オーベルシュタイン、ロイエンタール、ミッターマイヤー。一〇名の大将——ワーレン、ミュラー、ファーレンハイト、ルッツ、ケスラー、ビッテンフェルト、メックリンガー、シュタインメッツ、レンネンカンプ、アイゼナッハ、以上である。

ケスラーは首都の治安担当者として、皇帝逃亡の責任を問われ、戒告と減俸処分をうけて一時的に謹慎していたが、それも解け、ひさびさに公式の席に顔をみせた。

すでに帝国軍の全宇宙艦隊は第一級出動準備態勢にはいっており、ひとたびローエングラム元帥の命令が発せられれば、二四時間後には大小一五万隻の巨大な艦隊が惑星オーディン上空に出現することが可能だった。

ラインハルトの優美な長身が上座にあらわれ、提督たちの敬礼をうけたとき、獅子のたてがみに似た金髪がひときわ豪奢にきらめいた。

「卿《けい》らに今日集まってもらったのは、自由惑星同盟《フリー・プラネッツ》と僭称する叛徒どもにたいして武力による懲罰をくわえる、その具体的な方法について意見を聞くためだ」

ラインハルトはそう前置きすると、むしろ淡々として重要な宣言を発した。

「私の腹案を、まず述べておく。それは、過去のようにイゼルローン回廊の攻略にこだわらず、もうひとつの回廊を侵攻ルートとすることだ。つまりフェザーン回廊を通過して、同盟領に侵攻する。フェザーンは政治的、軍事的な中立を放棄し、吾々《われわれ》の陣営に帰属することになる」

一瞬の間をおいて、声のないざわめきが、会議室の空気をうねらせた。それをながめやりながら、ラインハルトは片手をかるくあげて合図した。

提督たちはドアのほうに視線を集中させ、それぞれの性格に応じて表情をつくった。

〝猫〟または〝豹〟と呼ばれる帝国軍最高司令官親衛隊長ギュンター・キスリング大佐にともなわれ、提督たちの前に姿をあらわしたのは、フェザーンの弁務官ニコラス・ボルテックであった。

「彼が吾々に協力してくれる。むろん無償ではないがな」

あらためてボルテックを一同に紹介すると、ラインハルトは皮肉を抑えてつけくわえた。この油断ならない弁務官とのあいだに、ラインハルトは密約をむすんだのだ。ボルテックはあらゆる手段をもちいて、帝国軍がフェザーン回廊を通過するための便宜《べんぎ》をはかり、ラインハルトはボルテックの要請がありしだい、現在の自治領主《ランデスヘル》ルビンスキーを放逐《ほうちく》してボルテックを後継の座にすえる、というのがその内容であった。そこまではラインハルトは明かさなかったが、提督たちにあるていどの推測はつく。

「つまり、彼は祖国を売るというのですか?」

ビッテンフェルトが露骨すぎる表現をつかって、ボルテックにたいする懸念と嫌悪をあらわした。弁務官はそれに感応し、傷つけられた表情をつくってみせた。

「おことばですが、私が売るのはフェザーンの形式上の独立のみで、そんなものはフェザーンの存在する真の意義と利益になんら寄与するものではありません。無用な形式を捨てることで、フェザーンはよりゆたかな実体をえることができるのです」

「口は重宝だな。親を売るにも友人を裏切るにも、理由のつけようはあるものだ」

「そのくらいにしておけ、ビッテンフェルト」

金髪の帝国宰相が静かに猛将の毒舌を制した。

「彼の協力がなければ、わが軍がフェザーン回廊の旅客となるのは困難なのだ。私は彼の協力にたいして相応の報酬と、そして礼儀をもってむくいるつもりでいる。むろん、卿らの意見も聞きたいからこそ、今日、卿らを集めたのだが、ロイエンタール、どうだ」

「小官としては、才覚豊富なフェザーン人を無条件で信じる気にはなれませんな」

指名されたロイエンタールは、礼儀正しい冷淡さで彼の主張を述べた。

「フェザーン回廊を通過して同盟領へ侵攻したとしてです、その後、彼らが豹変して回廊を封鎖したら、吾々は敵中にあって孤軍となってしまう。補給も通信も意にまかせず、むろん敵地の地理を知ることもできません。いささか危険度が大きいのではありませんか」

彼が言いおえると、ビッテンフェルトが反論してきた。

「ロイエンタール上級大将のご心配はもっともだが、フェザーンがそのような卑劣な手段にでたときは、武力をもって教訓をたれればよいことではないか」

「フェザーン回廊へむけて軍を反転させるということか」

「そう、フェザーンにはそれほどの武力はない。充分に彼らの企図《きと》を挫折しうるだろう」

「反転したところへ後背から同盟軍が攻撃してきたらどうなる？　不利はまぬがれんぞ。敗れるとは思わんが、犠牲は無視できないものになるだろう」

慎重論をとなえる軍人は、しばしば臆病者とのそしりをまぬがれないが、ロイエンタールにたいしてその種の罵声をあびせることのできる者は帝国全軍に存在しない。ビッテンフェルトが不満げながら沈黙してしまうと、ほかの提督たちも論戦のいっぽうの主役をつとめようとはしなかった。ラインハルトが口を開いた。

「ロイエンタールの発言は理にかなっているが、基本的な構想から言えば、フェザーン回廊を通過して同盟領へ侵攻することを、私はすでに決めている。イゼルローン回廊のみを侵入路と想定してみずから戦略上の選択範囲をせばめれば、要塞への道を将兵の死屍で舗装した同盟軍の愚行を再現することになるだろう。フェザーン回廊を通過しない、というのは人間がさだめたつごうであって、宇宙開闢以来の法則ではない。同盟の奴らがそう思いこむのは勝手だが、奴らと幻想を共有する義務はないのだ。フェザーン回廊を通過するという方法は、敵の意表をつくという一点のみにおいても、他の方策にまさる」

一同を見わたし、彼の意思をはっきりと浸透させてから彼は話をつづけた。

「そこで、まず、奴らの期待どおり、イゼルローン回廊に兵をすすめる。この春、ケンプとミュラーのもとにうごかした兵よりさらに多数の兵をな。だが、言うまでもなく、これは陽動だ」

ラインハルトの白皙《はくせき》の頬が上気している。ことが政略や陰謀ではなく、戦略や戦術におよぶと、こころよい昂揚状態が若い天才をとらえるのだった。

「同盟の関心がイゼルローンに集中したとき、わが主力は一気にフェザーン回廊を通過し、同盟領に侵入する。ヤン・ウェンリーはイゼルローンにあり、同盟軍の他の兵力、他の将帥は論ずるにたらぬ」

「おっしゃるとおりとは思いますが……」

〝疾風《ウォルフ・デア・シュトルム》ウォルフ〟が小首をかしげた。

「そのヤン・ウェンリーです。彼がわが軍主力の動向に即応して、イゼルローンを離れ、長駆《ちょうく》してわが軍主力を迎撃する可能性も考慮にいれねばなりますまい」

「そのときは、移動するヤン・ウェンリーの後背から攻撃をかけ、奴を民主国家の殉教者にしてやればよかろう」

昂然としてラインハルトが言いはなつと、提督たちは多数が首肯《しゅこう》する表情をしめしたが、オーベルシュタインは無言のまま義眼で宙を見すえ、ロイエンタールは口にだして言った。

「はたして、うまくいきますかな」

若い美貌の独裁者にたいして、いささか大胆な懸念の表明であったかもしれない。ウォルフガング・ミッターマイヤーが両者の顔に交互にすばやい視線を送った。闊達《かったつ》な彼らしくもなく、懸念と緊張の暗い色調がその動作をいろどっていたが、それと気づいた者はおそらくいなかったであろう。

「うまくいかせたいものだ」

意識してか否か、ラインハルトはしなやかにロイエンタールの一言をかわし、端麗な口もとに水晶光にも似た微笑をひらめかせた。過去と現在にわたって、ラインハルトに敵意をいだき、彼の才能を否定する者も、この微笑の美しさを認めないわけにいかないであろう。

「……そうありたいですな」

金銀妖瞳《ヘテロクロミア》の青年提督も微笑をつくって応じた。ミッターマイヤーは心のなかで緊張のベルトをゆるめた。カール・グスタフ・ケンプがイゼルローン回廊で戦死した直後、ロイエンタールはラインハルトにたいする穏やかならざる不信の念を口にして、ミッターマイヤーをおどろかせたことがある。後日、酒のうえの冗談だとは言ったが、その弁明に諒承をあたえながらも、ミッターマイヤーは、漠然とした不安が心のなかを遊弋《ゆうよく》するのを禁じえないでいたのだ。ロイエンタールが不穏当なわだかまりを胸中にかかえているのは好ましくなかったし、それを他人に知られるのはさらに好ましくなかった。ロイエンタールが、すくなくとも時と場所をえらばず暴発するような言動にでなかったのは喜ばしいことだった。

「作戦名はどういうものになりましょうか」

そう質問したのはミュラーである。ラインハルトの美貌に会心の笑みがひらめいた。彼は、金糸のような前髪の束を掌ではねあげると、ほとんど音楽的な声で言った。

「……作戦名は〝神々の黄昏《ラグナロック》〟」

「神々の黄昏《ラグナロック》!?」

提督たちは、その語のひびきを吟味するようにつぶやいた。それには、どこか、聴覚をとおして精神の深みに戦慄をおぼえさせるなにかがあった。燃えつきる恒星と、それと運命をともにする惑星文明の終焉する光景を、歴戦の勇将たちに幻視させるような妖しさすら感じられたのだ。そして提督たちは、この作戦にあたえられるべき名を、ほかに想起することはできなかったのである。否、それどころか、この名があたえられたことによって、作戦じたいがすでに成功をみたかのような思いさえいだいたのだった。むろん、それは瞬間的な錯覚であって、歴戦の男たちは前途の容易ならざるを知悉しており、すぐに表情をきびしくしたが、乱世の武人としての覇気と鋭気を刺激されたのもまた事実であった。

提督たちはつぎつぎと声をあげ、この壮大な作戦行動に自分を参加させてくれるよう、若い主君にもとめた。戦略的勝利の第一歩を、みずからの戦術的勝利によって飾ることは、武人の喜びとするところであったし、二世紀半にわたった自由惑星同盟《フリー・プラネッツ》の歴史に終章を記《しる》す者は、その名を永く後世に残すであろうから。

Ⅲ

提督たち、それにボルテックらが退出したあと、総参謀長オーベルシュタイン上級大将ひとりが居残って、次回の会議までにさだめておくべき細部の諸点を確認した。

「ボルテックという男に過大な期待はなさらないことですな、宰相閣下」

ラインハルトはかたちのよい眉をわずかにうごかした。

「だが、すくなくともボルテックとやらのほうが、黒狐のルビンスキーよりは馭《ぎょ》しやすかろう」

「おっしゃるとおりです。ですが、おのずとべつの問題が生じますな。つまり、ボルテックがフェザーンを馭しうるか、という点です。あの男は無能ではありませんが、それは補佐役としての能力であって、いまのところ黒狐の威を借るりこうな鼠にすぎません」

「万人の上に立つ器量がない、というのか」

「器量がありすぎてもこまりますが、不平派の連中をねじ伏せるていどの力量がなければ、わが軍の足をひっぱることにもなりましょう」

ラインハルトは総参謀長の悲観的な見解を笑殺《しょうさつ》した。

「そのていどの力量は奴に期待してもよかろう。もし力量がなければないで、奴は自分の地位と権力をまもるため、不平派の弾圧に狂奔しなくてはなるまい。当然ながら憎悪と反感は奴の一身に集中する。それが限界に達する寸前に奴を私の手で処断すれば、私としては効率よく古道具を処理できるというわけだ。しかもリアクションなしにな」

「……なるほど、そこまでお考えでしたか」

義眼の総参謀長は、感銘をうけたことを、このとき隠そうとしない。

「失礼しました。私などの懸念すべきことではございませんでした。どうかご思慮のままに、ことをおすすめください」

オーベルシュタインの感銘ぶりに、美貌の帝国元帥は興味をしめさず、思考をさらにすすめていた。

「これは自由惑星同盟《フリー・プラネッツ》を征服したときにも、おそらく使える策《て》だ。そう思わないか、総参謀長」

「御意……」

オーベルシュタインは点頭《てんとう》した。

「新帝国の権威と武力を背景に、旧同盟領の総督たるの地位を欲する者がかならずおりましょう。早目に人選をすすめておきましょうか」

総参謀長の声に無言でうなずきながら、ラインハルトは、ひとりの人物にむけて想像の翼をひろげていた。

ヤン・ウェンリー。同盟軍最高の若き智将《ちしょう》。若くして巨大な武勲をかちえた軍人は、とかく小人《しょうじん》どもに功績と才能をそねまれるものだが、彼も不本意な待遇に甘んじているとすれば、新帝国の総督という地位を提供されたとき、なお民主国家とやらにたいする忠誠心を不動のままにたもつことができるだろうか。それは興味ある命題だった。

他人に運命をもてあそばれるより、他人の運命を支配するほうに立つべきだ。ほんの少年のころ、奪われてはならぬものを奪われて以来、ラインハルトはそう思いつづけてきた。現在でもその考えは変わらない。ただ、そのことじたいを無条件で正当化することは、もはやラインハルトにはできなかった。彼は自分が帝国の旧体制派や自由惑星同盟を放逐してすべての権力を掌握《しょうあく》するだけの理由をいくつも探しだしていた。きたるべきローエングラム王朝は、宇宙に統一と平和を招来《しょうらい》するだけにとどまらない。その治世は、帝国旧体制派のそれにくらべて、はるかに公正であり、自由惑星同盟のそれに比して、はるかに能率的であろう。すくなくとも、血統と家門を誇るしかない大貴族の遊蕩児《ゆうとうじ》に大軍をゆだねたり、詭弁《きべん》と利益誘導によって愚民をうごかす煽動政治家に権力をふるわせたりはしない。ヤン・ウェンリーのような男にたいしても、才能を十全に生かすような道をあたえるだろう。ただ、どれほどゆたかな才能のかずかずを結集しても、一年前に失った赤毛の友の欠落を埋めあわせることができないことも、ラインハルトにはわかっているのだった。

ヒルダことヒルデガルド・フォン・マリーンドルフは、ラインハルトの戦略はともかく政略については釈然としない部分を残していたので、ふたりだけになったとき言ってみた。

「自由惑星同盟とのあいだに、和平と共存の道はないものでしょうか」

それは質問ではなく、確認ですらなく、ヒルダとしては、ほとんど、言ってみた、というだけの価値しかないものだった。返答も予測の枠をこえたものではなかった。

「ない。彼らのほうでそれを閉ざした」

ラインハルトは言い、冷淡すぎる否定のしかたに気がさしたのか、事態を復習するようなしかたで説明をつけくわえた。

「彼らがマキャベリストとして一流なら、皇帝の年齢などに感傷面での価値を認めはしなかっただろう。彼らが皇帝と誘拐犯をそろえて送還してくれれば、私としては、当分のあいだ、外交的にも軍事的にも策《て》のうちようがなかった。彼らは自分で自分の死刑執行書にサインしたのだ」

二流以下のマキャベリストが権力を壟断《ろうだん》するのは亡国の兆《きざ》しだとラインハルトは思う。歴史の流れには必然的な要素と偶然のそれとがあり、ゴールデンバウム朝銀河帝国にしても自由惑星同盟《フリー・プラネッツ》にしても、みずからの命数を費《つか》いはたしかけているところへ、彼ラインハルトが出現したのではないか、とも思えるのだった。ただ、ラインハルトは、自分自身を歴史の一道具とみなすことにはたえられなかった。彼は彼の主体的自発的な意思によって、ゴールデンバウム王朝と自由惑星同盟を滅亡させ、五世紀前の怪物ルドルフの執拗《しつよう》な呪縛《じゅばく》から人類を解放するのだ。だが、それにしても……。

「フロイライン……」

「はい、ローエングラム公」

「私のやりかたを悪辣だと思うか？」

ヒルダは一瞬、返答に窮した。伯爵令嬢を見やる蒼氷色《アイス・ブルー》の瞳は、きまじめなほどだった。

「わたしが否定したら、閣下は喜んでくださるのでしょうか」

ようやくそう応じたものの、それがラインハルトのもとめる答えだとは、むろんヒルダは思わなかった。苦笑めいた表情が、若い公爵の端麗な顔をいろどった。

「私はフロイラインに感謝している。ほんとうだ。あのとき私が山荘におもむいても姉は会ってはくれなかっただろう。あなたが説得してくれたから、姉も護衛をうけいれてくれた」

その述懐《じゅつかい》が、少年めいて率直なだけ、ヒルダは、覇者としてのラインハルトのやりようとのあいだに落差を感じずにいられない。どちらが真物《ほんもの》の彼か、などという幼稚な質問は排斥されるべきものであるが、どちらの自分自身を彼はのぞんでいるか、という思いは浮かんでくるのだった。

「だが、姉に嫌われても、私はもうもどれない。私がここで覇道を退《ひ》いたら、誰が宇宙に統一と秩序を回復する？　自由惑星同盟の身のほど知らずや、旧体制の反動家どもに、人類の未来をゆだねるのか」

その口調が、自分の正当性の基盤を探求していることを知らせるように思えて、ラインハルトは急にいまいましく感じたようであった。彼は蒼氷色の瞳に、鋭く烈しい光をたたえ、二五〇億の人民を支配する独裁者としての表情を回復した。

「明日、皇帝の廃立《はいりゅう》を発表する」

ラインハルトは言いはなった。

七歳の皇帝エルウィン・ヨーゼフ二世は帝位を剝奪《はくだつ》され、かわってペクニッツ子爵の娘、生後八カ月のカザリンが女帝となる。ゴールデンバウム王朝の歴史上、最年少の君主であり、おそらく最後の君主であろう。彼が乳児を帝位につけたと知ったときの、旧体制派の残党が怒りと憎悪に慄える情景を、ラインハルトは容易に想像できる。

「金髪の孺子《こぞう》のやりようは、権威と伝統を冒瀆《ぼうとく》するものだ」

などとわめきたて、報復の誓いをあらたにすることだろう。だが、彼らのいう〝権威〟や〝伝統〟とは、五世紀前にルドルフ・フォン・ゴールデンバウムがでっちあげた空中楼閣であるにすぎない。楼閣をささえていた二本の柱、権力と暴力とが失われたとき、楼閣じたいが瓦解するのは当然ではないか。旧体制派のいだく錯覚が、ラインハルトにはおかしくもあり哀れでもあった。

Ⅳ

ハイドリッヒ・ラングはつい半年前まで官界の重要な地位にあった。内務省社会秩序維持局の長官として、政治犯・思想犯・国事犯の検挙をおこない、言論活動を監視・弾圧し、教育や芸術にまで干渉し、帝政を内部からささえる権威的専制主義の支柱として、強大な権力と権限をほしいままにしてきたのだ。内務尚書への昇進も、大いに可能性のあることだった。

ラングがローエングラム新体制の確立期にあって旧勢力の一員としての死を強制されなかったのは、ふたつの理由によった。ひとつは彼が秘密警察の指導者としてはたしかに有能で、情報収集能力にすぐれ、貴族たちにかんしても多くの情報をにぎっていたことである。そしていまひとつは、この男が彼なりの職業専門家としての意識と忠誠心を所有しており、かつての主人（〝飼主〟とミッターマイヤーなどは嫌悪をこめて呼んだ）である大貴族たちの没落後はしぜんにあたらしい主人にしたがう意思をしめしたことである。ラインハルトが社会秩序維持局を廃止したことは、ラングにとっては失望の種となったが、自己の能力を信じていた彼は、ふたたび太陽が闇をはらう日の到来を、忍耐づよく待つことにしたのだった。

その忍耐は、彼が覚悟していたより早い時期に、むくわれることになった。不機嫌さをたもつことを任務の一部として自己に課したような憲兵たちが、彼の軟禁されていた官舎からつれだしたさきは、オーベルシュタイン上級大将のオフィスだったのである。

ラングにとってはまことに幸運なことに、オーベルシュタインの周密な調査によっても、彼が職権を濫用《らんよう》して私腹を肥やした、という証拠は見いだせなかった。彼は旧体制の要人には珍しく、私行上の弱点がなく、その点にかんしては門閥貴族たちから変人あつかいもされ、煙たがられてもいたのである。ひたすら職務に精励し、猟犬よばわりされるのもゆえなしとしなかった。

彼を見たオーベルシュタインが、内心で、ごく貧しいユーモア精神の蠢動を抑えるべく努力していなかった、と断言することはできない。ハイドリッヒ・ラングという男の外見は、その能力や実績とは完全に無関係だった。まだ四〇歳に達していないのだが、茶色の頭髪は八割がた過去の世界へ姿を消し、両耳の附近にかろうじてしがみついている。ダークグレーの瞳は大きく、よくうごく。唇は赤く厚いが、口それじたいは小さい。背が低いわりに頭部が大きく、全身の肉づきがよすぎるほどで、それをつつむ皮膚は光沢ゆたかなピンクである。これらを要するに、ハイドリッヒ・ラングの視覚的印象は、母乳にみちたりた健康な赤ん坊、というものであり、その外見から彼の職務を連想するのは、健全な想像力をもつ人々にとって容易ではないのだった。秘密警察の領袖《りょうしゅう》であるなら、もっと冷徹かつ陰惨な外見を有しているべきだった。それは人々に失調感すらあたえる落差だった。

だが、人々がいっそう強烈な失調感をおぼえるのは、彼の声を耳にしたときである。このような容姿の男には、〝子供のようにかんだかい声〟が似つかわしいのではないか、と、平均的な想像力の所有者であれば思い、その種の声を聴くために内心で準備するであろう。だが、実際に、ラングの口から発せられるのは、古代の宗教指導者が信徒たちの前で天上の唯一神にむかって語りかけるような、荘重をきわめた低音《バス》である。それは、幼児さながらの声を聴いて失笑せぬようにと身がまえている相手に、即座には立ちなおれないほどの打撃をあたえずにいない。ラングは、その容姿とその声からして、すでに、相手の意表をつき、自分のペースにまきこむ尋問の武器となっているのだ。

だが、いまラングの前にいるのは、光コンピューターをくみこんだ義眼から無機的な視線を投げかける男で、しかも彼が助命に値するかどうかを帝国宰相ローエングラム公に報告する立場にいるのだった。

「総参謀長どの、私が思いますに、どのような上着をまとおうとも、政治の実相はただひとつです」

ラングは自己の主張を披瀝《ひれき》してみせた。オーベルシュタインは、先刻からラングの発言を品評しているのだ。

「ほう、それはなにか」

「少数による多数の支配です」

ラングの声は、神にむかって真実を訴えかけるかのようであり、パイプオルガンの伴奏を欠いているのがおしまれるほどだった。もっとも、この場におけるオーベルシュタインは、彼の生殺与奪《せいさつよだつ》の全権をにぎっているという一点において、ラングにとっては神にひとしく、いくら真摯《しんし》に語りかけても度をすぎるということはないであろう。

「民主共和制は自由意志による多数派の支配を謳っているが、その点について卿《けい》の思うところを聞きたいものだな」

「全体を一〇〇として、そのうち五一をしめれば、多数による支配を主張できます。ところがその多数派がいくつかのグループに分裂しているとき、五一のうち二六をしめれば、一〇〇という全体を支配できます。つまり、四分の一という少数をしめただけで、多数を支配することが可能となります。むろん、この例は様式化、単純化したものですが、多数派支配という共和制の建前がいかにむなしいものか、明敏な閣下にはおわかりいただけることと存じます」

さりげない追従《ついしょう》を、オーベルシュタインは無視した。彼が主君ラインハルトと同様、おべっかを好まぬことは、彼を嫌っている人々でさえ認めずにいられない事実だった。ラングは無視されたことを無視してつづける。

「政治の実相が、少数による多数の支配である以上、それを安定させるには、私のような者の存在は不可欠であろうと考えます」

「秘密警察が、か?」

「治安維持のシステムを管理する者が、です」

微妙な表情の修正であったが、オーベルシュタインは、相手のささやかな自己主張をまたしても無視した。

「秘密警察というものは、なるほど権力者にとっては便利なものかもしれんが、ただ存在するというだけで憎悪の対象になる。社会秩序維持局は、先日、解体されたが、その責任者であった卿《けい》を処罰するようもとめる者も多いのだ。開明派のカール・ブラッケのようにな」

「ブラッケ氏には氏のお考えがありましょうが、私はただ朝廷にたいして忠実たろうとしたのみで、私欲のために権限を行使したわけではございません。忠誠心を処罰の対象となさるとしたら、ローエングラム公ご自身にとっても、けっしてよい結果はもたらされますまい」

善意の忠告めいた衣の下から、脅迫の甲冑《かっちゅう》がちらついた。しいて彼の旧悪を、というより社会秩序維持局の過去を問罪《もんざい》するというのであれば、こちらも考えがある、というのか。

「ローエングラム公ご自身も、あまり卿らのごとき存在を好んではおられぬようだが……」

「ローエングラム公はもともと武人でいらっしゃれば、堂々たる戦いによって宇宙を征服なさろうとの気概をおもちなのは当然のことです。しかしながら、ときとして、一片の流言は一万隻の大艦隊にまさりますし、未然の防御は大攻勢にまさります。ローエングラム公ならびに総参謀長閣下のご賢察とご寛容を期待するものでございます」

「私などはともかく、ローエングラム公のご寛容にたいして、卿はなにをもってお応《こた》えするつもりだ？　そこが肝要《かんよう》なところだぞ」

「それはむろん、絶対の忠誠と、すべての能力をあげて、公の覇道に微力ながら協力させていただきます」

「その言《げん》はよし。だが、ひとたび解体した社会秩序維持局を復活させるわけにはいかん。開明政策の後退として非難されることにもなろうしな。名称も、なにかほかのものを考えねばなるまい」

　そう言われて、つややかなラングの童顔が、ひときわ光沢をました。誇らしげに、彼は魅惑的な低音《バス》の声量をふやした。

「それならすでに考えてございます」

　場ちがいのオペラ歌手は宣言した。

「内国安全保障局——どうでしょう、この名は。よいひびきではありませんか」

たいして感興を呼びさまされたふうでもなかったが、義眼の総参謀長はうなずいた。

「古い酒を新しい皮袋に、だな」

「酒のほうもなるべく新しくしたいと存じます」

「よかろう。せいぜいはげむことだ」

……こうして、ハイドリッヒ・ラングは、旧体制の社会秩序維持局長官から新体制の内国安全保障局長官へ、みずからの色を塗りかえたのである。


〝神々の黄昏《ラグナロック》〟作戦の発動にむけて、帝国軍の最高幹部たちはひそかに作業を開始したが、ロイエンタールはフェザーンを味方として考えることに危惧の念を禁じえず、したしい僚友にあらためてその点への注意を喚起した。

「ロイエンタール閣下は心配性だ」

ミッターマイヤーは破顔してからかった。

だが、相手は初心《うぶ》な小娘ではなくて、フェザーンの古狐どもである。たしかに、どれほどうたがっても度がすぎるということはない。ミッターマイヤーとしては、電撃的に軍事的勝利をかちとって、フェザーンが罠をしかける余裕をあたえない、という方法をとりたいが、万が一にも失敗すれば、ロイエンタールの言うとおり孤軍になってしまう。

「とすれば、将兵の口を養うために食糧を現地調達しなくてはならんが、たとえそれで成功したとしても、略奪者という汚名とひきかえだからな」

ミッターマイヤーは自分自身の想像に不愉快にならざるをえなかった。爽快さを欠く、それは未来図だった。

「征服者として憎悪されるのはかまわんが、略奪者として軽蔑されるのは愉快じゃないな」

「それも、略奪する物資があれば、の話だ。一昨年、おれたち自身がやったように焦土戦術をとられたら無惨だぞ。あのときの同盟軍の醜態《ざま》をおぼえているだろう」

どれほど美辞麗句をならべて自己の正義を宣伝しても、軍隊による略奪という事実を目《ま》のあたりにすれば、民衆は征服者を絶対に支持しない。一時的な破壊をこととするのならともかく、征服を恒久的な統治へと発展させるには、民衆の反感を出発点とするのは不利にすぎることであった。

「……しかし、その点にかんしては、吾々がどうこう言うより、ローエングラム公のお考えひとつでしょう」

ナイトハルト・ミュラーが、ひかえめに思考停止を提案したので、ミッターマイヤーとロイエンタールはうなずいて、結論のでようのない議論をうちきり、実務上のことに話を転じた。だが、ロイエンタールは、ミュラーの発言から、ひそかな考えを誘発されていた。

「ローエングラム公しだい、か……」

胸中に、金銀妖瞳《ヘテロクロミア》の青年提督はつぶやく。内政面において、黄金の髪の若い帝国宰相は、正義を布《し》いた。すくなくとも、門閥貴族たちの旧体制より、ラインハルトの支配は公正さにおいてまさっている。それを今後も、さらに敵地の住民にたいしても維持しうるだろうか。

ロイエンタールには野心がある。ひとつの階《きざはし》をしめれば、つぎの階をのぞまずにいられない、乱世の雄としての野心。上位の者を打倒して、それにとってかわろうとする野心が、一年ほど前から彼の心の奥深くを深海魚のように回遊しているのだ。だが、それは妄執《もうしゅう》ではなかった。もし機会をえられなければ、そしてラインハルトの力量と運がロイエンタールを凌駕すると判明すれば、彼は至高の座をいさぎよく断念するつもりでいる。それには、ラインハルトにも、彼が唯一の覇者たるにふさわしいことを証明してもらわねばならない。もし彼がその証明をおこたるようなことがあれば、そのときには……。

V

帝国軍の大規模な出動が至近に迫っている、との情報は、複数のルートによってフェザーンにも伝達されたが、多数の反応は、〃やれやれ、またか〃という局外者的なものをでなかった。明敏で抜け目のないフェザーン商人たちも、一世紀余にわたる三者鼎立《ていりつ》の情勢に慣らされて、昨日の時計が明日も通用するものと思いこんだのである。愚劣な殺しあいの間隙《かんげき》をぬってまた富の蓄積を増加させてやろう、との健全な打算を胸に、彼らはそれぞれの分野――投資、金融、流通、生産など――におけるレースにのぞみ、競技場の外で、ゲームのルールじたいを変えるべく、一部の人間が蠢動していることにまでは想像がおよばなかった。彼らにとって平和と繁栄の海であるフェザーン回廊を、銀河帝国の大艦隊が埋めつくし、無形の檻が独立独歩のフェザーン商人たちを虜囚とするなど、ありうべきことではなかった。たしかに、過去、そのようなもくろみは幾度となく企図されたが、そのすべてを粉砕し、しりぞけてきた結果、今日のフェザーンがあるのではないか。今度も、自治領主《ランデスヘル》の政府が万事うまくやってくれるだろう。そのための政府であり、そのために稼ぎのなかから税金をはらっているのである。自分たちは自分たちの仕事――働き、かつ稼ぐことに専念していればよい。それがフェザーン一般市民の感覚だった。

だが、現在の自治領主《ランデスヘル》は、そのような市民感覚にたいして無私の忠誠心をいだいているとは言いがたかった。いや、初代のレオポルド・ラープ以来、歴代の自治領主が、フェザーン市民と地球《テラ》のいずれに忠誠を誓うかで悩み、現在のアドリアン・ルビンスキーにいたって、ついに決着がつこうとしているのだ。ただし、ルビンスキーの心は第三の方向、つまり彼自身をむいているのだった。

「イゼルローンはハードウェアの点から言っただけでも難攻不落だ。しかもそこには同盟軍最高の智将がいる。まあ安心したいところだろう、凡庸《ぼんよう》な政治屋どもとしては」

ルビンスキーは、補佐官ルパート・ケッセルリンクに同盟の状況を語っていた。

「しかし、その安心感が、同盟首脳部の健全な判断力を奪い、最悪の選択をさせてしまう結果につながった。過去の成功が現在の誤断をまねき、未来そのものを奪いさる、よい例証というべきだ」

その教訓は誰にとって有益なものとなるだろうか、と、ルパート・ケッセルリンクは冷笑まじりに考える。もし自治領主《ランデスヘル》が、自分ひとりを例外と思いこんでいるのなら、とんだお笑い種《ぐさ》だ。認知されない彼の息子は、父親のためにその足もとにせっせと埋葬用の穴を掘っている最中だった。ただ、墓穴掘りにいそしんでいるのは、このところ彼のほかにもいるようなのである。

「ボルテック弁務官の動静が、いささか興味深いものになりつつあるようです」

ルパート・ケッセルリンクの声には毒針が植えこまれていた。この際、悪意を隠蔽《いんぺい》しようというのは無益な努力だった。ルパートとしては、道化者のボルテックが、彼には重すぎるつるはしをふるって穴を掘っている情景に、父親の視線をむけさせ、可能であればまとめてひとつの穴に彼らを蹴落としてやりたいところなのである。

「ボルテックめ、切札を早くだしすぎて、ローエングラム公に逆手をとられたのだ。功をあせったとみえる」

「意外に無能な男でしたな」

その無能者を重用した自治領主の非を、言外に鳴らしたが、ルビンスキーは動じない。

「ローエングラム公が一枚上手だったということだ。ボルテックは、なかなかよく働く男で、これまで失敗とは無縁にきたが、最後の階段をふみはずしてしまったようだな」

「どう処置なさいます?」

メフィストフェレスめいた口調で青年は問うたが、返答はなかった。ルビンスキー、ルパート・ケッセルリンク、ボルテック、三者の思念は空間をこえて螺旋状にもつれあっている。

このうち誰が、もっとも醜悪な背信者であるのか、容易には判断しがたいところだった。三者とも、他の二者を適価で売りわたすことじたいに、良心の負荷を半グラムも重くするものでなかったことは確実である。だが、フェザーンそのものを売りわたすことに抵抗がなかったわけではない。打算の面だけからいっても、フェザーンの富と活力と戦略的位置こそが、彼らの現在と未来を約束するものだった。これを掌握してこそ、彼らは銀河帝国宰相ラインハルト・フォン・ローエングラムや地球教の総大主教《グランド・ビショップ》と互角のゲームを展開できるのである。売りおしみするのも当然であった。

ルビンスキーが話題を転じた。

「……ところで、今度、同盟の弁務官事務所にユリアン・ミンツ少尉とかが赴任してくるな」

「ヤン・ウェンリー提督の秘蔵っ子だそうですな。どんなふうに秘蔵していたものやら」

ルパートの冷笑癖は、父親のそれを拡大再生産したもので、どぎつさにおいてまさる。

「いずれにしても、たった一六歳の孺子《こぞう》に、なにほどのこともできませんでしょう」

「一六歳のときに、ローエングラム公はすでに武勲をたて、少佐の階級をえていた。ユリアン・ミンツの歩みは、それにすこし遅れているだけだ」

「養父の七光ではないのですか」

「かもしれんが、たしかに功績はたてている。私としては、虎の児《こ》を猫と見誤る愚はおかしたくないな」

ルパート・ケッセルリンクは首肯した。かえりみれば、彼も、一六歳のとき、すでに実の父を蹴おとし、その地位と権力を強奪してやろうと決意していたのではなかったか。父親があたえてもくれず譲ってもくれないものを、実力で奪いとるべくみずからをはげましたのではなかったか。才能は点から発して扇形に広がる、と、古代の賢者は言った。さきへいくほど拡大し巨大に成長する、と。野心も欲望も、またそうなのであろう。であれば、点のうちからルビンスキーが用心するのも無理はないが、その猜疑は自分にもむけられているのだろうか。

ルパート・ケッセルリンクは、温かみのない視線の刃を父親の横顔にむけ、すぐにそらした。ルビンスキーは彼の父親であり、権力者である。そのいずれか一点だけでも、憎悪に値するのに、ルビンスキーときてはその双方をかねているのだった。

第七章　駐在武官ミンツ少尉

Ⅰ

あわい光の海のなかで無数の花びらがポルカを踊っている……。ユリアン・ミンツは、覚醒《かくせい》にさきだつ無限の甘美な一瞬に全身をゆだねていた。

起きたらシャワーをあびて、歯をみがいて、食事の用意。シロン葉かアルーシャ葉の紅茶とミルク。ライ麦パンのトーストを三枚つくって、ふたりで分ける。塗るのは、バターにパセリのみじんぎりとレモンのしぼり汁をくわえたもの。それに、ソーセージと林檎《りんご》のバター焼きなんていいな。フレッシュサラダと、簡単な卵料理。昨日はフライドエッグだったから、今日はミルクいりのスクランブルドエッグにしようか……。

光の泡がたてつづけにはじけて、ユリアンにむけて〝現実〟の息を吹きかけた。瞼《まぶた》が上下に開くと、視界に朝がみち、室内の調度類の風景に具象化する。枕元の時計を見ると、六時三〇分だった。習慣が少年の細胞レベルにまで浸透しているらしい。いまでは、あと一時間は眠っていられる身なのに……。

「提督、七時ですよ、七時。おきてください、もう朝食もできてますから」

「……頼む、あと五分、いや、四分三〇秒でいいから、いや、四分一五秒……」

「まったくもう、未練がましいんだから。司令官が朝寝で遅刻したら、部下にたいしてしめしがつかないでしょう?」

「司令官がいなくても兵士は育つ……」

「敵が攻めてきますよ! 寝こみを奇襲されて負けたりしたら、後世の歴史家にばかにされますよ」

「敵だってまだ寝てるさ、後世の歴史家なんて、まだ生まれてもいないよ。おやすみ、せめて夢のなかでは平和を……」

「提督!」

四年前は、〝提督〟が〝大佐〟だったが、似たりよったりの会話を、一〇〇〇回前後はくりかえしてきたのではないだろうか。起床にかけてはおよそ進歩のないヤンだった。

ユリアンはベッドに半身をおこし、大きくのびをした。自分ひとりのためにすら、朝食の用意をする必要がないというのは、奇妙な感覚だった。士官としての生活に順応するまでの時間を予想しながら、ユリアンはベッドからとびおりた。

シャワーをあび、若い皮膚としなやかな筋肉をみずみずしくひきしめる。制服に着かえ、鏡にむかって黒ベレーをかぶる角度を慎重にさだめたときには完全に心身とも行動準備がととのっていたが、七時にはまだ間があった。士官があまり早起きすると、下士官や兵士に迷惑をこうむる、と、ヤンなどは言うが、一面の真実かもしれない。フェザーン到着を四時間後にひかえた船内最後の食事は、まだ通達されなかった。

ユリアンが同盟首都ハイネセンに滞在したのは三日間だけである。その間、政府と軍部の中枢を、ユリアンは右へ左へと駆けまわるはめになった。意地悪くひきずりまわされた面があることは明白で、少年は、自分が閉鎖的な権力社会の末端につながれたことをさとらなくてはならなかった。ヤンに比較すれば、ごくささやかなものだが、年齢不相応に栄達すれば、かならず他人の感性にささくれをつくり、温かからざるあしらいをうけることになるのだ。

国防委員会の下部には、統合作戦本部、後方勤務本部、技術科学本部のほかに一一の部局がある。防衛、査閲《さえつ》、経理、情報、人事、装備、教育、施設、衛生、通信、戦略の各部がそれで、部長は現役軍人であれば大将ないし中将の高級士官が任じられる。ヤンの副官フレデリカ・グリーンヒル大尉の父親、故ドワイト・グリーンヒル大将は前任の査閲部長だった。このなかで、人事部長リバモア中将には、フェザーン駐在武官たる正式の辞令をうけとるため、絶対に会わねばならなかった。階級はたかだか少尉でも、駐在武官となると、その任免は人事部長の直接管掌《かんしょう》するところなのである。

アポイントメントをとっておいたのに、それにさきだつ用件が永びいたとして、ユリアンは二時間も待たされた。故意に待たされたのか、とも思うが、無用にうたがうのは器量を問われるような気もして、ユリアンとしては、おちつかないことおびただしかった。先だっての査問会におけるヤンの心労が、わずかながらしのばれた。権力社会の硬直性は、人間の精神的活力を奪い、素朴な忠誠心を萎《な》えさせる――などといささか大仰《おおぎょう》なことをユリアンが考えたとき、ようやく副官から名を呼ばれて、少年は中将の執務室に請《しょう》じいれられた。

室内にいた時間は、室外で待たされた時間の五〇分の一にも達しなかった。形式を一歩もでないあいさつにつづいて辞令と階級章が手わたされ、やや丸みをおびた中将の背に敬礼してでてきた、ただそれだけである。

宇宙艦隊司令長官ビュコック大将を訪ねたときは、下水道のトンネルから緑の野へでた気分だった。ヤンの親書を老提督にわたす責任を無事にはたせて安堵もしたのだが、ユリアンはヤンやフレデリカ同様、この老提督が好きで、会えることじたいが楽しかったのだ。ビュコックも執務中とかで、一時間ほど待たねばならなかったが、今回はいっこう気にならなかったというのは、ユリアンの感性の勝手な部分であったろう。ヤンの悪い影響をうけたのかもしれない。

「ほう、背が伸びたな。一年半も会ってないから当然か。ひと晩寝れば一センチ伸びるという年齢《とし》ごろだからな」

闊達に、老提督は迎えてくれた。

「司令長官もお元気そうで、うれしく思います」

「なんの、一日ごとに地獄の門にちかづいとるよ。ルドルフ皇帝が坩堝《るつぼ》のなかで煮られとる姿を見るのが楽しみだて。そうそう、人事部のリバモア中将はなにか言ってたかな」

「いえ、なにも。非公式のお話はいっさいありませんでした」

そんなところだろう、と、ビュコックは笑った。リバモア中将は七割がた政府主流派トリューニヒト閥《ばつ》に属する男で、その心証をよくしたいとは思っているものの、一六歳の少年相手に歓心をかう気にもなれず、かといって毒舌をあびせるのもおとなげなく思われ、公務の枠をみずからにはめて必要以外のことは一言も発しないことで矜持《きょうじ》をたもったのだろう。

ユリアンは小首をかしげた。

「ぼくの歓心をかうことが、どうしてトリューニヒト議長の心証をよくすることになるのですか?」

ここですこし悪戯っぽい光がダークブラウンの瞳に宿る。

「ぼくはヤン・ウェンリー派です。トリューニヒト派ではありませんけど……」

「そうさな、きみのあずかり知らぬところではあるが、今回のきみの人事は、国防委員長じきじきのお声がかりなのだ。で、アイランズ委員長はトリューニヒト議長の三本めの腕だからな、表面的にきみは議長のお気にいりと他人に見えなくもない」

「迷惑です!」

「だろうとは思うが、そう大声をださんでいい。わしゃヤン提督の悪いところを模倣《まね》することはないさ」

老提督は元気のよい孫でも見るように笑い、一連の軍部の人事にからむトリューニヒト派の思惑を説明してくれた。それは基本的には、トリューニヒト派だけでなく、自由惑星同盟《フリー・プラネッツ》にとどまるものでもなく、列国歴代の為政者が心をくだいたことで、首都を遠くはなれた地域の部隊が司令官の私兵化し、軍閥化して中央政府のコントロールをうけつけなくなる、という事態の到来は、いわば永遠の悪夢であった。それを防ぐために、中央政府は最大の武器である人事権を使って、部隊の中枢メンバーが固定しないよう配慮するわけである。この場合、むろん、外敵との戦力や人材の均衡がくずれないよう注意しなくてはならない。

「すると、ぼくの人事は、そういった計画の一環ということですか?」

「まあ、そういうことだ」

ビュコックはあごを片手でなでた。

「では、本命はメルカッツ提督をヤン提督からひきはなすことにあった、そういうことになるのでしょうか」

ユリアンの問いに戦術レベル以上のセンスをおぼえて、老提督は感銘をうけたように大きく顔を上下させた。

「そう、そのとおりだよ、最初はな」

ビュコックはつけくわえた。政府としては、今後、条件さえ許せば、キャゼルヌやシェーンコップといったヤンの補佐役たちを彼からひきはなすよう画策するだろう、と。

「だって、そんなことしてなんになるんですか⁉　ヤン提督の実力を弱めて、つまるところは相対的に帝国軍の立場を強化するだけのことじゃありませんか」

そのていどの論理すら理解せず、派閥次元の発想で事態を処理しようとする権力者の愚劣さが、ユリアンには腹だたしい。権力の座というものは、それじたいが精神上の病巣であって、そこに安住しているかぎり、視野の狭窄《きょうさく》と思考の利己化とは必然の病状となるのだろうか。

ビュコックはヤンの親書を開き、幾度かのうなずきをともなって読みおえた。帝国軍がフェザーン回廊を通過する可能性それじたいは、純軍事理論上、検討もなされていた。だが、長きにわたる安定が、人々の危機感を皆無にひとしく希釈《きしやく》し、対応策など塵埃《じんあい》のつもるなかに忘れさられていた。そもそも、同盟に、帝国に匹敵する戦力と軍需生産力があることを前提として立案されたもので、今日の情勢にあっては無益無効なものでしかない。

ビュコックはユリアンに親書の内容を要約してくれた。

「ヤン提督の提案はこうだ。フェザーン回廊を帝国軍が通過して同盟領に侵入してくるのを防ぐとしたら、フェザーン人の市民的抵抗によるしかない、と」

具体的には、それは、第一にフェザーン人の組織的なサボタージュ、ゼネラル・ストライキによって、社会と経済の運用システムを無力化することである。これによって、フェザーンを補給基地とする帝国軍の意図はくじかれる。第二に、フェザーン回廊に民間の商船が列をつくって航路を閉塞《へいそく》し、帝国軍の進撃を物理的に阻害する。

「うまくいくでしょうか」

「いくとはかぎらない――ヤン提督自身がそう書いている。いけばいったで、フェザーンの民間人を同盟の楯として帝国軍の前に立たせることになり、その罪科《ざいか》は戦場で殺しあいをやることの比ではない、と」

「………………」

「フェザーン人をそのような行動にださせるには、彼らの独立不羈《ふき》の精神、他国の軍事力に屈服しないという精神を喚起するしかない。だが、それにしても、現実に帝国軍がフェザーンに進駐するときまで待っていたら、効果的で組織的な抵抗をおこなうのは困難になるしな」

そこでフェザーン国内に流言をはやらせる必要がある、と、ヤンは親書に記したのだった。流言の内容はこのようなものだ――フェザーン自治領《ラント》政府は、帝国のローエングラム公と結託し、フェザーンの国土と市民、そして自治を売りわたそうとしている。その証拠に、ちかく帝国軍がフェザーンに進駐し、フェザーン回廊は帝国軍の対同盟侵攻ルートとして彼らに提供されるだろう。それを防止するには、現政権を倒し、中立の国是《こくぜ》を厳守する新政権をつくらねばならない……。この流言によってフェザーンの世論が沸騰《ふっとう》すれば、帝国軍の進駐は容易なものではなくなる。強行すればフェザーン人は憤激し、実力阻止にでるだろう。けっきょく、帝国軍が進駐をはたしえたとしても、これによって同盟は、時間と、フェザーン内の反帝国派とを味方につけることが可能となる。むろん、このマキャベリズムは、道義上の非難をまぬがれえないであろうが……。

ビュコックは、白い頭をふった。

「ヤン提督は将来《さき》がよく見えるが、残念ながら手足がともなわない。むろん、それは彼のせいではない。彼には、そこまで能動的に行動する権限がないのだからな」

「すると、制度のせいなのでしょうか」

ユリアンの問いは、当人が意識しているより大胆なものであったのだろう、老提督は灰白色の眉を勢いよくうごかした。

「制度か……」

声に歎息《たんそく》の気配がこもった。

「制度のせいにするのは、わしとしてはつらいな。わしは自分が民主制共和国の軍人であることを長いこと誇りにしてきた。そう、きみとおなじくらいの年齢《とし》に二等兵になって以来、ずっとな……」

半世紀以上にわたる民主主義の衰弱と変質の過程を、ビュコックはみずからの歩みと並行してながめてきたのである。それは、理想が、現実という衣をまとった癌《がん》細胞によって蚕食され、おとしめられる姿だった。

「民主制共和国が、軍人の権限を制限するのは正しい、と、わしは思う。軍人は戦場以外で権力や権限をふるうべきではない。また、軍隊が政府や社会の批判をうけずに肥大化し、国家のなかの国家と化するようでは、民主政治は健全でありえんだろう」

それは老提督が自身の価値観を再確認する作業であるような言葉だった。

「民主主義の制度はまちがっておらん。問題は、制度と、それをささえる精神が乖離《かいり》していることだ。現在のところ、建前《たてまえ》の存在が本音《ほんね》の堕落をようやくふせいでいるが、さて、それもいつまでもつか……」

ユリアンは老提督の心情の沈痛さを、沈黙をもってうけとめた。彼には、それ以外のことはできなかったのだ。彼はまだ未熟で無力な存在であり、ときとして自分ひとりをささえる力さえ不足する身だったのだから。

ビュコックのもとを辞すると、ユリアンは足を〝銀河帝国正統政府〟のビルにむけた。亡命政権の軍務尚書への就任をしいられたメルカッツに、あらためて挨拶をしておきたかったのである。だが、かつて亡命貴族たちでにぎわったホテルであったと聞く〝正統政府〟の建物は、往年をしのぐ、しかしどことなく空疎な活況のなかにあり、メルカッツの所在は不明だった。副官シュナイダーに門前で会えたのは努力でなく偶然の産物である。

「タキシードを着た腐肉獣《ハイエナ》どもがうようよいるのさ。国民のいない政府、兵士のいない軍隊でも、地位や称号はほしいらしい。閣僚がよく六、七人ですんだと感心するくらいのものだ。ユリアン、きみも帝国軍にはせ参じたら少佐はかたいところだぞ」

シュナイダーの毒舌ぶりは生来のものなのか、イゼルローンの一年にみたない生活で朱にまじわって赤く染まったのか、ユリアンとしては判断がつけがたかった。

「メルカッツ提督もさぞご苦労なさってるのでしょうね」

シュナイダーがにがにがしく説明してくれたところでは、いずれメルカッツは帝国元帥の称号を〝正統政府〟からうけることになるらしかった。現在のところ一兵を指揮することもない元帥である。同盟政府から資金や旧式軍艦の提供をうけ、亡命者を中心として兵士を募集し、軍隊そのものの編成と組織からはじめなくてはならないのだった。

「あんな連中を糾合して、ラインハルト・フォン・ローエングラム公のような政戦両略の天才に拮抗《きっこう》しようというのだからな、気宇《きう》がよほど壮大なのか、精神の骨格が蜜《みつ》づけのチョコレートででもできているのか、たぶん後者だろうが、まきこまれるほうは迷惑な話だ」

メルカッツが元帥に〝昇進〟すれば自分も中佐になれるというシュナイダーだが、むろんそんなことで喜んではいなかった。

「……まあ、唯一、救いがあるとすれば、ローエングラム公は天才だが、歴史上、天才が凡人に敗れた例はすくなくないということだ。だが、最初から奇蹟をのぞんでいるようでは、勝利など、とうていおぼつかないな」

彼の思考は、どうしても悲観の滝壺へと流れこんでいくのだった。メルカッツにたいしてそれを告げれば、亡命政権における彼の立場を悪くさせるであろうし、ほかにそのようなことを話すことのできる相手もいない。ユリアンはいわばぐちの聞き役にされたわけだが、シュナイダーのメルカッツにたいする忠誠心を知っているだけに、不愉快にはならなかった。ところをえることができないメルカッツにたいして、同情も禁じえない。もしヤンがメルカッツとおなじような立場になった場合のことを想像すると、心の奥深くに凍土《ツンドラ》の存在を感じずにいられないユリアンである。どんな状況になっても、むろんユリアンはヤンについていくつもりだが。

けっきょく、ユリアンは、メルカッツへの挨拶をシュナイダーに託して、彼に会えないまま、あわただしく首都ハイネセンを離れなくてはならなかった。

Ⅱ

宇宙船が接近するにつれ、惑星フェザーンは微妙な色彩の変化をみせて、人々の目を楽しませる。背後の宇宙は黒鉛の板にほぼ均質な銀色の光の微粒子を乱舞させ、前景の惑星は、さながら音楽を視覚化させたような明暗のうつろいをしめし、光量の増減のなかに、さまざまな色調と波長の小曲をつむぎだしてくるのだ。

肉視窓からこの惑星をながめやるユリアン・ミンツは、いつか惑星光の変化のうちにヘイゼルの瞳をかさねて、フレデリカ・グリーンヒル大尉のことを想いおこしていた。ユリアンより八歳年長で、ヤン・ウェンリーと彼とのほぼ中間に位置する女性《ひと》だ。フレデリカが想いをむけている対象がヤンだとわかりきっていなければ、ユリアンの想いはいますこし強く、微妙でいながら明確なものになっていたかもしれない。出立にさきだつ彼女との対話が、少年の脳裏で再生されつつあった。それは、エル・ファシル星域におけるヤンとの出会いからはじまるのだ。

「ヤン提督はそのころ中尉でね、黒ベレーも板につかなくて、いかにもかけだしという感じだったわ」

エル・ファシルの住民たちが、このかけだしの青年士官を尊敬する理由も信頼する理由もまだなかったとはいえ、露骨に見くだす態度をとったことは、フレデリカに義憤めいた感情をいだかせた。彼女は、自分だけでも、たよりない青年士官に協力してあげねば、と、考えたのである。

「わたしはつくづく思ったの。こんなにたよりなげで、とっぽい感じで、軍服姿のままソファーに眠って、朝起きたら顔を洗わず、ひとりごとを言いながらバターもつけないパンをかじるような男の人、わたしが好きになってあげなきゃ、誰も好きになってくれないだろうって……」

フレデリカは笑った。その笑いの波動は単調なものではなかった。一〇年間の歳月と、そのあいだに生じた事件のかずかずが、淡く濃く、陰影を投げかけている。

「わたしは英雄だの名将だのを好きになったのじゃないのよ。でも、ひょっとしたら、天才的な先物買いの才能があったのかもしれないわね」

きっとそうですよ、と、ユリアンは応じたものの、その応答がフレデリカの意にそったものであるという確信はかならずしもなかった。それにしても、一〇年間の歳月をへて、フレデリカの目に映るヤンの像は、変化をきたしているのであろうか。

「いえ、ヤン・ウェンリーは変わらないわ。変わるのは周囲であって、あの人自身はすこしもね」

中尉のころ、ヤンはいかにもかけだしの中尉に見えた。提督と呼ばれるようになってもかけだしの提督に見えたし、今後、元帥に昇進してもかけだしの元帥に見えるだろう——そんな表現が適切かどうかはわからないが。どのような地位についても、その地位に相応した責任をはたす能力とはべつに、自分の地位にいつまでも慣れず、とまどっているような印象がヤンにはある。ヤンは軍人になりたいと積極的に思ったことは一度もなく、歴史学者たることを現在でも念願しているのだが、もし大学の教壇に立つようなことになっても、どことなく、軍人が戦場ではなく教壇に立って小首をかしげているような姿がフレデリカには想像され、そして彼女の思いはユリアンにもよく理解できるのだった。理解が困難なのは、むしろヤンの心情のほうであって、フレデリカの思いに応えるのをためらっているらしいヤンの精神の迷路を、ユリアンは知りたいと思うのだ……。

インターホンが鳴りひびき、惑星フェザーンへの到着がいよいよちかづいたことを少年に告げた。

フェザーン標準時の正午、ユリアン・ミンツは生まれてはじめて、この惑星の地表を踏んだ。指定期間の最後の日だった。

Ⅲ

自由惑星同盟《フリー・プラネッツ》フェザーン駐在弁務官事務所の首席駐在武官ヴィオラ大佐は比較的長身で、肥満しているとあらかじめ聞いていたが、ユリアンの目にはそうは見えなかった。ふとっている、というほどの質感が欠けており、青白い皮膚の下には筋肉も脂肪もなく、ガスがたまって膨んでいるようにしか思えない。意外に体重はかるいのではないか、と、ユリアンは思い、歩く飛行船《エア・シップ》だな、と、ひどいことを考えた。もっとも、おなじ印象をうける者がほかにもいるらしく、〝地上の気球〟なるニックネームが存在することを、後日、ユリアンは知ることになる。

「ミンツ少尉、きみにはこれからいろいろと勉強してもらわねばならん。武勲もたてたらしいが、そんなものはここでは役にたたない。まず甘えた気持ちがあれば捨ててしまうことだ」

ここではヤン・ウェンリーの七光など無効だぞ、とのひびきが言外にある。

「はい、胆に銘じておきます。いたらぬ点が多々あると存じますが、万事よろしくご指導ください」

加速度的に人が悪くなっていくような気がして、内心ユリアンは情なかった。イゼルローン要塞にいたときは、毒舌の応酬こそあったものの、この種の不誠実な外交儀礼とは、ほとんど無縁でいられたのだ。温室というには、野生の草花が多すぎたし、外的環境はきびしかったが、イゼルローンはたしかに一種の異世界であるようだった。

「ふん、口がうまいじゃないか、年齢《とし》に似あわず如才《じょさい》ないな」

それは大佐の狭量《きょうりょう》をしめす言葉ではあったが、心にもないことを言ったという自覚のあるユリアンにとっては、いささかの痛みをもたらさずにはいなかった。ややオクターブの高い声と、一重瞼の細い目とが、大佐の発言にふくまれる毒意を、より刺激的なものとしているようでもある。大佐を好きになるには、相当の精神的活力の消耗が必要なようだった。

いずれにせよ、これで確実なことが判明した。フェザーンは敵地である。弁務官事務所の内側であると外側であるとを問わず、無色無臭の敵意が発火寸前の密度でたゆたっているのだ。ユリアンにとって心を許せる相手は、ルイ・マシュンゴ准尉ひとりと覚悟しておくにしくはなさそうであった。

それにしても、ユリアンにむけられる、内側の敵意とは、つまるところヤン・ウェンリーにたいするトリューニヒト一派の敵意の反映ということになるであろう。ユリアン個人にたいしては、〝史上最年少の駐在武官〟という評判のはなやかさにむけて多少の嫉視《しっし》反感があることはうたがいないが、なんといっても、たかだか少尉であって、周囲にそれほど深刻な影響をおよぼすわけではない。外界からみれば、自分はまだヤン・ウェンリー提督の附属物であるにすぎないことを、ユリアンはわきまえていた。逆に言えば、ユリアンが失策をおかせば、糸をたぐってヤンに累《るい》がおよぶのである。用心せねばならない。

とはいうものの、ユリアンとしては、背をまるめた針ねずみの安逸《あんいつ》のなかに、自閉的にとじこもっているわけにはいかなかった。彼には駐在武官としての任務もあったし、自分がトリューニヒト派の派閥次元の策略の結果、思いもかけず駐在武官となった身であるとしても、それは任務にたいして不誠実であるべき正当な理由にはならなかったのだ。

ユリアンはそれほど服装には気をつかわない性質《たち》だった。公式の場では軍服を着ていればすんだことでもあった。ヤンはユリアンに服を買ってやるときなど、自分の判断力に自信がないので、店にユリアンをひっぱっていき、熟練した店員に選択をまかせるのがつねであった。自分のものは安物ですませるくせに、ユリアンにはできるだけ品質のよいものを買ってやろうとするのが、感心といえば感心なところであったかもしれない。アレックス・キャゼルヌに言わせると、おなじ服装無関心派にみえても、ヤンとユリアンでは質がちがう、ユリアンは服装で他人の視線を集める必要がないのでしぜんと無関心になる、ヤンの場合はたんにめんどうくさがっているだけだ、というのであるが……。

駐在武官の重要な任務に情報の収集分析があり、街角で市民生活を観察するのも、りっぱな仕事だった。クリーム色の薄地のタートルネック・セーターにジーンズの上下という地上人的な服装をすると、やや癖のある亜麻色の髪が長めにしてあることもあって、ユリアンはヤンと同様、軍人らしくはみえなくなった。同行するマシュンゴは、膨大な筋肉の甲冑を厚地のセーターで隠そうとして完全には成功せず、神話に登場する流浪の王子をまもる巨竜のおもむきがあったが、愛敬のある丸い目で、剣呑《けんのん》な雰囲気をやわらげている。

いちおうの事務的な手つづきをすませ、拘束時間から解放されると、そのようにしてふたりはフェザーン市街へでた。用もないのにオフィスで右往左往していては、上司や同僚に邪魔者あつかいされるだけであろう。夕食に誘ってくれるようすもどうやらなさそうで、それを待ったあげくのけ者にされるのも不愉快な話だった。

活気と喧噪《けんそう》にみちた市街を、ユリアンとマシュンゴ准尉はゆっくりした歩調で歩いていった。ユリアンと同年代の少女たちの一団が彼らの行手からちかづいてきて、あきらかに品さだめをしているらしい視線が半ダースほど、ユリアンの顔をなでまわした。ユリアンが思わず視線を投げかえすと、高い笑い声がはじけて、少女たちは半分駆け足でふたりの傍をとおりすぎた。ユリアンの背中に、ちょっとすてきね、でも慣れてなさそうよ、などという論評の声がぶつかってきた。ユリアンは亜麻色の頭をかるくふった。密室の権力政治とはことなった意味で、女のことはよくわからない。ポプランがいれば、なにか講釈するところだろうが……。

裏通りをのぞいたあと、ふたりは一軒の衣料品店にはいった。店員が駆けよって、お愛想を言いながら、ユリアンの視線のうごきに応じて品物をすすめる。

「これなんかお似合いですよ、ちょっと着こなしのむずかしい品ですが、お客さまは顔もスタイルもおよろしいですから」

「高いね」

「ご冗談でしょう、この品物でこの値段でしたら、売り手の一方的な犠牲ってものですよ」

「先月は二〇マルク安かったと思うけど」

これはむろん嘘である。

「なにかのまちがいでしょう。なんでしたら、電子新聞をごらんなさい。物価指数の変動がきちんとのってますから」

店員の意図とはべつの意味でうなずきながら、ユリアンは店員の熱意にこたえた。

「じゃ、これをひとつもらうよ。領収書をくれる?」

九〇フェザーン・マルク也を支払って、ユリアンはよぶんなセーターを手にいれた。ささやかな情報収集の代価だが、浪費かな、という気がしないでもない。そのあと、テラス式のカフェーで、ユリアンは店員のいったとおり、何種類かの電子新聞に目をとおした。

「物価は安定している。品質はいい。それに事故がすくないということは、社会と経済を運営するシステムも弱体化していないってことだね」

「本国とはえらい差ですな」

マシュンゴは正直に歎息する。同盟本国のそれが荒廃の度を深めつつあるのに比較すれば、フェザーン経済の強靭《きょうじん》さは、市場の末端レベルにいたるまで揺るぎないものにみえるのだ。

「血を流す者、流させる者、流れた血を飲んでふとる者……いろいろだね」

ユリアンの声に嫌悪の光彩が揺れている。フェザーンにたいして偏見をもたず観察するよう、一度ならずヤンから言われてはいたが、戦いによって惨禍《さんか》をこうむる者と、それによって利益をあげ繁栄を誇る者とを対比して考えると、後者にたいして好感はいだけないユリアンだった。このあたり、ユリアンの感性はどうしても軍人としてのフィルターをとおしたものにならざるをえない。

カフェーをでると、ユリアンとマシュンゴは、尾行を承知のうえで、おなじ市内にある銀河帝国の弁務官事務所に足をむけた。むろん、内部にはいるわけではなく、外から、呉越同舟《ごえつどうしゅう》の現場をながめるだけのことだが、帝国側の人間もやっている慣例めいた行動であった。

「敵と味方がおなじ場所に、というのも奇妙なものですな」

マシュンゴの、それほど独創的でもない言葉にうなずきながら、ユリアンは、深い木立に半身を隠した帝国弁務官事務所の白亜の建物に視線を投げた。おそらく先方も、赤外線監視システムでも使ってこちらをながめているだろう。フェザーン人にとっては笑い話の種にすらならないかもしれなかった。

Ⅳ

形式は形式として順守せねばならない、というわけであろうか。その翌日、新任の駐在武官を歓迎するパーティーがホテル・バタビアで開催された。弁務官事務所の建物を使用しないのは、参列者が建物内に盗聴機器をしかける危険を回避するためだそうだが、それでは会場となるホテルに最初から盗聴機器がセットされていたとしたらどうするのだろう、と、ユリアンは思う。しかし、いずれにせよ、ユリアンは主賓《しゅひん》としてかならず出席せねばならない。

主賓などになるとパーティーのあいだじゅう〝空腹〟と題された彫刻よろしく立ちつづけていなければならないことは、ヤンの例でよくわかっている。くわえて、品さだめの対象として衆人の目にさらされるとあっては、笑顔をつくるのにも多少の努力が必要になろうというものだった。ヤンが歎息まじりに言ったことがあるように、やりたくないことをやらずにすむ人生というものは、どうやら金属ラジウムより希少であるらしい。

もっとも、相手がこちらを観察するのであれば、こちらにも相手を観察する機会はあたえられるし、ユリアンとしては、ヤンの代理人として、フェザーン人のあいだに〝帝国軍のフェザーン進駐〟という流言の病原菌をばらまく必要があった。ひとたびばらまかれた病原菌が、どのように人々の心をむしばみ、毒素を強めつつ繁殖するかは、後日の判定に待つしかない。それが最大の効力を発揮すれば、フェザーンの自治政府と市民とのあいだに対立が生じ、自治政府は市民におされて帝国との密約――それが実在すれば、だが――を破棄するのやむなきにいたり、同盟はフェザーン回廊からの帝国軍の侵攻という危機を、さしあたっては回避できる。密約が実在しないとしても、フェザーン市民に帝国にたいする疑惑をうえつけ、自治政府としては彼らの感情を考慮して、フェザーン回廊の通行権を今後とも帝国にあたえることなどない、と、確認しなくてはならないだろう。いずれにしても、同盟にとってけっして不利な結果は生まないはずである。

ただ、これを考えたとき、ヤンがためらったのは、フェザーン市民が激発し、実力によって回廊を封鎖した場合、自治政府ないしは進駐する帝国軍とのあいだに多量の血が流れる可能性があることであった。それは一国のために他国を犠牲にするマキャベリズムの極致である。そのためらいをヤンがのりこえたのは、帝国軍のフェザーン回廊通過が仮定でなく現実となったとき、フェザーン市民が流血を辞さず抵抗にでるであろうことは、流言の有無にかかわらず自明であると思われたからである。

ヤンはビュコックにあてた親書のなかで記している。

「……以上のように、私はフェザーン自治政府が帝国のローエングラム公とのあいだに密約をむすび、回廊を売りわたそうとしていると考えていますが、それが事実であれば、独立不羈《ふき》の誇り高いフェザーン人はどのようなかたちであれ、けっきょく、帝国ないし自治政府との対決を回避はしないでしょう。けっきょくのところ、私たちが彼らを煽動するとしても、それは彼らの行動の契機とはなっても無から有を生じるわけではありません。つまるところ彼らしだいなのです。彼らが、自分たちの自由と矜持をまもるために流血も辞さないというのであれば血は流れ、そうでなければ、帝国軍は平和裡に進駐するでしょう。問題は、この情報をフェザーン人にリークし、彼らがうごきはじめることで、帝国軍にかえって急速先制の行動をとらせるという可能性があることです。そうなればこれは逆効果の最たるものとなるでしょう。さらには、すでに帝国軍がうごきだしており、吾々《われわれ》がいまさら防御手段を講じたところですべては手おくれということもあるかもしれません……」

この部分こそが、ビュコックやアレックス・キャゼルヌをして、「ヤンは将来のことが、ときとして見えすぎる」と吐息まじりに評させる要因であっただろう。最悪の結果までが、彼の目には見えてしまうのだ。

ヤンはあきらかに謀略家としての才能を有していたが、才能だけが資質のすべてではなかった。性格や志向もさることながら、彼は謀略が成功することじたいに、意義を見いだしていなかったのである。彼にとって最高の価値観が、戦争と謀略による国家的利益の追求になかったことも明白であり、職業軍人、しかも若くして高い地位をえた軍人としては尋常ではなかった。〝ヤンは戦争の正義を信じていなかったにもかかわらず、もっとも多くの武勲をたてて、もっとも多くの敵を殺した〟として、同時代にも後世にも、ヤンの信念にたいする誠実さの欠如を非難する論者がいる。ユリアンなどは、むろんその非難に与《くみ》しないが、ヤン自身は、ちょっとほろにがい微笑を浮かべてなにも言わないであろう。もっとも、それはそれでまた、自己の正しさを主張するべき人間の義務をおこたるものとして批判されるかもしれないが……。

ユリアンは士官用の白い礼装で、パーティー会場の中央に立っていた。長めの、やや癖のある亜麻色の髪、まず端整といってよい顔だち、ダークブラウンの瞳のみずみずしい光、背すじの伸びた姿勢などが、参列者の目を惹きつける。

ラインハルトであれば、ひとりで周囲すべてを圧倒し、無彩色の世界のなかで彼だけが有彩の存在であるような華麗さを特徴とするであろう。ユリアンにはそこまでの強烈さはないが、そのかわり、一枚の絵画のなかの不可欠な構成分子として、その場にしっくりと溶けこんでいる印象があった。

フェザーンの紳士淑女が、史上最年少の駐在武官の周囲で会話の泡を噴きあげ、泡がはじけるたびに笑いの波が会場を横ぎった。ユリアンは自分でも予測していたとおり、笑うのにつかれはじめていた。

「どうです、フェザーンの印象は、少尉？」

「そうですね、裏街が清潔なのに感心しました。それと、ペットの数が多くて、どれもよくふとってますね」

「ほう、変わったところに興味をおもちですな」

相手が鼻白むのを見て、ユリアンは心のなかで肩をすくめた。彼はすこしてらってみせたのだった。裏街が清潔であるのは、公共社会を管理運営するシステムが順調に作動していることを意味し、ペットの数が多く、栄養がよいのは、市民生活にすくなくとも物質的な余裕があることをしめしている。日常レベルの風景から、フェザーンの充実した国力の一端を観察しえたことを、ユリアンは示唆してみせたのだが、相手はそれを理解できなかったようだ。ユリアンとしては空砲を撃たされた思いがする。もしこの場にヤンがいたら、ユリアンにむかって片目をつぶり、「お、恰好つけたね」とでも言ってくれたにちがいない。もっとも、そうなればユリアンとしてはかえりみて赤面するしかないのだが。

「フェザーンの女の子はどうです、少尉」

相手は話題を転じた。パーティーにおける自分の洗練された態度に自信をいだいており、場慣れしない若すぎる主賓に救いの手をさしのべたつもりでいるのだった。

「みんな綺麗ですね。それに生き生きしてます」

「ほう、なかなかお上手だ」

なるほど、不誠実でも型にはずれないことを言えば、すくなくとも無難にすむらしい。

「まあ、フェザーンには、綺麗な娘から惑星改造システムまで、なんでもそろってますからな。甲斐性に応じてなんでも買えます。少尉なら、金銭ではなく、笑顔ひとつで女の子の心も買えるでしょうな。うらやましいかぎりだ」

「努力してみましょう」

人の悪い表情をつくろうとしたが、ユリアンにはあまり似あわなかった。自分が背伸びしていることを自覚せざるをえない。

「ところで、売るといえば……」

口調はさりげなく、起爆装置のスイッチをいれる。

「フェザーン回廊を、ひいてはフェザーンの自治権を帝国軍に売りわたそうとするうごきがあると聞いて心配しているのですが……」

「なんですって？」

わざとらしく聞きかえすときの、それは常套語《じょうとう》である。ユリアンもわざとらしく相手を見なおしてくりかえした。フェザーンが回廊じたいを商品として帝国軍に売りわたすのではないか、と。

「これはこれは、少尉は、なかなか想像力がゆたかでいらっしゃる。帝国軍が――」

波うつような笑い声。

「帝国軍が、フェザーン回廊を通過して同盟領に侵攻するとおっしゃるのですか。いや、なかなかおもしろいお話です。ですが……」

若者の妄想をたしなめ、教えさとす表情になっていた。

「それはすこしく想像の翼をひろげすぎておいでではありませんかな。フェザーン回廊は平和の海です。通過するのは、客船、貨物船のたぐいであって、軍旗をかかげた艦艇がとおるなどありえんことです」

「誰が決めたのですか」

顔に似ず愛想のない声でユリアンは言ってやった。

「誰が」

と、相手は問いかえし、笑おうとして失敗した。冗談としてすまされない問題提起がおこなわれていることを、周囲の人々はさとったのである。集中する視線のなかに立って、ユリアンはこころもち声を高めた。

「人間がさだめた規則なら、人間の手で破ることもできると思います。帝国のラインハルト・フォン・ローエングラム公爵のやりかたが、万事、旧習にのっとったものとは、ぼくには思えませんし、今上《きんじょう》の皇帝が祖国を捨てて亡命したという前例も、ぼくは知りません」

「…………」

「あのローエングラム公なら、勝つため、征服するためなら、伝統や不文律など平然と破ってのけるのじゃないでしょうか。そうではないと保証できるかたはいらっしゃらないと思います」

各処でつぶやきがおこった。ユリアンの発言に反発はしても反論はできないという状況であるらしかった。

「もっとも、ローエングラム公がそんな野望をいだいても、フェザーンのかたたちがみすみす誇りを売りわたすとは思いませんけど」

表面すまして言ってのけたが、心の内壁に多量の発汗をしているユリアンだった。自分の挑発がどのようなかたちでうけとめられるか、なにしろいままで経験のないことなので、自信などありはしない。

ユリアンから一〇歩ほど離れた場所にたたずんで、人々と談笑しながら、鋭角的な視線を若い主賓にむけている瀟洒《しょうしゃ》な青年がいた。自治領主《ランデスヘル》の補佐官ルパート・ケッセルリンクである。なかなか切れる坊やらしい、と、ルパート・ケッセルリンクは善意ぬきの評価をくだしていた。とはいえ、自分ひとりの思考であそこまでの結論をみちびきだすのは異常というものであり、源泉にヤン・ウェンリーの姿を認めざるをえなかった。彼は、談笑の相手にかるく一礼して、ユリアンをかこむ人々の輪にくわわった。そして一分もたたぬあいだに、ユリアンの正面に立って、彼との会話の中心役の座をしめていた。

「それにしても、フェザーンが帝国に身売りするとは、大胆な推測ですな、ミンツ少尉」

「そうでしょうか。フェザーンにとって独立、それも形式的な独立は至高の価値をもたないと思うのですけど」

「しかし、至高にちかいものですよ、そのあたりを過小評価してはいけませんな、ミンツ少尉」

ことさらに名を呼ぶルパート・ケッセルリンクの口調が、ユリアンの感性を不快に刺激する。嘲弄と優越感の波動が、空気のなかを音もなく対流し、ユリアンのゆたかな前髪を浮きあがらせるかと思えるほどだった。

ケッセルリンクとユリアンとのあいだには、七歳の年齢差があり、それ以上に巨大な差違があった。知性の優劣の差ではなく、どちらの方向をむいているか、その差であったろう。ケッセルリンクからみれば、ユリアンは、ヤンという保護者の掌から一歩もでていないのだ。

瘴気めいたその場の雰囲気を吹きはらったのは、急ぎ足でちかづいてきたヴィオラ大佐の非音楽的な大声だった。

「ミンツ少尉、きみは歓迎されるためにここへ来とるんだ。議論するために来とるんじゃない。立場をわきまえんか……いや、皆さん、失礼、若気のいたりでしてな、ご容赦ください」

俗物の俗な発言も、ときとして有効なのだった。音楽が流れ、参列者のあいだから空虚な会話の泡がふたたびたちのぼりはじめた。

V

地上車《ランド・カー》の運転シートで、ルパート・ケッセルリンクは胸郭全体を使って呼吸した。吐きだした息が温かいのは血管のなかを泳ぐアルコールのせいであり、彼の心を反映しているゆえではなかった。車内が薄暗いのも、照明もつけず、一〇センチ四方のTV電話《ヴィジホン》の画面から放出される光にたよっているからだった。頭部に一本の毛もない精力的な男の顔が、パーティーの経過を再現するケッセルリンクの声に聴きいっていた。自治領主《ランデスヘル》ルビンスキーである。

「……というわけで、ヤン・ウェンリーはおそらく、洞察していますよ、帝国軍の戦略構想のすべてをね。どう対処します?」

「だとしても、あの男にはなにもできまい」

「できませんかな?」

ケッセルリンクの口調は嘲弄をよそおっていたが、深刻な猜疑の微粒子が浮遊するのを防ぐことはできなかった。彼はユリアン・ミンツ少尉など問題にしていなかったが、ヤン・ウェンリーの存在を無視するほど鈍感な自信過剰の壁にかこまれているわけではない。

「いずれにしても、あの坊やがパーティーの参列者連中によけいなことを吹きこんでくれたことはたしかです。酔いがさめても憶えている連中が、幾人かはいるでしょう。奴らの興味が政治的な思惑とむすびつくと、めんどうなことになりませんか」

「もう遅い。奴らが不審をいだいたとしても、策《て》をうつ時間はすでにない。心配するな」

……やがてTV電話《ヴィジホン》のスイッチを切ったルパート・ケッセルリンクは、白濁《はくだく》した画面に目をすえたままつぶやいた――心配しているとしても、それはあんたのためではないさ、と。

コーベルク街で地上車《ランド・カー》からおりると、ルパート・ケッセルリンクは、一軒の古ぼけたビルにためらいなくはいっていった。性別不明の機械の声が、三回にわたって彼の歩みをチェックした。地下へむかうむきだしのコンクリートの階段は急傾斜だったが、彼の歩調は完全に制御されていてあぶなげない。一度まがった廊下のつきあたりのドアをあけると、奇妙に不健康な印象をあたえるオレンジ色の照明が彼の姿を照らした。死に瀕《ひん》した動物でも見るように、彼はソファーにうずくまった人影を見おろし、声を投げつけた。

「どうですかな、デグスビイ主教、ご気分のほどは?」

かえってきたのは、呪詛にみちた苦しげなあえぎだった。ケッセルリンクは唇の片端だけをつりあげて冷笑した。換気の悪い室内に、どすぐろい快楽と欲望の煙がたゆたっている。

「酒、麻薬、そして女。地上の快楽をあんたはほしいままにしたわけだ。禁欲をむねとする宗教家であるにもかかわらず、だ。地球におわす総大主教猊下《グランド・ビショップげいか》が、あんたのご乱行にたいして、寛大でいられますかな」

「きさまが私に薬を飲ませたのだ！」

若い主教はあえぎに似た声で糾弾した。両眼の毛細血管が破裂して、青い眼球が赤い海のなかを泳いでいるようにみえる。

「きさまが卑劣にも私に薬を飲ませて、堕落の淵へ突き落としたのではないか。瀆神《とくしん》の徒めが！　いずれ愚行を思い知るときがくるぞ」

「ぜひ思い知らせてもらいたいものだ。雷でも落ちるのかな。それとも隕石《いんせき》かね」

「正義をおそれないのか、きさまは」

「正義？」

若い補佐官はせせら笑った。

「ルドルフ皇帝は正しかったから宇宙の覇者となったわけではない。アドリアン・ルビンスキーは完璧な人格者なるがゆえに自治領主《ランデスヘル》の座をえたわけではない。相対的に最大の力を有していたからこそ勝者たりえたのだ。支配の原理は力であって正義ではない」

ルパート・ケッセルリンクは、冷然と指摘してみせた。

「そもそも絶対の正義などありはしないのだから、そんなものを根拠に批判しても無益なことだ。ルドルフ大帝に虐殺された何億人かは、力もないくせに正義を主張した愚劣さにたいして当然のむくいをうけたまでだ。あんたも力さえあれば総大主教《グランド・ビショップ》の怒りなどおそれずにすむ。

そこでだ……」

　彼は身をのりだした。

「私は宗教上の権威など、どうでもいいのだ。それはあんたが独占すればいい。それぞれの世界で第一人者になれば相手を嫉妬する必要もないだろう」

「……意味がわからん」

「わからんか。地球と地球教団をあんたにくれてやるというのだ」

「…………」

「おれはルビンスキーを蹴おとす。あんたは総大主教にとってかわれ」

「…………」

「もう、奴らの時代じゃない。八〇〇年の地球の怨念など、悪魔に食われてしまえばいいのだ。これからはおれとあんたが……」

　彼は口を閉ざし、眉をしかめて相手を見やった。デグスビイが不意に笑いだしたからである。

「この身のほど知らずの痴者《しれもの》が……！」

　そうののしったデグスビイの瞳は、抑制と均衡を失った感情の煮えたぎる熔鉱炉《ようこうろ》だった。薄い上下の唇がめくれあがり、咽喉の奥から怒気と嘲弄のくるった音律が噴きあがった。黒衣につつまれた全身を波うたせて若い主教は笑い、罵倒した。

「きさまごときの野心と浅知恵で、総大主教猊下に対抗しようというのか、お笑い種《ぐさ》だ。最下等の笑い話《ファルス》だ。犬は犬なりの夢をみろ。象に対抗しようなどと思うな。それが身のためだぞ」

「……笑うのはそのていどにしておいていただこうか、主教どの」

ルパート・ケッセルリンクの台詞は平凡で、そのことじたいが彼の精神も尋常さを欠きつつあるという事実を額縁つきで描きだしていた。平静であれば、いますこし個性的な言語表現で反応したであろう。彼は嘲笑されることに慣れておらず、慣れることをのぞんでもいなかった。嘲笑は、勝者にのみ許される特権であるべきだった。

「あんたが酒と麻薬と女におぼれてしめした狂態は、すべて録画してある。あんたがおれに協力しないなら、これをしかるべく利用させてもらうまでだ。陳腐な策《て》だが、効果があるからこそ常用されるし、常用されるからこそ陳腐にもなる。そろそろ決心してもらいたいな」

腐臭にみちた沈黙が彼らの周囲を歩きまわった。

「犬め……」

やがて答えた主教の声は、だが狂熱を失って弱々しかった。


ユリアン・ミンツはベッドの上で寝返りをうった。その夜だけで幾度身体のむきをかえたことだろう。これほどベッドとのあいだに親和関係をむすびえないのは珍しいことだった。口のなかに、パーティーで感じたにがいなにかの残滓《ざんし》がこびりついているようで、一度起きだして口をすすいだ。脳裏で視覚的記憶のフィルムがまわるたびに、いますこしやりようがあったのではないか、と思い、自分の未熟さをおぼえてひとり闇のなかで赤面する彼だった。

戦いにもさまざまな種類がある。そんなことはわかっている。よくわかっているのだ。しかし、もっと正確にわかっていることがある。この種の戦い、フェザーンのパーティー会場でルパート・ケッセルリンク補佐官を相手にまじえて展開するような種類の戦いを、自分は好きではない、ということだ。どうせ戦うなら、広漠たる宇宙空間にあって、星々の光彩を背に、ラインハルト・フォン・ローエングラムのような雄敵を相手に智略と勇気を競いたかった。むろん、それはだいそれた願望である。ユリアンは、ラインハルトが自分にまさっているであろう点を、いまさら列挙してみる気にもなれなかった。ヤン提督ですら、ローエングラム公ラインハルトを比類ない天才と呼んで讃嘆《さんたん》をおしまない。そして自分はヤン提督の足もとにもおよばない身だ。だが、シュナイダーが言ったように、凡人だってときとして天才に勝てることもあるだろう……。錯綜《さくそう》する思いが彼を睡魔の手から遠ざけるいっぽうだった。

酒がほしいな、と、ユリアンは思い、そう思ったことに自分ながらおどろいた。なるほど、このようなときに人は酒を必要とするのか、と、わずかながら理解できたような気がする。どうやらそれが、この夜最大の収穫であるようだった。

だが、ユリアンのベッドの外で、世界は音もなく鳴動しつつある。

第八章　鎮魂曲《レクイエム》への招待

I

　一一月にはいると、ごく一部の人間しか知らないところで、事態は導火線のうえを巨大な発火点へむけて加速していた。連日、帝国軍は、実戦形式の演習、各種のシミュレーション、物資の集積、部隊の再配置、艦艇の整備、兵器の点検など、未曾有《みぞう》の遠征にむけて準備をすすめていた。その月四日には、ロイエンタール上級大将を査閲総監として、三万隻規模の大演習がおこなわれた。これも史上に例をみない規模のもので、演習であるにもかかわらず一〇〇人以上の死者をだしたほど苛烈なものだった。

　非軍事的な方面での工作も進行していた。帝国駐在のフェザーン弁務官ボルテックは、ラインハルトの命令で、帝国軍の軍事行動がイゼルローン方面においておこなわれるという報告をフェザーンに送っていた。

　その報酬として、ボルテックはフェザーン新自治領主《ランデスヘル》の座をもとめたのであった。ラインハルトは吝嗇《りんしょく》ではなく、当然ボルテックは自分の要望がかなうと信じていたのだが、意外にもラインハルトは即答をさけた。ラインハルトとしては、同盟を征服したとき、獲得した新領土と旧来の領土とを結合すべき要路を、間接統治のもとにおく意思をもたなかったのである。フェザーンは彼の直轄地として信頼しうる総督をおき、ボルテックには閑職と高給をあたえてすませたいところだった。

ただ、これは統治の正道ではあるが、ボルテックにフェザーン人の憎悪を集中させるというマキャベリズムには合致しない。けっきょく、かつてオーベルシュタインに語ったように、ボルテックが治安維持に早期に失敗することを期待して、ラインハルトは彼に次代の自治領主《ランデスヘル》の座を保証した。ただし当然ながら、ボルテックはフェザーンの治安と帝国軍への協力体制の維持に全責任をおわねばならないのだった。

こうしてボルテックは、故国フェザーンに偽の情報を送りつづけることになる。それはむろん、民間人の送る多様な情報とのあいだに、可能なかぎりの整合性をもたせる必要があった。彼は、半年前からは想像もつかない心境にあって、かつて政治的忠誠心の絶対的な対象であったルビンスキーを、もはや過去の世界の住人とみなしていた。もとをただせば、ボルテック自身がラインハルトをあつかいそこねたことに端を発して、予期せぬものを売りわたしてしまうことになったのだが、その後ろめたさを正当化するためにも、ルビンスキーの欠点をあげつらい、権力を失うのが当然だとみずからの心理を操作したいところであった。このとき、彼の後任の補佐官ルパート・ケッセルリンクのことは、ほとんどボルテックの念頭になくなっている。ケッセルリンクを自治領主《ランデスヘル》の威を借る衛星的存在としか考えていなかったのだが、それはなにもボルテックにかぎったことではなかった。それが過小評価だと思っているのは、ケッセルリンク本人だけであったろう。

一一月八日、ラインハルトは〝神々の黄昏《ラグナロック》〟作戦における最終的な人事を決定した。最初にイゼルローンにむけて大軍をうごかし、全宇宙の耳目《じもく》を集中させておいて、その間隙をつき、いっきょにフェザーン回廊を制圧する。用兵の迅速さが必須の条件である以上、フェザーン侵攻の先陣をうけたまわるのは、ウォルフガング・ミッターマイヤー上級大将以外にはいなかった。

第二陣の指揮官は負傷いえたナイトハルト・ミュラー大将である。難局に強い彼を〝疾風ウォルフ《ウォルフ・デア・シュトルム》〟の次陣にすえたのは、ラインハルトの人事の妙であったろう。もっとも、ミュラー自身は過日の雪辱《せつじょく》を期してイゼルローン要塞攻略戦に参加したい内心の希望があったが、個人的な要望は、この際おさえなくてはならなかった。

そして第三陣を指揮するのは帝国軍最高司令官ラインハルト・フォン・ローエングラム元帥自身であり、その直属部隊には、アルトリンゲン、ブラウヒッチ、カルナップ、グリューネマン、トゥルナイゼンの中将五名が配されていた。総参謀長オーベルシュタイン上級大将、首席副官シュトライト少将、次席副官リュッケ大尉、そして首席秘書官ヒルデガルト・フォン・マリーンドルフ伯爵令嬢、親衛隊長キスリング大佐らが旗艦ブリュンヒルトに乗りこむことになるが、女性がブリュンヒルト艦上の人となるのも前例をみないことであった。

第四陣はシュタインメッツ大将が指揮する。彼は古くから辺境防備の任にあたり、武勲をたてながら門閥貴族ならざるゆえに中将にとどまっていた。リップシュタット戦役後、辺境の支配権をさしだしてラインハルトに忠誠を誓い、念願の大将になったのである。

最後衛となる第五陣はワーレン大将の指揮するところだった。彼は〝リップシュタット戦役〟においては赤毛のジークフリード・キルヒアイスを補佐して善戦した男で、勇気と用兵術の均衡のとれた良将であり、フェザーン回廊と帝国本土とをむすぶ重責を今回ゆだねられることになった。

動員兵力は一二〇〇万、艦艇は八万七五〇〇隻。兵力のなかには、フェザーンおよび同盟の占領地を警備する陸戦要員が四〇〇万人ふくまれている。

いっぽう、〝イゼルローン方面軍〟と称される侵攻部隊の陣容も重厚なものであった。基本的には陽動を目的とした部隊ではあるが、陣容の薄さから目的をそれと覚《さと》られるようでは意味をなさないから、相応の兵力・人材・物資をそろえねばならない。まして、状況の変化によっては、この部隊はイゼルローン回廊を突破して同盟領へ乱入し、フェザーン方面から侵攻する味方と合流して同盟領を分断するという壮大で戦略上重要な任務をおびることになる。統率力、大スケールの用兵能力、冷徹な状況判断力を要求される総司令官の任は、オスカー・フォン・

ロイエンタール上級大将のうけるところとなった。

　副司令官は二名、ルッツとレンネンカンプの両大将である。ルッツは、ワーレンとおなじく、かつてキルヒアイスのもとで副司令官をつとめた。レンネンカンプも、シュタインメッツ同様、リップシュタット戦役後にラインハルトの幕僚となり、大将となった。ラインハルトの少年時に上官だったこともある古参の軍人だが、外見は貧相な中年男でしかない。

　ファーレンハイトとビッテンフェルトの両大将は、予備兵力として待機を命じられた。どちらも攻勢に強い猛将で、決戦時の予備兵力の指揮官としてすぐれている。ことにビッテンフェルトの艦隊は〝黒色槍騎兵《シュワルツ・ランツェンレイター》〟と称され、比類ないたけだけしさで有名であった。

　ケスラー大将は帝都防衛司令官として惑星オーディンに残留し、メックリンガー大将も待機グループにはいった。彼は軍務省や元帥府の事務を決裁するとともに、後方担当として補給や後続部隊編成の大任にあたるのである。

　これらの人事のうち、イゼルローン方面軍のそれは堂々と公表され、彼らが帝都を進発する日時まで多くの人々に知らされた。そのことじたいが作戦の一端なのであった。

「帝国軍はロイエンタール上級大将を総司令官として、イゼルローン回廊における軍事行動にでるものと予測される」

　帝国軍のこれみよがしの挑発にたいして、同盟の情報網はひかえめにすぎる表現で、その危機を首都へ伝達した。

同盟首都ハイネセンは震撼《しんかん》する。ただし、それは、最終的な予定調和を信じてのおどろきであり、冬のつぎには春が来ていずれはまた旧来の平和がよみがえるであろうことを、彼らはうたがっていない。まったく、なぜうたがわねばならないのか。イゼルローンに難攻不落の要塞があり、不敗の若い名将がいるかぎり、帝国軍が同盟領への侵入をはたしえようはずはないのだから。

この場合、自分たちがヤンという功労者を派閥次元の発想からいかに遇したか、という記憶を、政府高官たちは忘却の淵へ捨てさっているようであった。

政府と軍部の最高幹部が一堂に会して国防調整会議が開かれたとき、宇宙艦隊司令長官ビュコック大将は、発言をもとめて、三度ばかり無視されたあと、ようやく指名された。老提督が発言したのは、イゼルローンへの攻勢が陽動であるにすぎず、敵の主力はフェザーンをめざしているのではないか、というものだった。

ビュコックの指摘は、列席した高官たちをおどろかせたが、感銘の方向はむしろマイナスにむかっていた。冷笑や皮肉をまじえた反発が続出した。

「ビュコック司令長官のご懸念はなかなか独創的ではあるが、フェザーンが政治的中立を放棄し、一世紀余の伝統を捨ててまで帝国に荷担するとは思われない。だいいち、それによって帝国がさらに強大化すれば、フェザーン自身の存続がおびやかされることになろう。彼らがそれを考えないはずがない」

「フェザーンはわが同盟に莫大《ばくだい》な資本を投下し、多くの権益をも有している。わが同盟が帝国に併呑《へいどん》されれば、今日にいたる彼らの努力は水泡に帰する。そんな間尺《ましやく》にあわないことを彼らがするだろうか」

集中砲火をあびても老提督は動じなかった。

「なるほど、フェザーンはたしかに同盟にたいして資本を投下しておりますな。しかし、それは、同盟の諸惑星、鉱山、土地、企業などにたいしてであって、同盟政府にたいしてではありますまい。フェザーン人としては、投下した資本の安全さえ保障されるなら、同盟の国家機構が崩壊したところで、たんに天井が破れたていどのこと、それほど痛痒《つうよう》を感じるとも思えませんな」

そう再反論をくわえたビュコックは、一瞬沈黙した人々に、したたかなおいうちをかけた。

「それとも、フェザーンが、同盟政府にたいして資本投下をおこなっているという事実でもありますかな」

「提督、すこしお口をつつしんでいただきたいですな」

高圧的な語調ににがにがしさをこめて、国防委員長アイランズが老将の毒舌を制した。ビュコックの発言は、暗に、同盟政府の高官がフェザーンから賄賂ないしリベートをうけとっているという可能性を指摘したものだったからである。その可能性が皆無である、と、自己の良心に誓約しうる政府高官が、はたして幾人いることであろう。建国の父アーレ・ハイネセンなどには想像もつかないことであろうが、フェザーン精神の最悪の一部分を自己流に模倣して、自分の権限や責務を金銭にかえてしまう高官は、この一世紀ほど後継者難に悩んだことがない。くわえて、ジャーナリズムの政界癒着が進行してからは、それが社会の表面にでて糾弾をうけるのは派閥次元の政争の結果でしかなくなりつつあった。

ビュコックの指摘は空論としてしりぞけられ、会議は、イゼルローンにたいして警戒強化命令をだすこと、要請がありしだい軍需物資の輸送を即行できるよう準備しておくことだけをさだめて、ひとりの例外を除き、列席者の満足のうちに散会した。

Ⅱ

同盟軍イゼルローン駐留艦隊に所属する戦艦ユリシーズの艦長ニルソン中佐は、この数日、不機嫌の谷底にうずくまっていた。その理由については一言半句も他人に語ろうとしなかったので、部下たちは、どのような社会体制においても許される自由――上司がいない場所での言論の自由――を行使して、たがいの想像力にみがきをかけていた。昇格が見送られたからだ、夫人といさかいをおこしてしかも一方的に負けたのだ、カードでポプラン少佐にかもにされたそうだ、いやカードで負けたのは事実だが相手はシェーンコップ少将だ、などと言いたい放題だったが、彼らのあいだで〝大賞〟を獲得したのは、フィールズ中尉の創作した話だった。

「じつは艦長はユリアン・ミンツにほれてたのさ。ところがみんなも知ってのとおり、駐在武官になってフェザーンに行っちまったからな。片思いの恋人をなくして失望のきわみなんだ。気の毒な艦長にやさしくしてやろうや」

聞いた者は抱腹絶倒したが、ニルソン中佐が〝ごついおっさん〟であり、少年愛の性向など皆無であることをみんなが知っていたので、笑い話ですんだのである。ニルソン中佐が不機嫌だった真の理由は、四〇歳をすぎて突然、時代おくれな知歯《おやしらず》に悩まされたからだったのだが、むろん正解者はいなかった。

この年からヤンが回廊各処に設置した監視衛星群は、ケンプ艦隊来襲に際してほとんどが破壊されてしまい、予算不足のまま補充されず、索敵《さくてき》にかんしてはいちじるしい機能低下をきたしていた。ヤンは再三、首都の国防委員会に追加予算を要求したが、追加予算にさきだつ経理部の監査がいまだにおこなわれず、法規上、予算はおりなかった。

これは国防委員会がことさらヤンにいやがらせをしているわけではなく、単純に、政治レベルと事務レベルにおける国家機構の処理ぶりが鈍重であったからにすぎない。だが、それだからこそ、事態はおそらくいちだんと深刻なのだった。

いずれにしても、追加予算がおりるまで索敵行動を中止するわけにはいかず、艦艇中心の哨《しょう》戒《かい》をおこなっていたのである。そしてその日、一一月二〇日は、ユリシーズが哨戒にでて二日めのことだった。

不機嫌に右の頰からあごのあたりをなでまわしていたニルソン艦長は、オペレーターがうわずった声で敵影の発見を告げたときも、いっこうにおどろかなかった。もともと小心にはほど遠い男だが、神経のはたらきが奥歯に集中していて恐怖や驚愕にまでよぶんな精神エネルギーがまわらなかったのである。

「算定不可能です、とんでもない数だ」

オペレーターは、このような事態を幾度も経験していたが、そのたびに感じる戦慄は、きわめて新鮮なものだった。

「どうします、戦いますか」

あほう、と、艦長は答えた。イゼルローン駐留艦隊は不敗である。不敗のゆえんは、勝算のたたない敵とは戦わないことにある。負けを承知で戦う愚劣さはヤン艦隊には不要のものだ。

「さっさと逃げださんか！　ぐずぐずしているんじゃない！」

……狂躁《きょうそう》的な軍事ロマンチシズムなど投げすててさっさと逃げだした同盟軍戦艦の後ろ姿は、帝国軍ロイエンタール艦隊の索敵システムにすでにとらえられていた。

追いますか、と問われて、金銀妖瞳《ヘテロクロミア》の青年提督は放置しておくよう命じた。

イゼルローン要塞に逃げ帰って、せいぜい大仰に帝国軍のことを報告してもらわねばならなかったし、僚友ミッターマイヤーとおなじく、彼もまた、小さな敵をおいつめることに武人としての快楽をおぼえる性質ではなかった。相手はヤン・ウェンリー、同盟軍最高の智将である。偉大な敵にたいしてこそ、闘志のふるいおこしようもあるというものではないか。

〝神々の黄昏《ラグナロック》〟作戦の最初の烽火《ほうか》。それは自由惑星同盟《フリー・プラネッツ》にたむける鎮魂曲《レクイエム》の最初の一小節でもあるのだった。

賢明に逃げ帰ってきた戦艦ユリシーズの報告をうけて、ヤンは要塞の会議室に幕僚たちを集めた。

キャゼルヌはこの年前半の苦労を思いだしたのであろう、憮然として胃のあたりをなでた。

「今年の春、ケンプ提督が来襲したときも大兵力だったが、今回はそれをすら凌駕するらしいな」

フレデリカが金褐色の髪をわずかに揺らせた。

「やはりこれは、ローエングラム公の大規模な戦略の一環なのでしょうか」

ヤンはうなずいた。皇帝エルウィン・ヨーゼフの逃亡にはじまる巨大な戦略劇の、これはほんの地域的な具現《ぐげん》にすぎない。ラインハルトがかつての同盟軍の無益な行為を模倣するていどの男なら、ヤンは彼をおそれたりはしないのだ。

ムライ参謀長が腕をくんだ。

「どうも、これからユリシーズを哨戒行動につけさせないほうがいいようですな。あの艦が哨戒にでるたびに敵をつれてくる」

ヤンは横目で参謀長の顔を見やったが、相手が冗談を言っているのか本気であるのか、見当がつきかねた。たぶん前者であろうが、参謀長の表情を見ていると、意外に深刻な縁起かつぎをしているのかもしれない。

「まあ、ものは考えようさ、ユリシーズを哨戒にだしたときは、通常より一レベル高い警戒態勢をしくことにすれば、かえって効率的だろう」

冗談としてはおもしろみに、本気としては説得力に、それぞれ欠ける返事をヤンはしておいて、防御指揮官シェーンコップと要塞事務監キャゼルヌに、所定の規約にしたがった準備を命じた。

ヤンの頭痛の種は前方の敵より後方の味方、ことに四〇〇〇光年をへだてた首都にある。現在のところ戦火はイゼルローン回廊に限定されており、首都の高官たちはイゼルローン要塞の難攻不落とヤンの作戦指揮能力を恃《たの》んで安心しているだろうが、フェザーン回廊をふさいでいた無形のドアを蹴破って帝国軍が乱入してきたら、午睡の夢をやぶられて狼狽するにちがいない。そのときイゼルローン要塞の状況を無視して、首都を救いに駆けつけるよう命令されたらどうするか。

救いに行かねばならない。それはわかっている。ユリアンに言ったように、軍人は命令をうけて自己の意思で選択することはできないのだ。ただ、帝国軍の指揮官がどうやらヤンの最悪の想像がまたもあたって、ミッターマイヤーとともに双璧とうたわれるロイエンタール、有名な金銀妖瞳《ヘテロクロミア》の提督である以上、ヤンに首都救援の意思があっても、容易にそれを実行することはできそうにない。最悪の場合、イゼルローン要塞を奪還され――もともと帝国の所有物だったのだ――、あげくに後背から追いつかれて、たたきのめされるという事態にもなりかねない。帝国軍の攻撃にたいし、イゼルローンを確保しておいて艦隊は出動し、首都の危機を救うなど、それこそ奇蹟である。どこまで要求すれば政府の高官どもは気がすむのだろうか。あまり期待をもたせるのも考えものだ。おまけに、自分がそう期待されるにふさわしい待遇をうけているとは思えない節《ふし》が多すぎる。

ヤンは、要塞防御計画のひとつにつぎのようなプランを有していた。敵が接近する前に、艦隊を要塞からだして回廊内に伏せておき、要塞を攻撃する敵の後背から襲いかかって、敵を要塞とのあいだに挟撃する、というものである。これはかなり有効なものと思われたが、帝国軍の行動は迅速かつ整然たるものであり、ヤンとしては奇策を弄する余裕をあたえられなかったのである。まったく、世の中には、未発に終わる計画や構想がどれほど多く存在することか。ひとつの事実は、それに一〇〇〇倍する可能性の屍のうえに生き残っている。

ヤンは首都ハイネセンポリスへ敵襲の報を送り、それにくわえて、この攻撃は単独のものではなく、フェザーン回廊への攻撃と連動したラインハルト・フォン・ローエングラム公の壮大な戦略構想の一環であろう、との見解をつけくわえ、フェザーン方面の防備を強化するようもとめた。

どうせ無益だろう、とは思うのだが、いちおうはやっておくべきことだった。ビュコック司令長官は国防調整会議で孤軍奮闘しているであろうから、せめてものサポートをしなくてはならなかった。

Ⅲ

ロイエンタールは麾下の艦隊をイゼルローン要塞の前面に展開させた。むろん、要塞主砲〝雷神《トゥール》のハンマー〟の射程外である。

堂々たる布陣《ふじん》だ、と、ヤンは認めざるをえない。スクリーンに映しだされた光点の群は、整然と、しかも厚みと奥行をもって、イゼルローンを圧している。

たとえ陽動作戦であっても手ぬきはしない、ということであろう。こちらに隙があれば、膨大な兵力を有機的に運用していっきょに回廊を制圧し、フェザーン方面から侵入する友軍に呼応して、二方面から同盟領へなだれこむという構想であることはうたがいなかった。とすれば、いよいよヤンとしてはうごきにくくなる。ロイエンタールは彼がうごくのを待っているであろう。それを逆手にとることができればよいのだが……。

スクリーンに映る銀色の球体を、ロイエンタールは色のことなる左右の瞳で見つめている。一大都市の人口に匹敵する彼の部下が、砲撃命令がくだるのを緊張のうちに待ちかまえていた。やがて司令官の右手が鋭く空を切った。

「撃て！」

三〇万をこす砲門がいっせいに光の槍を投擲《とうてき》した。鏡面処理《ミラー・コーティング》をほどこされた超硬度鋼と結晶繊維とスーパー・セラミックの四重複合からなる要塞外壁は、あびせられ、乱反射するビームの束によって白熱のかがやきを発し、暗黒の虚空にあって燦然《さんぜん》ときらめく巨大な宝石となり、背後の星々を圧して、その存在を無言のうちに数光年の彼方まで語りかけた。

壮絶をきわめる斉射で、砲台や銃座を相当数破壊したものの、要塞それじたいはエネルギーの怒濤をたえぬき、ほとんど傲然と空中に屹立《きつりつ》している。

「小揺るぎもしませんな」

参謀長ベルゲングリューン中将が、スクリーンを見つめながら、いまさらながらの感歎《かんたん》を口にせずにいられない。

「するわけがない。だが、はでにやるのも今回の任務のうちだ。せいぜい目を楽しませてもらうとしようか」

不確定の未来であればまたべつだが、ロイエンタールは目前の任務をおこたって〝無能者〟の汚名を甘受《かんじゅ》する気はなかった。打算だけでいっても、課せられた任務を遂行できないような男が覇者に叛旗をひるがえしたところで、誰がついてくるか。人望は実績によってつちかわれるものである。陽動とはいえ、任務をはたせば実績はあがるし、もし同盟軍最高の智将を倒し、イゼルローン要塞を奪還したとなれば、人望と名声は高みをますというものだ。

「ルッツ提督に連絡してくれ。所定の計画にしたがい、半包囲態勢をとるように、とな」

かつてのキルヒアイス同様、ロイエンタールもルッツを信頼していた。壮大なダイナミズムにこそ欠けるが堅実で安定した手腕を有しており、あたえられた命令を過不足なくはたすことのできる男である。キフォイザー星域の会戦においても、よく任をはたし、キルヒアイスの大胆な用兵と劇的な勝利に貢献していた。

炸裂し、乱舞する光彩の渦が、イゼルローン要塞中央指令室の巨大なスクリーンを占領しつづけている。

ヤンは戦闘指揮に際してのいつもの習慣にしたがって、指揮卓の上にすわりこみ、片ひざをたて、そのひざに肘をついて、頬杖をつく姿勢でスクリーンに見いっていた。姿勢が精神を左右するなどとヤンは思ってはいないが、この姿勢をしていると過度の緊張がもたらされないし、なによりも部下たちが安心するのである。彼がシートに坐《ざ》して興奮のあまり両眼を血走らせたりしては、部下たちの不敗の信仰が動揺をきたすであろう。指揮官は、ときとして演技者でなければならなかった。ヤンとしては正直しんどい面もある。

そこへ、要塞メイン・ポートの構内で待機中のダスティ・アッテンボロー少将から報告がもたらされた。

「艦隊はいつでも出動できますが……」

それは報告ではなく要請にちかかったが、ヤンは、そのまま待機するよう命じた。すでに機先を制された以上、相手の戦術展開に応じてうごくしかなく、いますこし観察の時間がほしかったのだ。

ところが、ヤンが対応を考えているあいだに、帝国軍の一部が巧妙に要塞主砲の射程距離をはずれながら、いつしか半包囲態勢をとりつつある。放置しておけば、思いもかけぬ方向から死角をつかれかねない。

ヤンは出動を許可した。ただ、彼自身は要塞内にとどまって戦局全体を掌握しておかねばならず、フィッシャーとアッテンボローに前線指揮をゆだねることにした。フィッシャーは淡々として、アッテンボローは勇躍して、メイン・ポートから出撃していったが、このときヤンは戦術レベルで、もののみごとにロイエンタールにしてやられたのである。金銀妖瞳《ヘテロクロミア》の提督は、ヤンが艦隊を出撃させるのを待って、秒単位の精確さで即応したのだ。

まさしく、絶妙のタイミングであった。ヤンが指揮卓の上で腰を浮かしかけたとき、要塞砲の射程範囲の境界上で、両軍の艦艇は乱戦状態におちいっていた。敵と味方がチェスの駒のようにいり乱れ、敵を撃とうとしてもその背後や斜め横に僚艦の姿を見いだし、ようやく小口径の火砲を発射することしかできない。多くの艦はそれすらかなわず、衝突や接触をさけて右往左往するだけであった。

　このような状態では、むろん要塞砲を撃つのは不可能である。敵と同数以上の味方を破壊し、死の淵へおいおとすだけのことだ。

「やってくれるじゃないか」

　ヤンは感歎した。これほど洗練された戦術能力を見せつけられると、歯ぎしりしてくやしがる気にはなれない。彼はあらためて指揮卓に腰をおちつけ、この状態を最大限に利用する方法がないかと考えた。ロイエンタールとしては、現段階で優位にたったことを確信しているはずで、そこになんとかつけこむ隙を見いだせないだろうか。

　いっぽう、ロイエンタールは悠然と有利に展開する戦況を見まもっていた。

　同盟軍が味方を救おうとするなら、要塞砲にたよらず、増援部隊を要塞からだすしかない。同盟軍が数をふやせば、ロイエンタールもそれに応じて戦闘参加の艦艇数をふやせばよいのである。

　このようにずるずると敵を消耗《しょうもう》戦にひきずりこみ、出血をしいれば、ロイエンタールとしては重畳《ちょうじょう》きわまりないのだった。むろん、〝奇蹟《ミラクル》のヤン〟だの〝魔術師ヤン《ヤン・ザ・マジシャン》〟だのと称される男だから、なにかしかけてくるだろう。むしろ楽しげにロイエンタールは待ちかまえている。

Ⅳ

要塞から出撃したヤン艦隊は、フィッシャーの艦隊運動制御とアッテンボローの戦闘指揮のもとで、かろうじて崩壊をまぬがれていた。乱戦の渦の外縁部では、両軍の艦艇が砲火を応酬し、暗黒の虚空につぎつぎと火球を現出させている。

光の豪雨が帝国軍の戦艦シェーネベルクの艦体にふりそそぎ、複合装甲とエネルギー中和磁場の負荷限界をこえたとき、シェーネベルクじたいが光の塊と化した。膨張して超短命・極小規模の恒星となり、無音のうちに四散する。脈うつ余光が消えさるよりはやく、その隣にあらたな火球が出現し、熱と光をむなしく沸きたたせて原子へと還元してゆく。

同盟軍も損傷をこうむらずにはいられなかった。戦艦オクシアナが俊敏な駆逐艦三隻にまとわりつかれ、巧妙な連繫《れんけい》プレイに翻弄《ほんろう》されたあげく、ミサイル発射孔に核融合榴散《りゅうさん》弾を撃ちこまれたのである。巨艦は内部から引き裂かれ、爆発光のなかでのたうちまわったすえに消滅した。戦艦リューブリヤナは正面から二本のビームをあび、二カ所に生じた亀裂が結合した瞬間、左右に割れて別方向へただよった。死と破壊が手をつないでつくった輪のなかで、両軍は火を吐きながらもがきまわった。

その混乱のなかへ、ヤン艦隊のあらたな兵力が出撃してきたのだ。ロイエンタールの旗艦トリスタンの艦橋で、艦型と艦名をコンピューターによって検索していたオペレーターが目をみはった。

「戦艦ヒューベリオンです！」

オペレーターの声には、自分自身をうたがうひびきがあった。

金銀妖瞳《ヘテロクロミア》の青年提督は、さすがに意表をつかれた。むろん言動にあらわしたりはしなかったが、敵部隊の総司令官がみずから出撃してくるとは、想像の外だったのだ。智将と聞くが、意外に陣頭の猛将という一面があるのだろうか。

ヤンとロイエンタールは三一歳の同年である。それは偶然にすぎないが、おなじく戦場を往来する身として、また若くして武勲と高い階級を誇る身として、意識せずにはいられない存在であった。

「全艦前進！　最大戦速！」

ロイエンタールは指令した。あるいは、いっきょに勝敗を決することができるかもしれない。ヤンを捕えるか殺す——帝国軍の全将兵が渇望する、それは巨大な武勲だった。このとき一瞬、若いロイエンタールが戦意過剰の状態におちいったとしても当然であろう。

旗艦トリスタンは帝国軍の先頭に立ち、ヒューベリオンめがけて突進した。だが、艦砲の射程にはいる寸前、オペレーターが絶叫し、艦体を鈍い衝撃がつらぬいた。敵艦が一隻、斜め下方から体当たりを敢行してきたのである。

強襲揚陸艦だった。強烈な電磁石の作用でトリスタンの艦腹に吸着すると、ヒート・ドリルが撃ちこまれ、酸化剤が噴きつけられた。わずか二分後、直径二メートルに達する巨大な穴が両艦の内壁どうしをつないでしまい、そこから装甲服《アーマー・スーツ》に身をかためた陸戦隊員が、つぎつぎとトリスタンの艦内に躍りこんできた。

これがヤンの詭計《トリック》だった。彼は、ロイエンタールのような一流、あるいはそれ以上の有能な将帥《しょうすい》の足もとをすくうには、むしろ二流の詭計をしかけて虚《きょ》をつくべきではないか、と考えたのである。彼の搭乗しない旗艦を囮に使ってロイエンタールを前方に誘いだし、強襲揚陸艦を衝突させて陸戦隊員を侵入させ、ロイエンタールを捕虜にするか射殺する。具体策はシェーンコップの提案によるものであり、指揮官も当然、彼自身であった。

「敵兵侵入！　敵兵侵入！　非常迎撃態勢をとれ！」

鋭い警戒の叫びが艦内をみたしたとき、すでに中央通路では銃撃戦と白兵戦が急速に烈しさをましていた。〝薔薇の騎士《ローゼンリッター》〟連隊は、複合鏡面処理をほどこした楯でレーザー・ビームを反射させながら、無謀なまでの勇敢さで突進し、敵兵の手もとに躍りこむと、炭素クリスタル製の戦斧《トマホーク》をふるって殺戮《さつりく》し、床や壁に、また天井に、鮮血のモザイク画を描きあげた。帝国軍も、勇敢さでは侵入者たちに劣らなかった。トマホークで肩を撃ちくだかれた兵士が、死への斜面を転げおちながらなおレーザー・ライフルを手放さず、執拗な連射で敵を倒すと、力つきてみずからつくった血の海へくずれこむのだ。

「雑魚《ざこ》にかまうな、目的は敵の司令官だ。艦橋をさがせ」

シェーンコップはそう部下に命じた。戦斧《トマホーク》をふるう彼の足もとには、すでに数人の敵兵が倒れて、二度とうごかない。

「奴らを生かして艦外にだすな。無謀さのむくいを思い知らせてやるんだ！」

これはロイエンタールの幕僚、ベルゲングリューン中将の命令である。かつてジークフリード・キルヒアイスの麾下で勇名をうたわれた彼は、キルヒアイスの死後、ロイエンタールのもとで参謀長をつとめているが、知性は充分ながら気質的に行動の人で、この事態にみずから迎撃白兵戦の指揮をかってでたのだった。

参謀長に指揮された帝国軍の兵士たちが、通路の両側から挟撃の態勢をとりはじめた瞬間、シェーンコップは猛然と突進し、トマホークの一閃でふたりの敵兵を斬り倒した。僚友の血煙をあびて、なおひるまず躍りかかってくる三人めを、トマホークの柄で一撃して横転させる。その迅速さに、したがう兵はふたりだけで、ほかの者は混戦の渦を脱することができなかった。

味方した、と言うべきかどうか。とにかく偶然が作用した。前方から走りよる兵士の群を見て、とっさに傍のドアをあけ、なかにとびこむ。驚愕と誰何の叫びがあがり、ひとりの士官につきそっていた兵士ふたりがブラスターを抜きはなつのが見えた。

ビームが交錯し、短い絶鳴とともに彼我《ひが》の四人が床に横転した。室内にいま立っているのは、シェーンコップと、帝国軍の士官ひとりだけである。彼は、一〇メートル四方ほどのその部屋で、敵兵の侵入に対応して装甲服《アーマー・スーツ》に着かえようとしていたらしいが、まだそれを手にとっただけだった。

完全武装した侵入者を見ても、狼狽するでもなく、大声で救いをもとめるでもない。ごくわずかに眉をうごかしてむきなおっただけである。そのどはずれた豪胆さにくわえて、黒と銀の華麗な帝国軍士官服に、とくに将官のみ使用が許された黄金色の階級章が視界にはいり、シェーンコップの確信を高めた。

「ロイエンタール提督？」

帝国標準語で問われた青年提督は、見誤りしようのない金銀妖瞳《ヘテロクロミア》を無礼な侵入者にむけてうなずいた。

「そうだ。同盟の猟犬か？」

問いかえす声も、わずかの動揺すらおびてはいない。一時しのぎをしようとしない態度が、シェーンコップの気にいった。彼は戦斧をかまえなおした。無益とわかっているので、降伏をすすめたりはしない。

「私はワルター・フォン・シェーンコップだ、死ぬまでの短いあいだ、憶えておいていただこう」

言うが早いか、戦斧が風を裂いて襲いかかった。

ロイエンタールは、強烈きわまる斬撃《ざんげき》をうけとめるような愚をおかさなかった。均整のとれた長身が、完璧な意思にコントロールされて、二メートルの距離をとびさがる。戦斧は半瞬前までロイエンタールの頭部があった空間を床と水平に通過した。だが、ロイエンタールが抜きはなったブラスターのねらいをさだめたとき、空を切って流れたはずの戦斧は、慣性を無視したように、以前にました速度で、反対方向からふたたび襲いかかった。ロイエンタールが身を沈める。炭素クリスタルの刃は、彼のダークブラウンの頭髪を数本、宙に飛散させていた。ロイエンタールは、沈めた身体をそのまま床に一転させ、はねおきると同時にブラスターの引金《トリガー》をしぼった。閃光のサーベルが相手のヘルメットに突き立ったかにみえたが、相手は顔前にトマホークをたててビームをふせいだ。トマホークの柄がエネルギーの負荷にたえかねて折れ砕ける。

柄だけになったトマホークが、シェーンコップの手から飛んで、ロイエンタールの手からブラスターをはじきとばした。両者は素手のまま一瞬にらみあい、同時にうごいた。シェーンコップの手が、腰のホルスターから長大な戦闘用ナイフを抜きとる。ロイエンタールは視界の隅にとらえた同盟軍兵士の屍体に飛びつき、血染めの戦闘用ナイフをもぎとった。

軍靴が床を蹴りつけ、縦と横にナイフの閃光がはしる。スーパー・セラミックの刀身が激突し、飛散する火花が両者の瞳を灼いた。突く、斬りつける、薙《な》ぐ、うけとめてまきこむ、はじき返す。双方が白兵戦技術の粋《すい》をつくして、ナイフを相手の肉体につらぬきいれようとしたが、苛烈な攻撃と完璧な防御との均衡は容易に破れなかった。

そこへ複数の足音が室内になだれこんできた。指揮官の所在をもとめて〝薔薇の騎士《ローゼンリッター》〟連隊が駆けつけ、帝国軍がおいすがったのだ。

カスパー・リンツ大佐の横なぐりの掃射をあびて、数人の帝国軍兵士が血の霧を噴きあげ、回転しながら床に倒れる。僚友の屍体の後ろから、後続する兵士たちが侵入者にむけて発砲する。

混戦になった。怒号と鮮血と閃光が無秩序に室内をみたし、勝敗を決しえぬまま、ロイエンタールとシェーンコップは渦まく兵士たちの波にのみこまれてしまった。

三分ほどのち、同盟軍が室外においだされると、駆けつけたベルゲングリューン中将はようやく司令官の姿を見いだすことができた。

「閣下、ご無事でしたか」

無言でうなずいたロイエンタールは、乱れた髪を掌でととのえながら、金銀妖瞳《ヘテロクロミア》に自嘲めいた光をたたえた。とんだ茶番劇《バーレスク》を演じたものだ。艦隊総司令官たる身が一騎討をやってのけたのである。敵に応戦してのこととはいえ、昨年戦ったオフレッサー上級大将を、どうやら笑えなくなってしまったようだった。

「奴らが噂の薔薇の騎士《ローゼンリッター》か？」

「そうらしくあります」

「戦闘を中止して後退しろ。おれとしたことが、功をあせって敵のペースにのせられてしまった。旗艦に陸戦部隊の侵入を許すとは、間の抜けた話だ」

「申しわけございません」

「べつに卿《けい》の責任ではない。おれが熱くなりすぎたのだ。すこし頭を冷やしてでなおすとしよう」

　ヤンがそれを聞いたら、ロイエンタールが才能だけでなく器量においても一流の将帥であることを認めたにちがいなかった。

　いっぽう、強襲揚陸艦でイゼルローン要塞に帰還したシェーンコップは、ヘルメットを片腕にかかえ、装甲服を着用したままの姿で、ヤンの前にあらわれて報告した。装甲服には点々と血のいろどりがみられ、不敵な表情とあいまって、彼は伝説にいう円卓の騎士めいてみえた。

「いま一歩というところでしたが、大魚は逸しました。旗艦への侵入をはたしたことで、まあ0点ではないというところですか」

「そいつはおしかった」

「もっとも、先方でもそう思っているかもしれません。なかなかいい伎倆《うで》をしていたし、私の攻撃も再三かわされました」

「歴史を変えそこなったということかな」

ヤンが笑うと、シェーンコップもにやりと笑いかえした。両者とも、このときは冗談のつもりだった。

V

ロイエンタールは非凡な手腕を発揮して、乱戦状態にある味方を後退させ、整然たる隊列をたてなおしたのである。しかもそれを、ヤン艦隊と互角に戦いながら成功させたのだ。むろんヤンは敵が後退するのに乗じて追撃戦をおこなおうとしたが、つけこむ隙が見いだせなかったので、すぐに断念し、艦隊を要塞内に収容した。まず艦隊戦は引き分けというところであろう。

ヤンは指揮卓の上にあぐらをかいてすわりこみ、不快げに一杯の紅茶をすすっていた。その表情のゆえんは、眼前の戦局にあるのではなく、紅茶の味にあった。葉はいいのだが、湯をそそぐタイミングを逸しているらしく、舌に優しくないのである。国防委員会の命令でユリアンを手放したことが、いまさらに悔やまれる。むろんユリアンはヤンの紅茶を淹れるために、この世に生まれてきたのではないが、スケールの大小はともかくとして、戦いに強いとか射撃がうまいとかいったたぐいのものより、紅茶を淹れるのがじょうずというほうが、よほど上等なことではないか、と、ヤンは思うのだ。もっとも、そう思う動機は、ヤンの紅茶好きであるから、自分勝手なことではある。

「いくらでも、優秀な敵というのはいるものだな」

キャゼルヌが、こちらはコーヒーを、やはりまずそうにひと口飲んで論評した。ヤンは片脚だけを指揮卓からおろして、かるく宙を蹴った。

「あのまま、しつこく攻撃をつづけてくれればよかったのだが、さすがに帝国軍の双璧とも言われる男はちがう」

敵への讃辞をおしんだことは一度もないヤンだった。シェーンコップが、遠慮のなさすぎる質問をした。現状は要塞対艦隊というかたちをとっているが、艦隊どうしの対局になったとき、ロイエンタールに勝てるか、というのである。

「わからない。先だって戦ったケンプは、ロイエンタールより用兵の柔軟さで劣っていたはずだが、それでもかろうじて勝てたのだし、運しだいでどうころぶか……」

「期待はずれのことを言わんでください。私は、いつかも言いましたが、あなたはラインハルト・フォン・ローエングラムにだって勝てると思っているのですから。その部下ごときに勝てなくてどうします」

「きみが思いこむのは自由だが、主観的な自信が客観的な結果をみちびきだすとはかぎらないよ」

ヤンは言ったが、半分以上は自分にむけた言葉だった。帝国軍の勇将カール・グスタフ・ケンプにたいしたとき、彼は、ラインハルトならともかくその部下に負けてはたまらない、と思ったのだが、どうやら増長していたようで、キャゼルヌが言ったとおり、いくらでも優秀な敵というものは存在するのだ……。

その後、帝国軍はイゼルローン要塞から慎重に距離をたもって行動した。

ヤンとしては、帝国軍が要塞主砲の射程内にはいってくれれば、要塞砲を撃つことも、あるいは奇襲による接近戦をしかけることもできるのだが、敵は無言の注文に応じてはくれなかった。ヤンは艦隊を少数ずつ出撃させて、敵に砲火をあびせ、応戦を誘って、主砲の射程内にひきずりこむというオーソドックスな手段を使ってみた。

だが、ロイエンタールの威令はよくおこなわれているらしく、帝国軍の行動には一糸の乱れもない。接近と後退を、芸術的なまでのタイミングでくりかえし、包囲を緊《し》めつけるかと思えば緩め、要塞のオペレーターたちは、そのうごきに翻弄されて不安をつのらせていった。

シェーンコップは、ロイエンタールを殺しそこなったことを、本気で後悔しはじめていた。

一二月九日、突如として帝国軍が全面攻勢にでた。要塞主砲射程外での遊弋をやめ、五〇〇隻ほどの艦艇がひとつのグループを形成し、つぎつぎと一撃離脱方式による接近攻撃をかけてきたのである。

これは犠牲を覚悟の攻撃であった。要塞主砲〝雷神《トゥール》のハンマー〟に捕捉され、九億二四〇〇万メガワットのエネルギー・ビームに直撃されれば、一瞬にして五〇〇隻が蒸発するであろう。それを高速と可動性によってふせぐとしても完全ということはありえないし、要塞の主砲以外の砲塔や銃座は、一撃離脱戦法に対応するだけの可動性を有している。だが、それらをすべて承知のうえで、ロイエンタールは攻勢にでたのだ。こうして再開された戦闘は、苛烈さと迅速さにおいて比をみないものとなった。

要塞の砲塔が複数のビームの直撃をうけ、塩の柱のように白くかがやいて消滅する。生き残った砲塔が天空へむけてエネルギーの矢を連射する。急降下した小型艦が人工重力のみえざる手をふりきるのに失敗し、スピンしつつ要塞外壁に突入して爆発四散する。一波が離脱をはじめると、つぎの一波が襲いかかり、エネルギーの豪雨が間断なく外壁をたたきつづけた。

三〇分後、帝国軍は二〇〇〇隻以上の艦艇を失ったが、イゼルローン要塞も二〇〇カ所をこす破損箇処を生じていた。ロイエンタールの戦闘指揮は精緻《せいち》をきわめ、信じがたい巧妙さで要塞砲の死角をついて接近し、徹底した火力の集中によって要塞外壁にわずかな亀裂をつくり、ひとたびそれがつくられると、メスで傷口を切り開くようにそれを拡大させていった。

いずれも致命傷にはなりえないものの、防御する側の神経を痛めつけるには充分であり、ヤンは戦術レベルでの対応においまくられた。

ヤンにとってこの戦闘は、あらかじめ予測していたものであったにもかかわらず、最初からロイエンタールに先手をとられ、ひきずりまわされた。ロイエンタールの攻撃すべてに対処し、処理し、傷口をふさいでいくあざやかさは、余人のおよぶところではなかったが、それは創造的な芸術家のやりようではなく、あたえられた仕事だけをかたづける職業技術家のそれであり、フレデリカがひそかに心配したように、この時期のヤンはあきらかに精彩と活力を欠いていた。失敗こそおかさなかったが、たんにそれだけのことであった。

「こんなつまらん戦いははじめてだ」

パイロット用の食堂で戦闘服のまま規格品の食事をとりながら、オリビエ・ポプラン少佐が不平を鳴らした。彼らが出撃するときは敵が接近してこないし、敵が攻撃してくれば彼らの出番がない。堅固な外壁を恃《たの》んで砲戦をまじえるだけの戦いが、ポプランのような気性の男に楽しいものであるはずがなかった。

「どうも敵のやりようが解《げ》せないな。あいつら、遊んでいるのじゃないか」

イワン・コーネフが自分自身の疑惑を確認したげに僚友を見やった。ポプランは行儀悪く、パンとポークソーセージをライトビールで胃のなかへ流しこんでからそれに応じた。

「まじめに戦争やるような奴より、遊びでやるような奴のほうが、おれは好きだがね」

「おれはお前さんの嗜好を問題にしているのじゃない。帝国軍《やつら》の思惑が気になるんだ」

「それはよくわかるがね、お前さんが気にしているくらいのこと、司令官がとっくに考えているだろうよ。恋人としては0点だが、戦略家としては右にでる者がいないからな、あのやぼてんは」

「お前さんと反対に、か」

その皮肉に腹をたてるかとコーネフは思ったのだが、色事師を自認する若い撃墜王《エース》は、悠然と笑った。

「おれはそれほどうぬぼれちゃいないよ。量をこなしているだけだからな。博愛主義ってやつは、このさい減点の対象になるんでね」


ポプランが指摘したように、ヤンは帝国軍の真意を知っていた。だが、知るという行為の無力さが、彼の心を重い海水で濡らしていた。先年のクーデターの際も、彼はラインハルトの策謀と戦略構想を洞察していたし、今回もそうである。だが、だからどうだというのか。予言者より実行者のほうがはるかに意味のある生をいきているのは、自明のことではないか。

ユリアンがいれば、「おちこんでいてもいいことありませんよ」とでも言ったことだろう。ヤンはたしかに〝おちこんで〟いた。「自由惑星同盟《フリー・プラネッツ》がどうなろうと知ったことか」と叫びたいくらいに……。こういうときは、亜麻色の髪をした少年に、傍にいてもらいたかった。彼は、ユリアンを手放したことを深刻に後悔していた。しかもやっかいなことに、ヤンは、自分の後悔が正しいのかどうか、はかるすべをもたなかったのである。

VI

イゼルローンにたいする一二月九日のロイエンタールの攻撃はけっきょく、失敗に終わった。イゼルローンは傷つきながらもなお不落を誇っており、ロイエンタールはまたしても艦隊を要塞前面から後退させた。ただし、それは表面上のものであり、予定されたものでもあった。帝国軍の目的は、イゼルローンにたいして大規模な攻撃がおこなわれたこと、そしてそれが失敗したことを、同盟とフェザーンに知らせることにあったからである。

ここで、壮大かつ辛辣な演劇が上演されることになる。同盟の政府と市民、フェザーンの市民を錯覚させ、誤断させるための演技であり、歴史の変転を加速させるためのシナリオが書かれていたのである。

帝国軍イゼルローン回廊侵攻部隊の総司令官オスカー・フォン・ロイエンタール上級大将は、イゼルローン要塞の防御力と抵抗力の巨大さを帝都にむかって訴え、帝国軍最高司令官ラインハルト・フォン・ローエングラム元帥に増援軍の派遣をもとめた。ラインハルトはロイエンタールの苦戦に遺憾《いかん》の意をしめし、この際いっきょにイゼルローンを攻略せんとの意思を帝国軍の最高級幕僚たちに伝達した。帝都周辺星域において待機状態にあったウォルフガング・ミッターマイヤー上級大将、ナイトハルト・ミュラーら三名の大将に出撃が命じられた。

「可能なかぎり迅速に、イゼルローン回廊へむかい、卿《けい》らの任務をはたせ。なお兵力を必要とするときは、私みずからが帝都を発《た》って、卿らの陣列に参加するであろう」

「御意。微力をつくします」

ラインハルトの命令のなかで、固有名詞がいつわりであることを提督たちは知っている。彼らがおもむく回廊は、イゼルローンとはことなる名称と位置を有しているのだ。

軍用宇宙港で、ラインハルトはミッターマイヤーらの進発を見送った。満天の星を圧して大気圏外へと浮上してゆく戦艦ベイオウルフの姿を、ラインハルトは秘書官のヒルダことヒルデガルド・フォン・マリーンドルフとともに見送った。

「はじまりましたわね」

中佐待遇を正式にさだめられ、黒と銀の軍服に姿をつつんだヒルダが言うと、ラインハルトは少年めいた熱っぽさでうなずいた。

「そうだ、終わりのはじまりだ、フロイライン」

まぶしい思いでラインハルトを見やったヒルダの脳裏に、ふと、病床にいる従弟ハインリッヒ・フォン・キュンメル男爵の姿が浮かんだ。先天性代謝異常という病名をせおった一八歳の若い貴族は、ラインハルトのように、全宇宙へむけて野望をはばたかせることもできない。それどころか自分ひとりの生命さえささえかねている身である。彼女自身の出立にさきだってハインリッヒを見舞ってやろう、と、ヒルダは思いながら、ふたたびラインハルトの視線をたどって夜空をながめあげるのだった。

彼らの視線の彼方には、征服されるべき星々の海が無限のひろがりをみせている。

第九章　フェザーン占領

Ⅰ

帝国軍上級大将ウォルフガング・ミッターマイヤーの艦隊は帝都オーディンを離れ、イゼルローン回廊へと進撃している——はずであった。大部分の将兵はそう思いこんでいたのだが、艦隊の進行につれて小首をかしげる者がでてきた。幾度かのワープのたびに、イゼルローンとは反対方向へむかっているのではないか、という疑惑が、航法部門の担当者たちを中心にささやかれはじめたのである。ではどこへむかっているかといえば、最初はまるで見当がつかなかったのだが、しだいに将兵の脳裏には、いくつかのアルファベットが浮きあがりつつあった。イゼルローンと別方向で帝国領の外といえば、ＰＨＥＺＺＡＮ——フェザーンしかないではないか。しかしまさか、という思いがある。

彼らの不審と疑惑は、一二月一三日にいたってようやく氷解した。

それまで将官のみに知らされていた〝神々の黄昏《ラグナロック》〟作戦の全容が兵士たちに告げられたのは

このときである。旗艦ベイオウルフの艦橋から、ミッターマイヤー上級大将は通信スクリーンをつうじて全艦隊に通告した。

「吾々《われわれ》の赴《ゆ》くところはイゼルローン回廊にあらず、フェザーン回廊である」

〝疾風《ウォルフ・デア・シュトルム》ウォルフ〟の声を聴いた二〇〇万の兵士は、その意味を理解したとき、ひとしく声をのんでスクリーンを凝視した。驚愕の波が去ると、興奮の泡が各処にたちのぼり、はじけて低い熱っぽいざわめきを生じた。それを圧するように、ミッターマイヤーはつづける。

「最終的な吾々の目的は、むろん、フェザーンの占領にとどまるものではない。フェザーンを後方基地として、回廊を通過し、自由惑星同盟《フリー・プラネッツ》を僭称する叛徒どもを制圧して、数世紀にわたる人類社会の分裂抗争に終止符をうつこと、それこそが出兵の目的なのだ。吾々はただ戦い征服するためにここにあるのではなく、歴史のページをめくるためにここにあるのだ」

ひと呼吸おいて、さらに彼はつづけた。

「むろん、目的を達成するのは容易ではない。同盟領は広大であり、彼らの陣営にはなお多くの兵力と、すぐれた将帥がいる。だが、吾々はフェザーン回廊を制圧することによって圧倒的に有利な立場を手にすることができる。卿《けい》らの善戦に期待するところ大である」

こうして、ミッターマイヤー艦隊は、昂揚のうちにフェザーンへと針路をとったのである。

フェザーン籍の鉱石専用貨物船〝ぼろもうけ〟号は、六年ぶりに船名にふさわしい貴重な貨物を満載して、故国へむかっていた。一四名の乗組員《クルー》は、船の運航をコンピューターにゆだねきって、カードやチェスに興じ、彼らの口からはアルコールと夢の匂いがただよいでている。なかには、帰還後、分配金を片手に恋人と結婚式場へ駆けこむ予定の者もいた。ところがその安逸と平和は、メイン・スクリーンにあらわれた映像がオペレーターを驚愕させたことで破れてしまった。

それは、無限の彼方までつづくかと思われる人工の光点の群であった。

乗組員《クルー》たちはたがいの顔を見やったが、誰の顔にも満足できる解答は書かれていなかった。けっきょく、オペレーターが同僚たちに報告したのは三分後である。

「帝国軍の艦隊だ！　一万隻、いや、二万隻はいるぞ。だが、なんだって帝国軍がこんな宙域にいるんだ。ここは非武装宙域のはずだぞ」

乗組員《クルー》たちはうわずった疑問の声をぶつけあった。結論をだしたのは、日ごろは無口な航宙士だった。

「帝国軍《やつら》はフェザーン回廊に侵入するつもりだ。イゼルローンへ行くと吾々は思っていたが、どうも一杯くわされたらしいな」

悪い冗談はよせ、という声があがったが、怒気の薄い地表の下には、不安と恐怖のマグマが熱く回流していた。

「……するとフェザーンを、帝国軍《やつら》は武力占領するつもりか」

誰かが息苦しげに質問を発した。否定されることをのぞんだ質問だったが、その期待はむなしかった。

「それ以外になにがある？」

「おちついているな！　一大事だぞ。すぐにフェザーンに連絡しなくては……」

だが、そのときすでに、一〇隻をこす駆逐艦と快速哨戒艇が艦首を〝ぼろもうけ〟号にむけ、停船命令を発信しつつ接近してきた。とんでもない窮地が彼らを待ちうけていた。充分以上に大胆であるはずのフェザーン人たちも、予期せぬ事態に動転して、とっさに対応策をさだめることができない。

「駆逐艦の艦砲射程にはまだ間がある。逃げられんことはあるまい。逃げよう」

「むだだ。すぐ追いつかれる」

航宙士が楽観論を蹴とばした。

「……それに、この場を逃げだしても、どうせフェザーンで帝国軍《やつら》に再会することになるだろうよ。だとしたら、この場はおとなしく、せいぜい心証をよくしておいたほうがよさそうだぜ」

「……しかし、なんだってこんなことになったんだ。おれはまた、フェザーンと帝国とはこれからも共存していくものと思っていたが……」

「どうやら時代がちがってしまったらしいな」

彼らは、自分たちが、歴史劇の疎外された観客であることを、にがにがしく自認せざるをえなかった。彼らが勤勉に、良心にたいしてひるむこともなく働き、富をきずき、それを社会に還元し、充実した一生を送ったとしても、そんなところとはことなる次元で、歴史は変転し、時代はうつりさり、国家は興亡するのだろうか。

ともあれ、〝ぼろもうけ〟号は、運航の自由はうばわれたものの、安全だけは保障され、周囲を帝国軍にかこまれてフェザーンへ帰還することになった。逃亡をはかれば一撃で破壊されるであろうし、〝疾風ウォルフ《ウォルフ・デア・シュトルム》〟の行軍速度についていくのは容易ではなかった。帝国軍二万隻に護衛されている、と考えてみても、現実を思えば、そう楽しくもなれなかった。半日後、やはりフェザーンの貨物船〝気まぐれ〟号が帝国軍の探索の網にかかり、信号が放たれた。

「停船せよ。しからざれば攻撃す」

だが、〝気まぐれ〟号の乗組員《クルー》たちは、〝ぼろもうけ〟号の仲間より、はるかに勇敢だった。あるいは、はるかに愚劣だった。彼らは信号を無視して、ひたすら逃げはじめたのだ。

四度めに放った信号が無視されたとき、ミッターマイヤーも決断せざるをえなかった。

三〇秒後、純白の光条が常闇を裂いて奔《はし》り、一撃で〝気まぐれ〟号を粉砕した。

メイン・スクリーンを見まもっていた〝ぼろもうけ〟号の乗組員たちは、憮然として肩をおとした。彼らは自分たちの選択の正しさと、〝気まぐれ〟号の愚劣さとを知っていたが、それでもなお、〝気まぐれ〟号がみごとに逃げおおせることを、祈っていたのである。

ミッターマイヤー艦隊は惑星フェザーンの衛星軌道に達した。一二月二四日のことである。ここにいたるまでに、回廊で遭遇したフェザーンの商船を六〇隻ほど捕獲し、そのほぼ半数を破壊せねばならなかった。雄敵との戦いをこそのぞむ〝疾風《ウォルフ・デア・シュトルム》ウォルフ〟にとっては、けっして満足とはいえない征路だったが、あとになるほど大きくなる楽しみもあってよいはずである。陽動作戦とはいえ、ヤン・ウェンリーと戦うことのできる僚友オスカー・フォン・ロイエンタールと、どちらがより幸福であるかは、即断しがたいところだった。いずれにしても、帝国軍の歴史上、フェザーン自治領《ラント》の成立後はじめてこの回廊に侵入をはたしたのは、彼ウォルフガング・ミッターマイヤーなのであった。

旗艦ベイオウルフの艦橋で、ミッターマイヤーは巨大なスクリーンをつうじて惑星表面への降下作戦を見まもっていた。一度ならず、フェザーンの管制当局から警告の通信があった。

「管制にしたがってください！　法規違反は処罰されます。管制にしたがいなさい！」

執拗で責任感に富んだ呼びかけは、無視された。バイエルライン中将の指揮する艦隊は、すでに、衛星軌道をはずれて大気圏への降下を開始している。太陽光をあびて白くかがやく艦艇の群が、整然たる列をなして螺旋状に惑星をとりまく情景は、真珠のネックレスがほどかれるさまを想起させて、異様に美しい。

「自治領主府に連絡しろ！　帝国軍が大気圏に突入してくるぞ。侵略だ！」

フェザーンの管制当局は恐怖《パニック》に見舞われていた。一世紀余にわたって不可侵とされてきた聖域が、まさに侵《おか》されようとしているのだ。彼らは右往左往し、安逸になれて危機を忘却しさった人間と組織の脆弱さをさらけだした。ヒステリックな叫びや乱れた足音が交錯するなかで、ヘッドホンを卓上に投げだした管制官のひとりが、頭髪をかきむしってみずからに問いかけた。

「しかし、それにしても、こんな事態になるまで、どうしてわからなかったのだ」

おなじつぶやき、おなじうめきを、こののち、多くのフェザーン人がもらすことになる。それはくずれゆく虚像の襟首をつかむに似た、深刻だがむなしい行為だった。

フェザーンの地上、とくに夜を迎えた半球にあっても、パニックが発生していた。まず子供たちが天をさして不審の叫び声をあげ、それに誘われたおとなたちが、あげた顔をしばらくはおろせなくなったのだ。

ユリアンもそれを見た。濃藍の夜空を圧して、無数の光点が斜行してゆく。そのとき、ユリアンは私服で街にでており、背後にフェザーンの者か帝国弁務官事務所の者か、あるいは同僚か、尾行する者の存在を感じていたのだが、もはやそんなものに関心はなかった。

ついにはじまったのだ。ユリアンはそれをさとった。帝国軍がフェザーンを占領し、そこを後方基地として同盟領に侵攻する。やはりヤン提督の予測は正しかった。自分はそれを阻止するのに、残念ながらなんの役にもたたなかった。

興奮する人々の叫びを鼓膜に乱反射させながら、ユリアンはきびすを返し、幾人かとの衝突を余儀なくされながら、弁務官事務所へと走りだした。

Ⅱ

「帝国軍、フェザーンに侵攻。中央宇宙港はすでに彼らの占領下にあり」

その報が市内に達したとき、自治領主《ランデスヘル》アドリアン・ルビンスキーは自治領《ラント》主府にはおらず、公邸にも姿がなく、私邸のひとつにいた。二階の広いサロンは天井も高く、壁には幾枚かの油彩画がかけられ、調度類は古風なロココ様式で統一されている。いっぽうの壁に、一辺二メートルほどの巨大な鏡がはめこまれているほかは、豪華だが無個性と言えなくもない。

ルビンスキーは、ラインハルトの迅速な決意と行動によってフェザーンを侵略され、敗北に直面しているはずだが、ソファーに腰をおちつけて悠然とワイングラスをかたむけるその姿は、敗者のそれではなかった。彼とむかいあってソファーにすわっている男が口を開いた。補佐官ルパート・ケッセルリンクである。

「聞きましたか、自治領主閣下」

「聞いた」

「フェザーン最後の日が、指のとどくところまできたようですな」

誰ひとり夢想だにしないことであったろう、と、ルパート・ケッセルリンクは思う。じつのところ、遠からずこの事態が到来することを予測していた彼でさえ、この年、宇宙暦《SE》七九八年のうちにフェザーンの地上に帝国軍将兵の姿を見ようとまでは想像していなかった。

「いずれボルテックが帝国軍の武力を背景にのりこんでくるでしょう。あなたの地位を奪い、奴には重すぎる権力をかつぐためにね」

　ルパート・ケッセルリンクは、ワインの表面に浮きあがる自分自身の顔に、温かみを欠く笑いをむけた。

「あなたの時代は終わった。在任七年、歴代で最短命の自治領主というわけだ」

「私の時代が終わったということを、きみが保証してくれるというわけかね」

「その点にかんするかぎり、私はボルテックと同意見でね。出番のすんだ俳優が、いつまでも舞台を占領していては、あとの者が迷惑する。すみやかにご退場ねがいたいものですな」

　余人ならその語調に、短剣をつきつけられる思いをあじわったにちがいない。アドリアン・ルビンスキーは動じなかった。〝フェザーンの黒狐〟は、ワイングラスをサイドテーブルにもどすと、たくましいあごを掌でさすりつつうそぶいた。

「きみはローエングラム公と同意見でもあるのだな。私はボルテックより馭しがたいという一点で。光栄に思うべきなのだろうな」

「あんたがどう自分を美化しようと、おれの知ったことじゃない」

ルパート・ケッセルリンクの声と言葉が、粗野なものに一変した。表情からも、鄭重さのよそおいが剝げおちて、内面の煮えたぎる坩堝からこぼれだすものが、端整ともいえる彼の顔を毒々しくいろどった。気の弱い人間であれば、正視にたえなかったであろう。人間の感情の負《マイナス》面に属するすべてのものが、そこにはあり、たがいを触媒として、より悪いほうへ化学変化を生じているようだった。彼は声をたてずに笑うと、服のポケットに手をつっこみ、ことさらゆっくりとなにかをひきずりだした。ルパート・ケッセルリンクの手にブラスターがにぎられ、銃口がルビンスキーにむけて静止するのを、自治領主《ランデスヘル》は下目づかいに見まもった。

「まったく、知ったことじゃないんだ。死人に興味をもつほど酔狂《すいきょう》じゃないのでね」

「なるほどな、機会が到来したとたんに牙をむいたか」

ルビンスキーは、むしろ感心したように論評してみせた。

「まあ、機を見るに敏、と言えんこともないが、すこしあざとすぎはしないかね」

「修正する機会さえあたえられれば、当初の予定を変更するのになんらはばかる必要もないと、そう思うのでね、自治領主閣下。修正あってこその成功とも言うだろう」

「だからといって、なにもお前自身の手を汚す必要もないだろう、ルパート」

ファースト・ネームを呼ばれたとき、若い補佐官の顔が急激に紅潮をしめした。怒りと不快さが、彼の顔面の血管を刺激したようであった。彼は目に見えて苦労しながら呼吸をととのえた。不実な父親にたたきかえす言葉が、とっさには見いだせなかったようである。

「ボルテックの低能は、いずれおれが倒す。だが、おれがフェザーンの主になるには、あんたがいずれにしても邪魔なんだ。あんたときたら呼吸しているかぎり他人をおとしいれずにすまない男だからな。あんたを始末すればおれ自身が安心できるだけじゃない、公共の福祉にも貢献できるってわけだ」

彼としては、ルビンスキーをとらえて帝国軍にさしだすということも考えたのだが、すでにボルテックを薬籠中《やくろう》のものとしたローエングラム公が、ケッセルリンクを必要とすることはないだろう。むしろ裏切り者として、ルビンスキーともども始末されるということもありうる。彼としては、フェザーン再生の星として、フェザーン人を糾合するべきであろうと考えたのである。とすれば、彼以上の人望をもつルビンスキーの存在は有害なのであった。だが、この結論をだすにあたって、打算を強化したのが、父親にたいする負《マイナス》の感情であることはうたがいえないところだった。つまるところ、彼は、父親の生死を他人ににぎられることにたえられなかったのだ。

「しかしな、ルパート」

「だまれ！　気やすくおれの名を呼ぶな」

青年の声が高くなり、波だったが、ルビンスキーは平然として脚をくみなおし、表情を消した目で血を分けた相手を見つめた。

「私はお前の父親だ。ファースト・ネームぐらい呼ばせてくれてもよかろうに」

「父親だと……」

息苦しささえ感じたのであろう、ルパート・ケッセルリンクは大きなせきをして、咽喉をふさぐ無形の塊を吐きだした。

「父親だと。父親というのはな……」

激流と化した感情が彼から言葉をうばい、若い補佐官はルビンスキーにむけたブラスターの引金を、まさにしぼろうとした。

壁の鏡が、鋭い悲鳴を放った。鏡面がくだけ、照明を反射しつつ破片が飛散し、乱舞する。驚愕に顔をゆがめて、ルパート・ケッセルリンクが鏡にむきなおりかけたとき、めくるめく光彩のなかを三本、あらたな光条が奔って、ケッセルリンクの身体に吸いこまれた。

青年補佐官は、ブラスターを手にしたまま、短い、だがうごきのはげしい舞踊を演じた。一瞬後にはすべてのうごきが停止し、さらに一瞬後、ルパート・ケッセルリンクは見えざる巨人の手におしつけられたかのように床にくずれおちた。

「……私をすこし甘く見すぎたようだな、ルパート」

ソファーから立ちあがって、息子を見おろしたルビンスキーの声は、無感動だが、わずかに沈痛な感情がしたたっているようでもある。

「お前が私に殺意をいだいていることはわかっていた。今夜この家へきた目的もな。だからこの準備をしていたのだ」

「なぜ……？」

「だからお前は甘いというのだ。ドミニクがお前の味方だと、ほんとうに信じていたのか」

「あの売女《ばいた》！」

ルパートはののしったが、それだけのことに膨大な努力をかたむけねばならなかった。光と色彩を失いつつある彼の視界に、幾人かの人影が映っている。鏡のなかから彼らは出現したのだった。おとぎ話の鏡の国の住人ではない証拠に、荷電粒子ライフルを手にしている。マジック・ミラーの背後にひそんで、自治領主《ランデスヘル》を警護していたのだ。彼は父親の掌のうえを決戦場にえらんでしまったのだ。

「お前は私に悪いところが似すぎたな。もうすこし覇気と欲がすくなかったら、いずれ私の地位や権力を譲られんこともなかったろう。お前はなんでも知っていたが、ただ、時機を待つということだけを知らなかったな」

悪意のエネルギーが青年の瞳をわずかに光らせた。

「あんたになにひとつ譲ってもらおうとは思わない……」

口角から噴きこぼれる赤い泡が、死に瀕した青年の声を不明瞭なものにしていた。傷ついた部分は異様に熱いが、それとうらはらに、四肢の先端から冷たさが身体の中心へめがけて夜行獣のようにはいよってくる。その冷たさが心臓に達したとき、彼は未来を失うのだ。

「……あんたからは奪ってやる。なにもかもとりあげてやる。そう決めたんだ。あんたにはなにも残してやらない。おれ自身も……」

憎悪にみちたつぶやきがとだえ、ルパート・ケッセルリンクはうごかなくなった。多くの策謀、多くの計画を、未完成のままに残して、ルビンスキーの息子は父親よりも早く舞台から退場したのである。

「自治領主《ランデスヘル》閣下、これからどうなさるのですか」

護衛官のひとりが、立ちつくすルビンスキーに、ためらいがちに問うた。彼らは自分たちが殺した相手の正体を知らなかった。マジック・ミラーの背後にいては、会話の内容まで知ることはできないのだ。だが、なにやら尋常ならざる関係が両者のあいだに存在したことを、漠然とながら悟らざるをえず、それが彼らを不安にしていた。

ルビンスキーが、質問を発した者に視線をかえした。それをうけた護衛官は、物理的な圧力さえ感じて、巨体を半歩後退させた。護衛官の心臓を冷たい手でしめあげた眼光は、だが一瞬後には消えさって、ルビンスキーはいつもの、ふてぶてしいまでにたのもしい風貌を回復していた。彼は自信にみちて、うそぶいてみせた。

「自由惑星同盟《フリー・プラネッツ》のトリューニヒト議長は、クーデターのとき、それが終わるまで安全に隠れておったそうだ。吾々も、ひとつ、そのひそみにならうとしようか」

Ⅲ

フェザーン中央宇宙港ビル内に、ミッターマイヤーは臨時司令部をおいた。いずれホテルなりビルなりを接収しなくてはならないだろうが、当座はこれでまにあわせるつもりである。

「わが帝国の弁務官事務所からの連絡がありました」

副官クーリヒ少佐が報告した。

「事務所が、わが軍の進駐に反感をもつ暴徒によって襲撃されるおそれがあるので、護衛の部隊を送ってほしいそうです」

「到着早々に、まず要求か。まあいい、陸戦隊の一個大隊も送ってやれ。こわくて道も歩けんというなら、出迎えにこられるわけもないな」

苦笑まじりに、フェザーンの地上における最初の命令をくだしておいて、ミッターマイヤーは幕僚たちを集めた。

制圧目標の再確認がおこなわれた。自治領主《ラント》府、同盟弁務官事務所、航路局、公共放送センター、中央通信局、六カ所の宇宙港、物資流通制御センター、治安警察本部、地上交通制御センター、水素動力センター。それらが第一次制圧目標である。これらを支配下におけば、フェザーンという一有機体の脳と心臓を手中におさめ、生殺与奪は思いのままになろう。

「とくに重点は自治領主府《ラント》、同盟弁務官事務所、航路局の三地点だ。それぞれのコンピューターをおさえ、情報を入手しなくてはならん。これは絶対の条件だ。わかるな」

バイエルライン、ビューロー、ドロイゼン、ジンツァーらの幕僚たちは、司令官のするどい眼光にたいし、緊張したうなずきで答えた。むろん彼らにはよくわかっていた。

過去、どれほど多くの遠征軍が、同盟領の地理にたいする情報の不備から敗北や撤退においこまれたことであろう。だが、航路局と同盟弁務官事務所のコンピューターをおさえれば、未知の広大な星域で地の利を誇る敵との戦いをしいられることもなくなる。フェザーンを後方基地として、情報と補給で同盟軍に互角の戦いをしかけることが可能になるのだ。いっきょに全宇宙の制圧をめざすラインハルトとしては、これは成功の不可欠な条件であった。

さらに、心理的な側面も無視できない。自国の地理や軍事力、経済力にかんして、これほど膨大な情報が敵の手にわたったとなれば、同盟としても動揺を禁じえないであろう。

イゼルローン回廊にのみ注意を集中していた同盟にたいし、帝国は、フェザーン方面への侵入をはたしたことで、戦略レベルにおける勝利を確定したと言ってもよい。これに、情報レベルにおける勝利がくわわれば、たとえ同盟軍のヤン・ウェンリーが用兵の芸術家であったところで、局地的な情勢を左右することしかできないはずである。

さらにミッターマイヤーは、民間人殺害、女性への暴行、略奪行為の三点を厳禁し、違反者は即決裁判ののちに銃殺に処することを宣告した。

「ウォルフガング・ミッターマイヤーに二言があると思うなよ。帝国軍の栄誉に傷をつけた奴には、相応のむくいをくれてやる。胆に銘じておけ」

幕僚たちは胆に銘じた。ミッターマイヤーは、部下たちにとって話のわかる上官であり、気前もよい、歓迎すべき上司だったが、非行にたいしては容赦というものを知らず、厳罰ぶりが彼らを戦慄させた。彼がラインハルトの陣営に参加したのも、旧体制当時、略奪のために民間人を殺害した部下をその場において彼自身の手で射殺したことが問題とされ、平民出身の彼の栄達をねたむ人々から軍法会議に提訴されたからである。ラインハルトは彼にたいする提訴をとりさげさせたうえ、階級をすすめてみずからの元帥府に彼を迎えたのだ。ミッターマイヤーは若い主君の知遇《ちぐう》に応えなくてはならない。

彼の指令は順調に遂行され、惑星フェザーンの要所は帝国軍の手でつぎつぎと制圧されていった。まず航路局が占拠され、膨大な航路データを腹中におさめたまま、そのコンピューターも接収された。

ついで自治領主府も占拠された。ところが建物の主はそこに姿がなく、別動隊が私邸にむかったが、これも空撃に終わり、二階のサロンに若い男の射殺体と破壊されたマジック・ミラーが発見されたにとどまった。その男は、自治領主補佐官《ランデスヘル》ルパート・ケッセルリンクであることが判明したが、彼の射殺にいたる事情の糾明は、今後の調査に待つしかない。

グレーザー大佐のひきいる陸戦隊員六〇〇名は、一二〇台の機動装甲車に分乗して、自由惑星同盟《フリー・プラネッツ》フェザーン駐在弁務官事務所の占拠にむかった。メイン・ストリートをフル・スピードですすむ。まだ充分に人どおりの多い時刻であるはずだが、さすがにほとんどの店が閉ざされ、横道から怒りと恐怖の視線がむけられるだけであった。

同盟弁務官事務所に到着すると、大佐は建物を四方から包囲させ、みずからは正門前におりたった。

そのとき建物から発砲があった。

荷電粒子ビームが一条、兵士たちの足もとの大地に突きささり、白煙と舗装用セラミックの破片をはねあげた。

「無益なことを……」

冷笑したグレーザーがかるく片手をあげると、前進した機動装甲車の一台が二連装大口径ヒートガンの砲口を建物にむけた。照準をあわせると同時に、低レベルに温度をおさえたオレンジ色の炎の太い矢が二本、轟然《ごうぜん》と撃ちだされる。硬質ガラスが絶叫を放って割れくだけ、炎と煙が先をあらそうように沸きおこった。

威嚇《いかく》の効果であろうか、対抗しての発砲はおこらず、弁務官事務所の建物は沈黙をまもっている。だが、内部に人がいるのであれば、静寂すぎるのも奇妙なものだ。グレーザーは軍人らしく、待ち伏せの危険を考慮した。火災が発生している以上、残留熱量計測装置も役にたたない。

慎重な接近のあと、ついに突入をはたしたが、一分もせずにひとりの兵士が駆けもどってきた。

「大佐、館内には誰もおりません……それこそ猫の子一匹もです」

なぜそのような表現を使うのか、ゆえんを知らぬまま兵士は報告した。では誰が吾々にむかって発砲したのか、と問われて、兵士は上官を二階の窓辺に案内した。

兵士の指がさししめす方向を見やって、大佐は舌打ちした。自動発射装置だ。荷電粒子ライフルが窓に固定され、引金にタイム・スイッチが連動されている。こざかしい奴がいる。口のなかで毒づいた大佐は、火災の消火を命じ、みずからは技術士官をともなってコンピューター室へおもむいた。

コンピューターにとりくんだ技術士官が、やがて大佐にむけた顔は血の気を失っており、それを見た瞬間、大佐は、自分の任務がもっとも重要な部分においてはたされなかったことを知った。彼がたてた歯ぎしりの音は、むなしく宙をただよって消えてしまった。

生粋《きっすい》の軍人であるミッターマイヤーは、経済にそれほど造詣《ぞうけい》が深いわけではなかったが、日常生活レベルでの経済運営を統制したところで、一利なく百害あるのみということは知っていた。銀行も封鎖されず、商店も営業しており、市民たちはひとまず安堵の胸をなでおろした。

帝国軍にたいする敵意はべつとして、彼らは生活していかねばならず、生活するにはよりよい経済的環境の存在がのぞましかったのだ。

そのいっぽうで、ミッターマイヤーは軍司令官として布告を発し、正当な理由なく商品の価格をあげ、また売ることを拒否する者は厳罰に処することを明言した。布告がだされて一時間後に、多くの店がつくったばかりの新しい価格票を、旧《ふる》いものにかえた。フェザーン人の商魂のたくましすぎる部分も、ミッターマイヤーの速攻に破れさったようである。

二八日には第二陣のナイトハルト・ミュラーがフェザーンに到着した。ミッターマイヤーの部下たちは歓呼をあげて味方を迎え、フェザーンの市民たちは、元気のある者は反感をもって、元気のない者はあきらめをもって、あらたに占領行為にくわわった一〇〇万人以上の帝国軍将兵を見まもった。ミュラーと、出迎えたミッターマイヤーはかたく握手をかわした。

この間、フェザーン全星の宇宙港はむろん帝国軍の管制下におかれ、旅客便は全便運航停止となっていた。すくなくとも公然とフェザーンの地表を離れることのできる者はおらず、行方をくらました自治領主《ランデスヘル》ルビンスキーや同盟弁務官らは惑星上の何処かに潜伏しているものと思われた。

ミッターマイヤーの司政官ぶりは満点にちかいものだったが、瑕瑾《かきん》がなかったわけではない。ミュラーの到着直前、一部兵士の民間人女性に対する暴行事件が発生した。被害者の女性はスターサファイアの婚約指環まで略奪されたという。激怒したミッターマイヤーの命令で、ただちに犯人は捜しだされた。〝疾風《ウォルフ・デア・シュトルム》ウォルフ〟は被害者に謝罪し、指環を返すとともに、三名の犯人にたいしては、軍司令官としての権限をもって死刑を宣告した。

サンテレーゼ広場において公開処刑がおこなわれた。これは残酷なようでもこうせねばならないのである。処刑を実行しなければ、軍規にたいする占領地住民の不信をかうし、処刑を秘密におこなえば、じつはひそかに逃亡させたのではないか、との疑惑をいだかれる。いずれにしても、市民の負《マイナス》の感情をやわらげ、市民的抵抗を誘発する危険性を排除せねばならなかったのだ。

犯人たちの所属する部隊の長が、おそるおそる寛大な処置を請うたが、ミッターマイヤーは容赦しなかった。

「おれに二言はないとそう言ったはずだ。卿《けい》は聴かなかったとでもいうのか」

その処刑を見とどけてから、ミッターマイヤーは、中央宇宙港へおもむいて僚友を出迎えたのである。ミュラーは、自分より階級が上であるミッターマイヤーの出迎えに恐縮し、よく統治がいきとどいているらしいことに賞賛を贈った。〝疾風ウォルフ〟は応えた。

「まあ、いまのところはな」

フェザーンの連中も虚脱状態だからおとなしくしているようだ。だが、いずれ、沸騰する奴らがでてくるだろう。彼らを組織化させると、いささかまずいことになるかもしれない。もっとも、それは、ローエングラム公がしかるべく処置をとることだろうが……。

「なんにしても、戦わぬとは肩がこることさ」

生粋の武人はそうむすんだ。

Ⅳ

セーターにジーンズの上下というラフな服装をした少年が、帝国軍兵士の姿がみえない裏街を速い歩調であるいている。やや長めの癖のある亜麻色の頭髪、同年代の少女たちがたいていはふりむくであろうほどの顔だち、ダークブラウンの瞳、均整のとれたしなやかな肢体。ユリアン・ミンツであった。彼がめだたない低層ビルの一室にドアをあけてすべりこむと、三人の男が待っていた。ともに弁務官事務所から脱出したマシュンゴ准尉とヘンスロー弁務官。三人めは記憶がない。街のようすを探っているあいだに、マシュンゴが独立商人をさがしておいてくれたのだろうか。

……四日前、帝国軍の侵入を眼前に見たユリアンは、事務所に駆けもどる途中、マシュンゴとともに地上車《ランド・カー》を拾ったが、混乱する群衆におされてうごけなくなってしまった。

「しかたない、准尉、おりよう」

「歩きますか」

「いや、走るんだ」

元気なことだ、と言いたげな表情を浮かべて、マシュンゴは、ユリアンにつづいた。彼はこの少年に好意をもっていたし、ヤン提督じきじきの依頼をうけたこともあって、少年のために自分ができることはなんでもするつもりだった。自分の脚で走るぐらいかるいものである。

弁務官事務所にもどると、ユリアンは、ホールに集まって右往左往しているたよりない一同を発見し、ヘンスロー弁務官の前に歩みよって敬礼した。

「弁務官閣下、申しあげます。弁務官事務所のコンピューターの記憶をすべて消さなくてはならないでしょう」

「消す?」

弁務官の反応は痴呆的なまでににぶい。

「そのままにしておいたら、すべての情報が帝国軍に利用されてしまいますよ」

ヘンスロー弁務官はあえぎ、視線を無目的に泳がせた。彼にかわって決断と選択の責任をおってくれる人物を探しているように見える。だが、むろん、そんな人物がいるはずはない。

「ご決心ください。帝国軍はすぐにもここへやってきます。時間がありません」

ユリアンも一同を見わたした。彼に賛意をあらわしてくれる人がいないか、と思ったのだが、全員がしらけたようすで沈黙している。首席駐在武官ヴィオラ大佐も例外ではなく、不機嫌そうにあらぬかたをながめているありさまだ。

「きみごときの指図《さしず》はうけん!」

ヘンスローは不意に昂《たかぶ》った声でどなり、自分で自分の声におどろいて周囲を見まわすと、ねばった汗を指先でふいた。

「だが、指図はともかく、きみの提案は聞くべき価値をふくんではいるようだ。コンピューターの情報を消しておくべきかもしれんが、きみ、責任はとってくれるだろうな」

もし同盟が滅亡したら、この男は誰に責任をとうつもりだろう、と、ユリアンは思う。

「べつの方法もありますよ。コンピューターの記憶をそのままにして帝国軍に降伏するんです。貴重な情報を提供したということで、寛大な処置をとってくれるかもしれません」

ユリアン自身は、いささか毒のある冗談のつもりだったのだが、一瞬、ヘンスローは沈黙し、露骨な打算の表情を浮かべたので、少年はあきれた。

「わかりました。ぼくが責任をとります。コンピューターの記憶を消去させていただきます」

そこまで断言することに、内心のためらいはあったが、そうでもしなければ事態がいっこうに進展しない。マシュンゴの助けを借りてコンピューターの記憶を消去し、三〇分後にもどってくると、意外な光景が彼を迎えた。ホールは無人と化し、弁務官ひとりがソファーに呆然とすわりこんでいたのだ。無能な上司を見離し、ヴィオラ大佐をふくめて皆、それぞれの才覚に応じて逃げだしたらしい。もともと綱紀の正しい職場とは思っていなかったが、想像以上の無責任ぶりだった。同盟政府に知れたら職場放棄が処罰の対象となることはわかりきっているのに……。それとも、もはや同盟それじたいの将来を見かぎったのだろうか、と思うと、ユリアンは心が寒くなる。

「きみ、きみ、たのむ、私を安全な場所へつれていってくれ」

ユリアンの姿を見ると悲鳴まじりの哀願がヘンスローの口からもれた。

正直なところ足手まといだが、見捨てるわけにはいかなかった。うごきやすい服装に着かえ、現金とブラスターを用意するよう弁務官に言うと、ユリアンは荷電粒子ライフルを使って自動発射装置をつくり、二階の窓辺にとりつけた。着かえをすませて階下でうろうろしている弁務官をつれ、外へでたとき、接近する機動装甲車の車輪音を聴いたのだ……。

「これからどうするのかね、なにかあてでもあるのか。なければこまるぞ」

ひとまず敵の手をのがれると、夜の裏街を小走りに歩きながら、ヘンスローは横柄な態度にもどった。生まれてこのかた苦労や逆境とは疎遠であったヘンスローは、三〇歳も年下の少年に保護者の責任をおしつける気であるらしい。逃げさった同僚たちの機敏さをうらやみながら、ユリアンはしかたなく答えた。

「誰か独立商人をさがします」

「さがして、どうするのだ」

「フェザーンを脱出するための船を提供してもらうつもりです」

その言葉に弁務官は首をかしげた。

「ふむ……しかし、そううまくいくかな、きみの考えとるように」

それはユリアンのほうこそ知りたいところだった。だが、このまま手をこまねいて事態の推移を傍観しているわけにはいかなかった。彼はヤンのもとへ帰りたかった。自分が本来いるべき場所にもどらねばならなかった。彼は好意のこもらない視線で弁務官に切りつけた。まったく、この尊敬に値しない男ではなく、傍にいるのがヤンであれば、ユリアンの心はどれほど昂揚したことだろう……。

そして、この四日間、ユリアンは裏街の隠れ家にひそんで、フェザーンを脱出する方法をさぐりつづけていた。フェザーンのありがたい点は、逆買収が不可能なだけの金額をだせば、たいていのものは入手できることで、さしあたりユリアンは不安定ながら身の安全を確保することができていた。だが、むろんそれはユリアンの最終目的ではないのだ。

マシュンゴがユリアンに紹介した男は、頭髪も薄く、身体もたるんでおり、生活に疲れた中年男という印象だった。だが、目のあたりには意外に若さがある。

「私はマリネスクと言いましてね、ベリョースカという独立商船の船長代理をしています」

男はそう名のり、ユリアンにむかって、自分が役にたてると思う、と告げた。自分はもともと事務屋なので、船をうごかすほうには自信がないが、それには専門家をやとえばいい、自分は宇宙船を提供させてもらう。

「じつは、まるきり縁がないわけじゃないんです、あなたと私とはね。あいだにふたりばかり、はさまっていますが」

「ふたり？」

「私どもの船長ボリス・コーネフと、少尉の保護者ヤン提督です。ふたりは子供のころ、まあ親友といってよい仲だったそうで」

ユリアンは瞳をかがやかせたが、ヤンの幼なじみだったその船長は現在、同盟首都ハイネセンにいる、と聞いて、いささか落胆した。

「ですが、ほかの伎倆《うで》のいい航宙士を知っています。信用してくださってけっこう。フェザーン人にとって契約は神聖なものですからね」

マリネスクは保証し、ただし金銭《かね》がいります、とつけくわえた。

「勇気と伎倆《うで》に、相応の報酬をあたえると思っていただければいいんです。これはけっして理不尽なことじゃないと思いますが」

「ぼくもそう思う。充分に礼はする。いそいで伎倆《うで》のいい人を探してくれないか」

ヘンスローが不平を鳴らすのを無視し、ユリアンは弁務官の、まだ充分に厚い財布から一〇枚の五〇〇フェザーン・マルク紙幣をとりだすと、前金としてマリネスクに手わたした。彼がうけおってでていったあと、マシュンゴ准尉が考え深げな目を年少の上官にむけた。

「信用できますかな」

「できると思うけど……」

完全な自信があるとは言えなかった。しかしほかに方法はないし、いずれにしても誰かを信用して生命と運命をあずけなくてはならない身である。コーネフとかいう人物は、ヤンの幼なじみというほかに、イゼルローンの撃墜王イワン・コーネフが言っていた〝フェザーンの従兄〟ではないか、という気がユリアンにはするのだが、当人に会ってみないことには確認のしようがなかった。

「少尉、こんな状況で信用するからには、裏切られたら殺すぐらいの覚悟が必要ですよ。どうです、その点は？」

マシュンゴが言うと、ユリアンの、描いたようにかたちのいい眉が、微妙な角度にゆがんだ。ときどき、自分は年齢や能力にふさわしくない責任や義務をはたすことを、見えざる何者かに強要されているのではないか、と思うことがある。軍人になりたいとのぞんだばかりの、これは自業自得と言うべきだろうか。いずれにしても、ユリアンは、ヤンのもとへ帰るためにどんなことでもしなくてはならなかったし、また、どんなことでもするつもりだった。

二連装の大口径ヒートガンを装備した機動装甲車が、核融合タービンの軽快な動力音で大気を震わせつつ、傲然《ごうぜん》とメイン・ストリートを行進してゆく。

三階の窓からそれを見おろしていた男が、憎悪をこめて舌打ちした。酒場『ドラクール』の一室に独立商人たちが集まっている。宇宙港がなかば封鎖されているため、彼らのたいはんは商売をすることもならず、集まって憤懣《ふんまん》を酒にまぎらわせることしかできないのだった。

「フェザーンは情報を一手ににぎっていただと。聞いてあきれる！　帝国軍の侵略を察知することもできなかったではないか」

「帝都《オーディン》の弁務官事務所の奴らはなにをしていたんだ。天気がどうの儀式がどうのと、役にもたたん情報ばかり送ってきやがって、だから役人なんぞあてにならないんだ」

「無理もないさ。よその国じゃいざ知らず、フェザーンでは才覚のない奴が役人になるんだからな。有益な情報など、期待するほうがまちがいなんだ」

悪《あ》しざまなののしりには、だが、精彩が欠けていた。他人を罵倒することによって、現状が改善されるわけでも、時のページを逆めくりにできるわけでもないことを、彼らは知悉していた。ひとりひとりの心に、不安の黒い雲がわだかまっている。今日までのカレンダーを使えなくなる日が目前にせまっていることを悟っている彼らだった。

「しかし、これからどうなるんだ、いったい」

「これからどうなるって？　歴史が変わるのさ。ゴールデンバウム王朝も、フェザーンも、自由惑星同盟《フリー・プラネッツ》も、消えてなくなる。そして、あの金髪の孺子《こぞう》が全宇宙の皇帝になるのさ」

「あの孺子、ゴールデンバウム王朝の領土をうけつぐだけでは不足なのか。欲をかきやがって、可愛げのない」

「可愛げのある奴が成功するかよ。この国のおえらがただって、その点は負けず劣らずだぜ」

まぜかえす声が笑いを呼んだが、そのどちらにも自棄的なひびきがあった。

「いいか、おれたちは自由の民だ。自由惑星同盟などとえらそうに称する奴らじゃない、おれたちこそが自由の民なんだ。おれたちに慈悲深い皇帝など必要ない」

ひとりが演説調で語りはじめたとき、べつのひとりが袖をひっぱった。一同のなかではとびぬけて年長であり、長老として尊敬されている老商人が口を開いたからである。

「長生きはしたくないものだ。この街を帝国軍の連中が軍靴で歩きまわるのを見るとはなあ」

老商人は全身でため息をつき、周囲の若者たちは慰撫《いぶ》の言葉もなく沈黙した。

「一〇〇年もこんな時代がつづいてきたものだから、これからもそうだと思っとったが、考えてみればなにもそんな根拠はありはせなんだ。五世紀もつづいてきたゴールデンバウム王朝が、あんなみじめなありさまになったのをみていても、まだフェザーンが滅びるなどと考えもせんかった。おろかじゃった……」

〝滅びる〟という老人の言葉に、いちだんと深刻になった沈黙を、ひとつの声が破った。

「そう、残念だがフェザーンは一時、滅びるかもしれない。だが、かならず再興するぞ。おれたち独立商人の、自由の民の城をつくりなおすんだ。いいか、さっきも言ったが、おれたちには皇帝など必要ないんだ」

そう言いはなったのは、商人としてより航宙士として有名なカーレ・ウィロックという男だった。

拍手がおこり、一同が悪い予想におびやかされてふりむくと、ドアの傍にたたずんでいた新来者は、もう一度手をたたいてみせた。

「いい演説だったぜ、ウィロック」

ウィロックは緊張をとき、旧知の相手に笑顔をむけた。

「なんだ、マリネスクじゃないか、ベリョースカ号の。めずらしく顔をみせたのはなんの魂胆《こんたん》だ？」

「お前さんに仕事をもってきたのさ、たぶん、お前さんは演説より宇宙船《ふね》をうごかすほうが好きだろうと思ってな」

「よし、のった」

「……あきれたな。仕事の内容もきかずにひきうけるのか」

快諾などという表現をこえたウィロックの反応に、話をもちかけたマリネスク自身が苦笑している。

「こんなところでくすぶっているくらいなら、悪魔の依頼だってひきうけるさ。あんたはたぶん、悪魔よりはましな男だからな」

ウィロックは不敵に笑った。

V

一二月三〇日、フェザーン標準時刻の一六時五〇分、ラインハルト・フォン・ローエングラムは、側近の幕僚たちとともにフェザーンの土を踏んだ。ミッターマイヤー上級大将とミュラー大将が四万名の警備兵をしたがえて若い帝国軍最高司令官を出迎えた。昼が急速に夜に支配権を譲りわたそうとする時刻だった。暮れなずみ、底知れぬ蒼みから帯状の薔薇《ばら》色へと移行する空の下で、金髪の若者は、彼自身が一篇の詩であるがごとくすらみえた。どれほど彼を憎悪している者でも、彼の存在がいかに華麗で、他者を圧倒するものであるか、認めずにはいられないであろう。このとき、宇宙港にたたずむラインハルトの姿を見た兵士は、戦死するまで、あるいは老いさらばえて死ぬ日まで、黄昏の光のなかにたたずむ金髪の若者を見たことを誇りとし、妻や子や孫に語ったのである。その兵士たちのなかから、歌うような抑揚をともなった歓呼の声が流れだし、一瞬ごとに熱と力を強めていった。

「皇帝《ジーク・カイザー》ばんざい！　帝国《ジーク・ライヒ》ばんざい！」

兵士たちの歓呼を聞きとがめたようすの若い元帥に、ミッターマイヤーが説明した。

「彼らはあなたのことを皇帝と呼んでいるのです。わが皇帝《マイン・カイザー》と……」

「気の早いことだ」

ラインハルトが言ったのはそれだけだが、幕僚たちはその意味を正確に把握した。金髪の若者は、みずからが皇帝と呼ばれることを否定しなかったのである。彼が兵士たちに手をふると、ひとたび静まりかけた歓呼はふたたび夕空に噴きあがった。

「皇帝《ジーク・カイザー》ばんざい！　帝国《ジーク・ライヒ》ばんざい！」

ラインハルトが現実に皇帝を称し、戴冠をおこなうのは、この翌年である。だが、彼が兵士たちから〝わが皇帝《マイン・カイザー》〟〝皇帝《カイザー》ラインハルト〟と公然と称されるようになったのは、惑星フェザーンの大地に一歩をしるしたこの日が最初であった。

接収ずみの高級ホテルに臨時の元帥府をおいたラインハルトは、まず、フェザーン人が今日まで保障されてきたかずかずの市民的権利は、帝国軍の進駐によってもなんらそこなわれるものではないことを宣言した。彼ののぞみは、帝国本土と自治領《ラント》との緊密な一体化である、とも述べたが、これは嘘ではない。ただ、それが、自由惑星同盟《フリー・プラネッツ》の征服によって終わる彼の野心の一段階であること、すべてが彼の主導権のもとにおこなわれることなどには、一言も触れられることがなかった。

ミッターマイヤーはラインハルトに、三つの点で任務に失敗したことを謝罪した。自治領主《ランデスヘル》ルビンスキーをとらえそこねたこと、同盟弁務官ヘンスローをやはりいまだにとらえていないこと、そして同盟弁務官事務所のコンピューターから同盟にかんする情報をえられなかったことがそれであった。ラインハルトは一瞬、眉をしかめたが、すぐに表情をおだやかなものにした。

「完璧に、とはなかなかいかぬものだ。卿《けい》にできなかったとあれば、他のなんぴとにも不可能だろう。謝罪の必要はない」

ヘンスロー弁務官ていどの男がどうなろうと、ラインハルトにはほとんど関心はない。またこのとき、彼はユリアン・ミンツの存在もまだ眼中になかった。同盟弁務官事務所のコンピューターの件も、おしいといえばおしいが、フェザーン航路局のコンピューター・データが無傷で入手できた以上、致命的な失敗とはなりえない。ただ、ルビンスキーが行方不明であるという点にかんしては、看過できないものを感じていた。

「どう思う、フロイライン・マリーンドルフ、黒狐の思惑を?」

「現在の時点では敗北を認めたのだと思います。だから身を隠し、そのいっぽうで、どうせボルテック弁務官ではフェザーンがおさまらないと見こしているのでしょう。彼がみじめに失敗したとき自分の出番がふたたびある、と思っているのですわ。ローエングラム公とフェザーン市民と、どちらのがわにのぞまれるにしても……」

「そんなところだろうな」

ラインハルトはヒルダの分析をうけいれた。ルビンスキーは皇帝の誘拐とフェザーン回廊の通行権とを餌に、時間をかけてラインハルトをあやつろうとしたが、みごとに逆手をとられたのである。

だが、ラインハルトは、完全な勝利感とは異質なものを精神回路のうちに見いだしていた。現在のところ、それはごく小さな疑惑の芽でしかなかったが、時間と栄養さえあたえられれば、成長して不安の花を咲かせるかもしれなかった。ボルテックも、ルビンスキーも、なにか隠している。現在はなすべきことがあまりに多く、それにかかわっている余裕はないが、いずれはっきりさせる必要がありそうだった。

幕僚たちと夕食をすませると、ラインハルトは親衛隊をしたがえて航路局におもむいた。警備責任者のクラップフ准将に案内させてコンピューター室に着いたラインハルトは、親衛隊長キスリング大佐すら外で待たせて、ただひとり室内にはいった。

無人のコンピューター室は、電子臭のただよう空気までが無機質だった。ラインハルトは黙黙と機械類のあいだを歩み、ディスプレイ・スクリーンの前で立ちどまって、白々とかがやく巨大な空白の画面を見あげた。

「そうだ、これがほしかったのだ」

ラインハルトのつぶやきには、夢見る者のひびきがあった。彼は操作卓《コンソール》に手を伸ばすと、ためらいもとまどいもなく、コンピューターを作動させはじめた。

彼の手さばきには、意識的な操作というより、ピアニストが霊感のおもむくままに即興の曲をつむぎだすに似たものがあった。彼がつむぎだしたのは、だが、むろん音楽ではない。彼はスクリーンに星図を映しだす。二〇〇〇億の恒星からなる銀河系。それを拡大する。彼の眼前に、自由惑星同盟《フリー・プラネッツ》の版図《はんと》があらわれる。恒星系の名称があらわれ、それらをむすぶ航路がしめされる。同盟の首都である惑星ハイネセン。かつて彼が二倍の敵軍を葬りさったアスターテ星系。一五八年の昔、帝国軍が全滅の憂目《うきめ》をみたダゴン星域。そのほか、多くの恒星系、多くの惑星、多くの古戦場。それらすべてが彼に征服されるのを待ちのぞんでいるようだった。

ラインハルトはしばらくのあいだ、生ける彫像と化してスクリーンの前にたたずんでいたが、首にかけた銀のペンダントを掌にのせると、蓋を開き、なかにおさまった赤い頭髪の小さなひとふさに視線をそそいだ。

「行こうか、キルヒアイス、おれとお前の宇宙を手にいれるために」

死後も彼とともにある赤毛の友に語りかけると、ラインハルトは豪奢な黄金の髪をかきあげ、昂然と眉をそびやかし、誰ひとり模倣《まね》のできないしなやかな歩調で、コンピューター室をでていった。

宇宙暦《SE》七九八年、帝国暦四八九年はこうして混乱と昏迷《こんめい》のうちに過去へ走りさった。この時期、自分がなすべきこと、自分が歴史のなかにどのような位置をしめる存在であるのかということを、自覚している人間は、全人類四〇〇億人のうち、幾人をかぞえることができたであろうか。

いま、〝ラインハルト皇帝ばんざい《ジーク・カイザー・ラインハルト》〟の叫びが全宇宙を圧しようとしている。それを吉兆と聞く者にも、兇兆《きょうちょう》と聞く者にも、時だけはひとしく公平に流れていくのだった。

そして宇宙暦《SE》七九九年、帝国暦四九〇年がおとずれる……。

ＳＦと歴史のリアリティ

堺　三保

『銀河英雄伝説』が一般的なスペース・オペラと一線を画《かく》している特徴の一つに、ＳＦ小説というよりも歴史小説に近い味わいを持つという点がある。

これは、本作において作者が、物語を現在進行形の出来事ではなく、歴史上のとある期間の出来事、つまり過去の出来事として描いてみせているからだ。

そのために作者は、意図的に海音寺潮五郎や司馬遼太郎、さらにさかのぼればトルストイが『戦争と平和』で駆使していたような歴史小説的な手法を採用している。

それはつまり、物語の途中に作品の書き手にあたる人物が自在に登場し、その作品が描いている過去の出来事に対して、現代の視点からコメントを加えるという手法だ（もちろん、本来の歴史小説においては、この〝書き手にあたる人物〟は作者そのものなのだが、本作では、遠未来の架空の誰かということになっている）。

たとえば、本書『策謀篇』の終盤近く、第九章にこんな一節がある。

ラインハルトが現実に皇帝を称し、戴冠をおこなうのは、この翌年である。だが、彼が兵士たちから〝わが皇帝《マイン・カイザー》〟〝皇帝《カイザー》ラインハルト〟と公然と称されるようになったのは、惑星フェザーンの大地に一歩をしるしたこの日が最初であった。

この文章が登場した瞬間、それまで現在形で進んでいた物語が、突然、歴史上の過去の出来事として、読者の前に提示しなおされることとなる。

田中芳樹はこの手法を縦横《じゅうおう》に駆使して、架空の未来を扱った本作を、擬似的な歴史小説として描き出しているのだ。

架空の未来を描いたSF小説と、実在の過去を描く歴史小説とは、一見水と油のように思えるかもしれない。だが、本作においては、歴史小説的な手法を用いることで、そのSF性を低めるどころか、大きく高めていると言ってもいい。

アイザック・アシモフの《ファウンデーション》や、ロバート・A・ハインラインの《未来史》、フランク・ハーバートの《デューン》、ラリー・ニーヴンの《ノウン・スペース》等々、SF小説の世界においては、いわゆる「未来史」と言われる一連の架空歴史ものを形作る作品群が多数存在する。

これらの作品群は、人類の歴史を何百、何千、ときには何万年といった、非常に長いスパンから眺めることで、人類全体の姿を俯瞰《ふかん》しようという（しかも、その歴史はまだ見ぬ架空の未来のものだ）、いかにもSFらしい、SFでしか描き得ない世界観を有している。

本作が扱っているのは、ラインハルト・フォン・ローエングラムとヤン・ウェンリーが（ヤンにはそんなつもりはないだろうが）銀河の覇権をかけてしのぎを削った、ほんの数年の出来事でしかない。

だが、この歴史小説的手法によって持ち込まれた、語り手のいる現在の時点から過去の事件である物語の世界へと歴史を振り返る視点が、大きな時間的広がりを作品世界内に生み出し、SF独特の〝未来史〟的世界観を見事に構築してみせるのだ。

一方、作品内の主たる対立構造が、国家同士、軍隊同士の戦闘によって解決されていく『銀河英雄伝説』は、一種のミリタリーSF、もしくは戦争小説でもある。

だが、本作初出と同時期にアメリカで流行していた八〇年代の代表的なミリタリーSF、たとえばジェリー・パーネル、デイヴィッド・ドレイク、ゴードン・R・ディクスンらの作品と比べると、そこにもまた本作独特の特徴が見受けられる。

これらの作品、特にパーネルの『宇宙の傭兵たち』や『地球から来た傭兵たち』などでは、古代や中世の著名な戦闘の状況が、作品世界に換骨奪胎《かんこつだったい》して取り入れられ、それら現実の戦闘における、勝者側の戦術についての知識（悪い言い方をすれば後知恵）を存分に利用して、主人公たちが戦闘に勝利する様《さま》が描かれている。

また、一九九〇年代に日本で大流行した架空戦記においては、大局的な戦略を描く少数の作家を除けば、そこで描かれる戦闘の優劣は、投入される新兵器の性能差によって導き出されることが多い。

これらの作品内で重視されているのは、あくまでも限定された戦場下での戦術の優劣であり、使用している兵器の優劣なのだ。

しかし『銀河英雄伝説』では、それらよりもっと単純で基本的なことが、戦闘結果を左右することが、執拗なほど繰り返して述べられる。

すなわち、

・もっとも高確率で戦闘に勝利するためには、大兵力を集中して一気に投入すること。
・個々の戦闘によって消費される武器、弾薬、食料、人員などの補給（と、その輸送路）を確保しておくこと。
・常に予備兵力を温存しておくこと。

などである。

『銀河英雄伝説』においては、個々の戦闘における新戦術や新兵器よりも、もっと大きな視野に立った用兵こそが最終的な勝利につながるという、戦略重視の考え方が貫かれているのだ。

実は、第一巻『黎明篇』第一章で、作者は一方の主人公たるヤン・ウェンリーにこう語らせている。

「要するに三、四〇〇〇年前から戦いの本質というものは変化していない。戦場に着くまでは補給が、着いてからは指揮官の質が、勝敗を左右する」

つまり、物語の冒頭からすでに、本作における戦争の描き様はこのように規定するという宣言が為《な》されているのである。

本作には、SF設定や科学考証的には説明が足りない部分（たとえば、なぜ超光速航法が可能な宇宙船が、イゼルローン回廊以外のルートを通れないのか等）も見受けられる。だが、それを補ってあまりあるリアリティを、この戦略重視の戦争描写がもたらしているのである。

ラインハルトやヤンを筆頭に続々と登場する優れた軍人たちも、皆それぞれ頭脳や体力など秀でている部分を持つとはいえ、しょせん人間であり、一個人の力で戦況を左右したりすることはできない。

そして、常に劣勢にあるため、奇策を用いざるを得ないヤンは、自身の用兵とは裏腹に、小兵による奇策が勝利を得ることは難しいと指摘しつづける（もっとも、だからこそヤンが繰り出す奇策がいっそう映えるのだが)。

ましてや、新兵器を投入したところで、使い道を誤れば役に立たないことを、ヤンは何度も証明してみせる。第二巻『野望篇』に登場する〝処女神《アルテミス》の首飾り〟攻略や、第三巻『雌伏篇』でのガイエスブルク要塞との要塞対要塞戦がその良い例だろう。

また『銀河英雄伝説』では、誰一人として戦場での無意味な死を免《まぬか》れないという特徴もある。名も無き下士官たちはもちろんのこと、撃墜王たち(最初は四人いた同盟側の撃墜王たちが、巻が進むうちに歯が欠けるように減っていく様は寒々《さむざむ》しいものがある)から艦隊司令官にいたるまで、戦闘のさなか、登場人物たちは次々に命を落としていく。

それがたとえ、どれほど物語上重要なキャラクターのように見えようとも、死ぬときは死ぬ(ラインハルトの腹心であり、副主人公と呼べなくもなかったキルヒアイスを、第二巻『野望篇』で殺してしまったことを、後に作者は後悔していたようだが、結果的に、それがこの作品における人の生死に、強烈なリアリティと緊張感をもたらしたことは間違いない)し、その死に様もまた、華々《はなばな》しいものばかりではない。場合によっては、第三巻『雌伏篇』におけるグエン・バン・ヒュー少将のように、たった数行の記述で姿を消してしまう者までいる(これこそ、本作においては、戦場における個人はそれが誰であれ、実は駒でしかないということを端的に象徴している描写といえよう)。

すなわち『銀河英雄伝説』には、超兵器を操る一個人が戦闘の趨勢《すうせい》を決するというような、大時代的なスペース・オペラが陥りかねない子供じみた英雄願望はない。あるのは、無作為に大量の兵士たちが戦死していくという、リアルな戦争の姿だけだ。

この、荒唐無稽《こうとうむけい》さを排した戦争小説としてのリアリティは、先に述べた歴史小説としてのリアリティをも保証しているのだと、言い換えることもできるだろう。『銀河英雄伝説』は、遠未来の宇宙を舞台にしたSF小説であり、軍事史の知識に裏打ちされたリアルな戦争小説であり、奥行きの深い世界観を有する歴史小説であるだけでなく、それらの要素が相互作用を起こすことで、さらに高度なSF性を擁することになった、希有《けう》な作品なのである。

本書は一九八四年に徳間ノベルズより刊行された。九二年には『銀河英雄伝説3　雌伏篇』と合冊のうえ四六判の愛蔵版として刊行。九七年、徳間文庫に収録。二〇〇〇年、〇一年、徳間デュアル文庫に『銀河英雄伝説 VOL.7, 8［策謀篇上・下］』と分冊して収録された。創元ＳＦ文庫版では徳間デュアル文庫版を底本とした。

検　印
廃　止

著者紹介　1952年，熊本県生まれ。学習院大学大学院修了。78年「緑の草原に……」で〈幻影城〉新人賞受賞。88年《銀河英雄伝説》で第19回星雲賞を受賞。《創竜伝》《アルスラーン戦記》《薬師寺涼子の怪奇事件簿》シリーズの他，『マヴァール年代記』『ラインの虜囚』『月蝕島の魔物』など著作多数。

銀河英雄伝説4　策謀篇

2007年8月24日　初版
2023年2月3日　23版

著者　田《た》中《なか》芳《よし》樹《き》

発行所　（株）東京創元社
代表者　渋谷健太郎

162-0814/東京都新宿区新小川町1-5
電話　03・3268・8231-営業部
　　　03・3268・8204-編集部
URL　http://www.tsogen.co.jp
振替　00160-9-1565
DTP　フォレスト
暁印刷・本間製本

乱丁・落丁本は，ご面倒ですが小社までご送付ください。送料小社負担にてお取替えいたします。

ISBN 978-4-488-72504-4　C0193

SF史上不朽の傑作

CHILDHOOD'S END◆Arthur C. Clarke

地球幼年期の終わり

アーサー・C・クラーク

沼沢洽治 訳　カバーデザイン＝岩郷重力＋T.K

創元SF文庫

◆

宇宙進出を目前にした地球人類。
だがある日、全世界の大都市上空に
未知の大宇宙船団が降下してきた。
〈上主〉と呼ばれる彼らは
遠い星系から訪れた超知性体であり、
圧倒的なまでの科学技術を備えた全能者だった。
彼らは国連事務総長のみを交渉相手として
人類を全面的に管理し、
ついに地球に理想社会がもたらされたが。
人類進化の一大ヴィジョンを描く、
SF史上不朽の傑作！

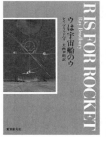